LAUREN LAYNE

Manhattan Love Story

GOLDMANN

LAUREN LAYNE

Manhattan Love Story

Roman

Übersetzt von
Stefanie Retterbush

GOLDMANN

Die Originalausgabe erschien 2021
unter dem Titel »To Sir, with Love«
bei Gallery Books, New York.

FSC
www.fsc.org
MIX
Papier | Fördert
gute Waldnutzung
FSC® C014496

Penguin Random House Verlagsgruppe FSC® N001967

1. Auflage
Deutsche Erstveröffentlichung Februar 2023

Umschlaggestaltung: UNO Werbeagentur, München
Umschlagmotive: FinePic®, München
Redaktion: Lisa Caroline Wolf
MR · Herstellung: ik
Satz: Mediengestaltung Vornehm GmbH, München
Druck und Bindung: GGP Media GmbH, Pößneck
Printed in Germany
ISBN: 978-3-442-49337-1

www.goldmann-verlag.de

Werte Lady,
keine Ahnung, wie ich es Ihnen schonend beibringen soll, also sage ich es einfach geradeheraus. Sie liegen so was von falsch. So falsch, wie man nur falschliegen kann. Wer an einem heißen Sommertag in der Großstadt noch nie ein Zitronensorbet gegessen hat, der hat nicht gelebt. Eiscreme ist nichts dagegen. Und ich dachte, ich kenne Sie.
Der Ihre in milder Verachtung,
Sir

An Sir, ebenfalls mit Verachtung, wenn auch weniger milde.
Ich stehe weiterhin fest zu meiner Überzeugung: Sorbets sind ein Affront gegen gefrorene Süßspeisen aller Art. Mein Pistaziengelato schlägt Ihr Zitronensorbet um Längen.
Lady

Eins

»Was ist denn das? Lächelst du etwa?«

Schnell lasse ich das Handy in der Tasche verschwinden, widme mich wieder dem Baby, das auf meinem Schoß sitzt, eine Hand schützend auf das warme Bäuchlein gelegt, und wische ihm ein bisschen Spucke vom pummeligen Kinn. »Das, meine Liebe, ist ein Grinsen, weil ich diesen Hosenscheißer nämlich gleich entführen werde. Und seinen heißen Daddy gleich mit.«

Meine beste Freundin scheint die Drohung, ihr Kind und Mann abspenstig machen zu wollen, nicht so ganz ernst zu nehmen. »Das kannst du dir abschminken. Felix steht auf jüdische Frauen. Ach ja, und auf große Brüste.«

»Ich könnte ja konvertieren.« Hingerissen schäkere ich mit dem Baby. »Und mir die Brüste machen lassen.«

»Na, hoffentlich funktionieren die dann auch. Matteo hängt nämlich noch an der Milchbar.«

»So jung und schon ein Faible für Möpse?«, frage ich den kleinen Knirps, der die winzigen Fingerchen um meine krallt, fest schüttelt und mich dabei ungeniert angrinst.

»Aber nicht mehr lange«, entgegnet Rachel. »Ich bin gerade dabei, den kleinen Stinker abzustillen. Vom Fläschchen bekommt er allerdings Blähungen.«

»Pupser vom Fläschchen?« Ich schaue sie an. »So was gibt es?«

»Und wie«, versichert Rachel düster. »Du würdest dich wundern. Dumm nur, dass man kein Rückgaberecht hat.«

»Brauchst du gar nicht.« Ich mache Kussgeräusche in Richtung Baby. »Ich sagte doch, ich nehme ihn.«

»Das habe ich mitbekommen. Aber zurück zum Disney-Prinzessinnen-Lächeln beim Blick auf dein Handy. Wir sind seit über zwanzig Jahren befreundet, und dieses Lächeln kenne ich nur zu gut. Du bist voll im Cinderella-Modus.«

»Was? Ich habe keinen Cinderella-Modus!«

»Natürlich«, widerspricht Rachel. »Gerade hast du dein halbes Sandwich an die Tauben verfüttert. Die du mit *Namen* angesprochen hast.«

»Ist man überhaupt ein waschechter New Yorker, wenn man mit den Tauben im Central Park nicht auf Du und Du ist?«

»Und dann hast du ihnen was vorgesungen«, fährt Rachel unbeirrt fort.

»Gesummt. Ein kleiner, aber feiner Unterschied.«

»Hm, hm. Und welches Liedchen hat du *gesummt?*«

Ich beiße mir auf die Lippen und spare mir die Antwort. Es war »It Had To Be You«, Frank-Sinatra-Style. Für die Tauben. Dabei weiß ich doch, wenn ich nicht gerade in meinem sogenannten *Cinderella-Modus* bin, nur zu gut, dass Tauben eigentlich Flugratten sind.

Es sieht nicht gut aus für mich, und das wissen wir beide.

Rachel schüttelt bedächtig den Kopf. »Gracie Madeleine Cooper, du bist *verliebt* und hast mir nichts erzählt.«

Ich schnaube nur. »Das wäre ein echtes Kunststück! Ich habe seit beinahe einem halben Jahr kein zweites Date mehr gehabt habe, dafür aber *viiiiiel* zu viele erste.«

Sie streckt die Hand nach mir aus. »Handy.«

»Was?«

»Immer, wenn du aufs Handy schaust, kommt dieses verträumte Lächeln.« Ganz selbstverständlich greift sie nach meiner Handtasche, mit der Übergriffigkeit einer besten Freundin, die einen seit über zwanzig Jahren kennt. »Lass sehen.«

»Was? Nein! Hier«, stottere ich und versuche, ihr Matteo in den Arm zu drücken. »Komm, wir tauschen. Baby gegen Privatsphäre.«

Ihr klappt die Kinnlade herunter. »So bist du doch sonst nicht! Du verheimlichst mir was!«

»Gar nicht wahr.«

Wohl wahr. Und *wie* ich ihr was verheimliche. Doch das Ganze ist mir ein kleines bisschen peinlich, selbst vor einer Frau, die mir mal auf einem Klo in Coney Island nach Unmengen blauer Zuckerwatte die Haare aus dem Gesicht halten musste.

Entschieden drücke ich ihr das Baby in den Arm, und der kleine Matteo scheint auf meiner Seite zu sein und fängt prompt an zu quengeln. Was mir eine kleine Verschnaufpause vom Kreuzverhör seiner Mutter verschafft. Als könnte sie meine Gedanken lesen, legt Rachel sich Matteo an die Schulter und reicht mir ein Haargummi. »Pferdeschwanz«, kommandiert sie und wendet mir den Rücken zu.

Folgsam fasse ich ihre dicken Haare hinten zusammen und mühe mich, das Gummiband um die unbändige Lockenmähne zu winden. Ich muss lächeln, weil plötzlich Kindheitserinnerungen hochkommen, von meinem ersten Tag im dritten Schuljahr an der neuen Schule, auf dem Kopf ein Pferdeschwanz wie ein knubbeliges Vogelnest, weil mein frisch verwitweter Vater keine Ahnung hatte, wie man einen Zopf bindet.

Ein Blick in mein unglückliches Gesicht hatte gereicht, dass Rachel, die unangefochtene Wortführerin der dritten Klasse der Jefferson Elementary School, zu mir herübermarschierte und unüberhörbar verkündete, sie müsse unbedingt französische Zöpfe flechten üben und ich sei ihre Muse.

Seitdem sind wir befreundet.

»Deine Haare sind der Hammer«, seufze ich, stopfe eine widerspenstige Strähne unter das Band und begutachte mein Werk.

»Netter Ablenkungsversuch«, entgegnet sie und dreht sich wieder zu mir um.

»Du machst mich fertig.« Seufzend füge ich mich in mein Schicksal. »Okay, aber wenn ich dir sage, was los ist, musst du versprechen, mir keine Standpauke zu halten.«

Mit gespielter Entrüstung sieht sie mich an. »Eine echte Freundin würde niemals von mir verlangen, meine wahre Natur zu leugnen.«

»Also schön«, seufze ich. »Aber während du mir eine Standpauke hältst, könntest du berücksichtigen, dass ich eine große Schwester habe, die bis heute nicht geschnallt hat, dass ich dreiunddreißig bin, und keine zehn mehr.«

»Ist notiert. Weiter im Text.«

Ich lasse mir Zeit, lehne mich auf der grünen Parkbank zurück und lasse die spätsommerliche Atmosphäre des Central Park auf mich wirken.

Schließlich atme ich aus. »Also, es gibt da so eine Dating-App.«

»Tinder?«

»Nein.«

»Hinge?«

»Nein.«

»eHarmony?«

»Okay, für eine Frau, die seit sieben Jahren verheiratet ist, weißt du überraschend gut Bescheid«, sage ich. »Und sie heißt MysteryMate.«

Rachel verzieht das Gesicht. »O Gott, das ist ja furchtbar. ›Mate‹, das klingt nach Vogeldoku auf Discovery.«

»Ja, der Name ist Mist«, muss ich zugeben.

Und der dazugehörige Slogan ist sogar noch viel schlimmer. *Liebe auf den ersten Klick.* Aber das ist nicht mal das Peinlichste an meinem kleinen Geheimnis.

»Und was ist daran so besonders?«, will sie wissen.

Ich greife nach ihrem angebissenen Sandwich und reiße meinen beiden Taubenfreunden Spencer und Katharine, benannt nach Tracy und Hepburn, ein Stückchen davon ab.

»Also, wie du weißt, geht es bei Tinder nur um Äußerlichkeiten, man wischt sich durch Unmengen von Fotos, mehr nicht«, erkläre ich. »Na ja, und diese App ist quasi das genaue Gegenteil davon. Fotos gibt es nicht. Nicht einmal Namen. Man sucht sich einfach so einen Cartoon-Avatar und einen Nicknamen aus, und die App durchsucht die Datenbank nach geeigneten *Partnern.*«

Ich betone das Wort absichtlich und grinse blöd, und sie verdreht die Augen. »Okay, verstehe. Es geht also um ›innere Werte‹. Und was passiert, wenn man gematched wird?«

»Dann schreibt man sich. Und wenn es passt, trifft man sich.«

»Und was, wenn der oder die andere einfach *abgrundtief hässlich* ist?«

Ich bedenke sie mit einem strafenden Blick, aber sie zuckt bloß die Achseln und streicht dem Baby über den Rücken. »Man wird doch wohl noch fragen dürfen. Seelenverwandtschaft schön und gut, aber was ist mit der körperlichen Anziehung?«

»Tja, bisher war jedenfalls keiner der Männer, mit denen ich mich im echten Leben getroffen habe, *abgrundtief hässlich.*«

»Aber lass mich raten, wirklich heiß war bloß einer, hm? Oder nein, warte. Du sagtest, es gab kein zweites Date.«

»Gab es auch nicht«, gestehe ich etwas geknickt. »Die Männer waren echt nett und alles und sahen auch ganz passabel aus. Aber gefunkt hat es nicht. So *gar* nicht.«

Rachel legt den Kopf schief. »Und warum dann der Cinderella-Modus? In den verfällst du doch sonst nur, wenn du rettungslos verknallt bist.«

Ich hole tief Luft. »Okay. Jetzt kommt der Teil, für den du deinen strengsten Oberlehrerinnenton auspacken kannst.«

Rachel räuspert sich und summt wie eine Sängerin beim Einsingen vor ihrem großen Auftritt. »Okay, ich bin so weit. Leg los.«

»Also, es gibt da jemanden auf dieser App, mit dem ich wirklich gerne schreibe. Aber … im wahren Leben sind wir uns noch nicht begegnet.«

»Hmm.« Sie schürzt die Lippen. »Das reicht noch nicht für eine Standpauke. Wieso trefft ihr euch nicht einfach?«

Ich beiße mir auf die Lippen. »Weil er eigentlich nicht zu haben ist.«

»Und was macht er dann auf einer Dating-App?«

»Er hat sich nicht selbst angemeldet. Er war auf dem Junggesellenabschied eines Freundes, und einer seiner Kumpels ist sturzbetrunken auf die irre witzige Idee gekommen, ein Profil für ihn anzulegen.«

»Okay, aber wenn da zwischen euch beiden was ist …«

»Er hat eine Freundin«, falle ich ihr ins Wort.

»Ohhhhhhhh«, sagt Rachel, und ihre Augen werden groß und rund. »Verzwickt. Warte. Du hast eine Cyber-Affäre! Mit einem Fremdgänger!«

»Habe ich nicht. Wirklich nicht«, protestiere ich. »Und er ist kein Fremdgänger. Als ich ihm nach unserem Match geschrieben habe, hat er mir sofort erklärt, was passiert ist und dass er gar nicht auf der Suche ist. Wenn es ihm um eine Affäre gehen würde, hätte er das sicher nicht getan.«

»Stimmt«, muss sie gestehen. »Aber wieso schreibt ihr euch dann noch?«

»Alles rein platonisch«, versichere ich. »Nachdem er mir geantwortet hat, habe ich zurückgeschrieben und gesagt, kein Ding, und daraufhin hat *er* mir zurückgeschrieben, und dann habe *ich* wieder zurückgeschrieben. Bis wir irgendwann festgestellt haben, dass wir beide mal furchtbar in Schauspieler aus *Empire Road* verschossen waren, weißt du noch, diese komische britische Siebziger-Jahre-Serie …?«

»O Gott, ja, das hatte ich schon ganz verdrängt. Du hast immer für A. J. geschwärmt.«

»Bis heute«, muss ich nickend gestehen. »Er stand auf Corey. Wir wohnen beide in Manhattan, wir haben beide was gegen Porridge, sein Vater ist genau wie meiner an Lungenkrebs gestorben, wir essen beide unser Rührei mit Senf …«

»Widerlich.«

»Nur wenn es um Eis geht, sind wir vollkommen anderer Meinung.«

»Da, schon wieder dieses Lächeln!«, ruft Rachel. »Sorry, aber ich kaufe dir diese ganze *platonische Freundschaftskiste* nicht ab. Du bist bis über beide Ohren verknallt in diesen Kerl.«

»Ich bin ihm doch noch nie begegnet!«

Rachel schürzt die Lippen und legt Matteo an die andere Schulter. »Weiß Lily davon?«

»Dass ich ab und zu mit einem Freund schreibe? Warum sollte ich ihr das sagen?«

Wobei ich das tatsächlich fast getan hätte, wenn Lily bei unserem letzten Treffen nicht endlos von einer Doku über Triebtäter im Netz erzählt hätte, die sie kürzlich gesehen hatte.

»Caleb?«

»Klar«, entgegne ich sarkastisch. »Mein kleiner Bruder interessiert sich brennend für das Liebesleben seiner Schwester.«

»Ah-ha! Dann hast du also *doch* ein Liebesleben.«

Upps. Erwischt.

»Sagte ich schon, dass Caleb nach New Hampshire gezogen ist?«, frage ich, um sie abzulenken.

»Ja, und ich verstehe *immer* noch nicht, wieso man aus einem mietpreisgebundenen Loft in SoHo in eine Scheune in New Hampshire zieht, aber versuch nicht, mich abzulenken. Weiß *irgendjemand* davon? Ich brauche Verstärkung, jemanden, der dir sagt, wie vollkommen absurd das ist.«

»Keva weiß es«, sage ich. Keva ist meine Freundin und wohnt in der Wohnung über mir.

Rachel verzieht kaum merklich das Gesicht, und ich will mir am liebsten auf die Lippen beißen. Sie und Keva sind sich schon ein paarmal begegnet und verstehen sich ganz gut, aber manchmal kommt es mir so vor, als ob Rachel ein bisschen eifersüchtig auf sie ist.

»Hey«, sage ich sanft und stupse sie mit dem Zeigefinger gegen den Unterarm. »Du bist immer noch meine allerbeste Freundin.«

»Ich weiß«, meint Rachel seufzend. »Das stößt mich bloß mal wieder mit der Nase darauf, dass ich dich, seit wir in Scheiß-Queens wohnen, nicht halb so oft zu sehen bekomme wie früher und einfach nicht mehr mitkriege, was bei dir gerade los ist.«

»Aber dafür hast du einen Garten«, gebe ich zu Bedenken.

»Eher einen Matschspielplatz, aber …« Rachel grinst. »Ja, wir haben einen Garten. Meine Mutter ist schockiert. Ich schwöre dir, ich sollte die Kids heute nur deshalb unbedingt mit nach Manhattan bringen, weil sie ernsthaft befürchtet, ihre Enkelkinder könnten ohne ausreichenden Betonkontakt aufwachsen.«

Amy und Sammy, die anderen beiden Kinder von Rachel, sind heute bei ihrer Oma in Morningside Heights. Und das ist auch der einzige Grund, den ich gelten lasse, dass Rachel sie nicht mitgebracht hat. Oma schlägt beste Freundin um Längen. Ich würde ihr das nie so sagen, aber Rachels Befürchtungen, dass Astoria einfach zu weit weg ist von ihrem alten Leben, sind nicht ganz unbegründet. Mit dem Zug braucht man mindestens eine Stunde bis zu ihnen raus, sodass ich sie und ihre Familie nicht annähernd so oft sehe, wie ich es gerne möchte.

Rachel mustert mich von der Seite. »Was meinst du, wie er wohl aussieht?«

Mittelgroß. Drahtig. Schulterlanges braunes Haar, warme braune Augen. Breites Lächeln.

»Hab ich noch gar nicht drüber nachgedacht«, antworte ich betont lässig.

»Hm, schon klar. Du Lügnerin. Ist er in deinen Träumen rein zufällig Musiker und Sternzeichen Schütze?«

»Okay, ich bin beeindruckt«, muss ich gestehen.

»Ich weiß«, sagt sie und scheint hochzufrieden, ihre beste Freundin doch noch in- und auswendig zu kennen.

»Schon vergessen, dass wir uns in der Schule die Zeit damit vertrieben haben, uns unsere zukünftigen Ehemänner haarklein auszumalen.« Sie unterbricht sich. »*Verdammt*, da lag ich ja mal so was von daneben.«

»Du meinst, dein heißer puertoricanischer Ehemann ist leider kein blonder Surfer-Dude namens Dustin? Jetzt hör schon auf.«

»Ach, Dustin. Es hat nicht sollen sein«, seufzt sie verträumt, dann schaut sie wieder mich an. »Hast du keine Angst, dein geheimnisvoller Brieffreund könnte, ich weiß nicht, mindestens hundert sein? Geplagt von Gicht und Vergreisung? Was, wenn seine *Freundin* die Pflegerin im Altersheim ist, und Zärtlichkeiten sich darin erschöpfen, dass er sich von ihr mit dem Schwamm einseifen lässt?«

»Und wenn schon«, entgegne ich steif. »Man kann auch mit Menschen älterer Generationen befreundet sein.«

Und schicke dabei ein stummes Stoßgebet gen Himmel und SirNYC. *Bitte, keine Seifenschwämme.*

Rachel isst den letzten Bissen von ihrem Sandwich und knüllt dann seufzend die Papiertüte zusammen. »Eigentlich sollte ich dich an dieser Stelle eindringlich vor Fake-Profilen warnen, aber ehrlich gesagt finde ich die ganze Geschichte viel zu süß, immer vorausgesetzt natürlich, du lässt dich nicht zu irgendwelchen Dummheiten hinreißen. Wie beispielsweise, dich mit ihm in einer dunklen Sackgasse zu verabreden.«

Ich reiße die Augen auf und schaue sie verdattert an. »Augenblick, willst du damit sagen, ich hätte ihm nicht meine gesamten Ersparnisse auf ein Konto in Übersee überweisen sollen? Oder ihm meine Adresse geben, als er meinte, er würde gerne mal einen Blick in meine Unterwäscheschublade werfen?«

»Haha, sehr witzig. Hier, willst du meinen Armen nicht noch mal eine Pause gönnen?«

»Unbedingt«, sage ich, nehme ihr Matteo ab und drücke ihm einen Kuss auf den Kopf.

»Wie bist du ihr bloß mit diesem Kerlchen entkommen? Dass Oma Becca sich den nicht gleich gekrallt hat.«

»Versucht hat sie es. Aber auch wenn sie ihr Leben geben würde für ihre Enkelkinder, mit Windelwechseln hat sie es nicht mehr so.« Sie rümpft ganz leicht die Nase. »Wenn man davon spricht …«

»Willst du ihn schnell im Laden wickeln?«, frage ich und sammele die Überreste unseres Mittagessens ein, während sie sich Matteo in so einem schicken Tragedings vor die Brust schnallt.

Eins der besten Dinge an meinem kleinen Champagner- und Sekt-Laden ist die exzellente Lage gleich gegenüber vom Central Park.

Rachel sieht mich an, und ich schüttele den Kopf, noch ehe sie etwas sagen kann. »Du musst los. Verstehe schon.«

»Muss ich. Mist. Bin ich jetzt auch schon so eine Übermutter? Die kaum mal zwei Stunden weg sein kann von ihrer Brut?«

»Das sind die *besten* Mütter«, versichere ich ihr, während wir langsam zur Westseite des Parks spazieren.

Rachel wirft unseren Müll in einen grünen Mülleimer und hakt sich dann bei mir unter, ganz vorsichtig, um

Matteo nicht zu wecken. »Du musst wirklich nicht mitkommen«, sagt sie mit einem Blick auf die Uhr. »Macht der Laden nicht mittags auf?«

»Josh und May sind da. Und außerdem muss ich noch Blumen für den Tresen besorgen, und Carlos unten an der Ecke Seventy-Fourth und Broadway hat die schönsten Sträuße weit und breit.«

»Verdammt, wie ich diese kleinen Blumenwagen an jeder Straßenecke vermisse. Fast so sehr wie May. Drück sie ganz fest von mir, ich habe sie schon ewig nicht mehr gesehen. Und Moment mal, wer ist denn Josh?«

»Josh arbeitet schon eine Weile bei uns. Eigentlich ist er für Inventur und Lagerlogistik zuständig, aber es ist so schön zu beobachten, wie er nach und nach seine Menschenscheu verliert und auf die Kunden zugeht.«

»Ich wundere mich, dass du überhaupt weißt, was Schüchternheit heißt. Bist du irgendwann in deinem Leben mal einem Menschen begegnet, der nicht gleich ganz hingerissen war von dir?«

»Blake Hansel, fünfte Klasse.«

»Nein, der war *total* in dich verschossen, deswegen hat er dich dauernd am Pferdeschwanz gezogen«, widerspricht Rachel, als wir aus dem Park kommen und auf den überfüllten Gehweg am Central Park West treten. Wir umarmen uns, bemüht, das Baby zwischen uns nicht zu zerdrücken.

Dann lasse ich sie los und sage Matteo auf Wiedersehen, während ich ganz ungeniert seinen süßen Babyduft einatme, gemischt mit … ja, das muss wohl die volle Windel sein. »Bis bald, mein Süßer. Und du willst ganz sicher nicht mit mir durchbrennen?«

»Du, junges Fräulein, wirst mir in Zukunft gefälligst öfter schreiben«, befiehlt Rachel mit erhobenem Zeigefinger, während sie langsam rückwärts in Richtung Uptown geht.

Ich salutiere gehorsam und winke ihr hinterher.

Kaum hat meine beste Freundin mir den Rücken zugedreht, ziehe ich das Handy aus der Tasche, um nachzusehen, ob ich eine neue Nachricht von ihm habe.

Okay, also gut. Ich bin vielleicht ein *klitzekleines* bisschen verknallt in einen Mann, den ich noch nie gesehen habe.

Werte Lady,
Pistaziengelato sagen Sie? Das Lieblingseis meiner Mutter. Wenn sie sich denn ausnahmsweise etwas mit Geschmack oder Kalorien gönnt. Wobei ich die grüne Lebensmittelfarbe ehrlich gesagt ziemlich eklig finde.
Der Ihre, dem Sorbet treu ergebene,
Sir

An Sir, etwas beunruhigt,
haben Sie mich gerade etwa mit Ihrer Mutter verglichen? Ich weiß nicht so recht, was ich davon halten soll …
Lady

Werte Lady,
herrje, tatsächlich. Ich nehme alles zurück, behaupte das Gegenteil und versichere Ihnen, dass Sie mich in keinster Weise an meine Mutter erinnern.
Der Ihre, um Entschuldigung bittend,
Sir

Zwei

Okay, ein bisschen was zu mir.

Ich heiße Gracie Cooper, bin dreiunddreißig Jahre alt, ein mittleres Kind, gebürtige und Wahl-New-Yorkerin, stolze Inhaberin eines Champagner-Ladens namens Bubbles & More, und ich liebe mein Leben.

Aber nur, damit das klar ist: Ich kann nicht unbedingt behaupten, dass es das Leben ist, das ich mir als Kind erträumt habe, und ich muss dazusagen, dass ich in der Schule quasi nichts anderes gemacht habe, als mir mein zukünftiges Leben in allen Einzelheiten auszumalen. Und ja, zugegeben: Mit dreiunddreißig bin ich weit von diesen Träumen entfernt.

Ich habe weder Mann noch Kinder. Ich wohne in einem schuhschachtelkleinen Apartment ohne Aufzug statt in einem geschmackvoll restaurierten Backstein-Altbau. In meiner Fantasiewelt führten meine Eltern glücklich ihren gemeinsamen Champagner-Laden, und ich war eine weltbekannte Künstlerin. (Hey, wenn man schon in seinen eigenen Träumen nicht ganz groß rauskommt, dann kann man es doch auch gleich sein lassen!) Meine Geschwister wohnten, glücklich verheiratet, mit ihren eigenen Kindern ganz in der Nähe, und jeden Sonntag trafen sich alle zum lauten, lebhaften Familienessen. Außerdem sollte ich erwähnen, dass in meinen Tagträumen Haare und Brüste der erwachsenen Gracie wesentlich weniger platt waren, als sie es tatsächlich sind.

Doch nein. Es kam alles ganz anders.

Meine Mom ist früh gestorben – ein Unfall mit Fahrerflucht, bloß ein paar Blocks von zu Hause entfernt. Ich war gerade sieben. Vor vier Jahren dann wollte ich endlich all meinen Mut zusammennehmen und meiner Familie gestehen, dass ich für ein Kunststudium in Italien zugelassen worden war, aber die Krebsdiagnose meines Vaters durchkreuzte meine Pläne. Sein letzter Wunsch und Wille war es, Bubbles solle unbedingt in der Familie bleiben.

Da meine Schwester und mein Bruder sich nicht unbedingt darum rissen, den Laden zu übernehmen, und ich ohnehin Dads Favoritin für den Job war, gab es also doch kein Kunststudium für mich.

Stattdessen bin ich nun Ladeninhaberin und Hobbymalerin. Und weil meine Schwester und ich uns immer mehr auseinanderleben und mein Bruder einer spontanen Laune folgend nach New Hampshire gezogen ist, gibt es auch keine sonntäglichen Familienessen.

Nicht unbedingt das Leben, das ich mir ausgemalt hatte, aber doch ein gutes Leben. Und auf eins bin ich ziemlich stolz, meine persönliche Superkraft nämlich: Meine Fähigkeit, mich anzupassen und die Dinge so zu nehmen, wie sie sind, nicht wie ich sie gerne hätte.

Weshalb es auch so verdammt nervig ist, dass ich von diesem einen Traum einfach nicht lassen kann, dass mein

Herz sich in dieser einen Hinsicht mit nichts anderem zufriedengeben mag, als mit der Erfüllung meines langgehegten sehnlichsten Tagtraums:

Mein Traummann.

Ganz egal, wie oft ich auch rausgehe in die wirkliche Welt, ganz egal, wie viele Verabredungen ich habe – und ja, es waren mehr als genug –, kann ich doch nicht von der fixen Idee lassen, dass ich es, wenn ich ihn erst einmal getroffen habe, einfach wissen werde.

Rachel nennt das den Cinderella-Modus. Ich nenne es, gewisse Ansprüche haben.

Also gut, vielleicht auch *sehr hohe* Ansprüche.

Aber warum sollte ich mich auch mit weniger zufriedengeben als einer Schmetterlinge-im-Bauch-Hollywood-Romanze, wie man sie aus alten Filmen und Frank-Sinatra-Songs kennt?

Mein Sternzeichen-Schütze-Musiker mit dem braunen Strubbelhaar, dem schiefen Grinsen und dem kleinen Bauchansatz muss irgendwo da draußen sein. Da bin ich mir ganz sicher.

Was mich wieder zurückbringt zu SirNYC.

Es ist verrückt, das sehe ich selbst ein, aber beim Schreiben mit ihm komme ich diesem Gefühl bisher am allernächsten. Und darum kann ich unsere ungewöhnliche Freundschaft auch nicht einfach so abtun, denn bis der Märchenprinz vorbeigeritten kommt und an meine Tür klopft, ist Sir eine überaus willkommene Ablenkung.

Ich biege ab in die Amsterdam Avenue und schlendere auf Carlos' Blumenwagen zu, ganz gemächlich und ohne

Eile, während ich das Summen und Brummen der Stadt um mich herum genieße, die langsam aus dem sommerlichen Tiefschlaf erwacht. Zwei Taxis entgehen nur mit Glück einem Zusammenstoß und machen ihrem Ärger mit einem klassischen dröhnenden New Yorker Hupkonzert Luft. Zwei alte Damen meckern, bei Zabar's sei der Räucherfisch schon wieder teurer geworden. In der Ferne heult ein Martinshorn. Ein schlaksiger Mann singt »Wait for It« aus dem Musical *Hamilton* so perfekt wie die Profis am Broadway.

Ich muss lächeln. Das ist der Soundtrack der Stadt. *Mein Zuhause.*

Ich wurde in Brooklyn geboren, lebe aber seit meinem achten Lebensjahr in Manhattan. Und ich möchte den Bewohnern schnuckeliger kleiner Stadtteile wie Prospect Heights ganz bestimmt nicht zu nahe treten, aber dieses geschäftige Großstadtgewusel mit den Wolkenkratzern und den vielen Menschen, alles dicht an dicht … *das* ist mein New York.

Nach dem Tod meiner Mom ist mein Dad mit uns nach Morningside Heights gezogen, einem Stadtteil von West Harlem direkt an der Grenze zur Upper West Side. Manhattan war für uns alle ein Neuanfang. Die Chance auf ein neues Leben ohne Mom, in einer Wohnung, in der uns nicht alles ständig an sie erinnerte. Ein neuer Schulbezirk für mich und meine Geschwister und ein kürzerer Arbeitsweg für meinen Dad zu unserem Laden in Midtown.

Leicht war das alles nicht. Ich weiß noch gut, wie schrecklich peinlich es mir war, meinen Dad bitten zu müssen, mir auf dem Heimweg eine Packung Binden mitzubringen, als meine große Schwester im Sommercamp war. Und natürlich fehlte Mom mir wie verrückt. Tut sie heute noch.

Aber etwas Eigenartiges passierte, damals, als mein Dad mit dem gemieteten Lieferwagen über die Brooklyn Bridge fuhr und wir urplötzlich auf allen Seiten von Wolkenkratzern umgeben waren. Irgendwas in mir machte klick – es fühlte sich so richtig an.

Einmal hatte ich ein Date mit einem Mann aus Toledo (mit dem es sich, ganz nebenbei bemerkt, *so gar nicht* richtig anfühlte), der meinte, Manhattan hätte man entweder im Blut oder das Blut gefriert einem hier in den Adern. Ein bisschen plakativ und fies, aber ganz unrecht hatte er nicht. Ich gehöre eindeutig zur ersten Kategorie.

Die Ampel an der Amsterdam Avenue ist rot, aber wie jeder waschechte New Yorker achte ich mehr auf den Verkehr an sich als auf die Verkehrszeichen und winke einem NYPD-Beamten freundlich und halb entschuldigend zu, der meine illegale Straßenquerung entweder nicht gesehen hat oder nicht sehen wollte.

Der Blumenstand steht, wo er immer steht, und ich grüße lächelnd den stämmigen kleinen Mann, der gerade die Sträuße in Wassereimern drapiert.

»Guten Morgen, Carlos!«

»Sie sind spät dran«, meint er mit mürrischer Miene.

»Ich weiß, ich weiß. Ich hatte eine Verabredung mit einem zuckersüßen Hosenscheißer«, antworte ich, während mein Blick bereits über die Auslage schweift, und ich bin enttäuscht, heute weniger Auswahl zu haben als sonst. Wundern tut es mich allerdings nicht. Sonst komme ich montagmorgens so früh wie möglich her, inzwischen ist es schon nach Mittag. Ich will gerade nach einem fröhlichen Strauß leuchtend gelber Rosen greifen, da schlägt Carlos meine Hand weg und kramt etwas aus einem Geheimversteck hinter dem Wagen.

Mit großen Augen bestaune ich das prächtige Blumenarrangement. »Ach, der ist ja ein Traum.«

»Pauline hat ihn gestern Abend gebunden und mir eingebläut, ihn niemand anderem zu verkaufen als Miss Gracie.«

»Den haben Sie für mich aufgehoben?« Hingerissen atme ich den betörenden Blütenduft ein. Nie im Leben wäre ich auf die Idee gekommen, Freesien, Sonnenblumen und rosafarbene Rosen zu kombinieren – und genau darum bin ich wohl auch keine Floristin.

»War gar nicht so einfach«, brummt er gutmütig.

»So was wie Sie habe ich gar nicht verdient«, sage ich und lege mir den Strauß in die linke Armbeuge, während ich mit der rechten in der Gesäßtasche nach dem Geld krame, das ich mir eigens dafür eingesteckt habe.

Ich reiche Carlos den Geldschein, und er muss mir versprechen, das Wechselgeld zu behalten und Pauline ein dickes Dankeschön auszurichten.

Gerade, als ich den verbliebenen Zwanziger wieder einstecken will, frischt der Wind auf und reißt mir den Geldschein aus der Hand.

»Ach, verdammt.« Sonst fluche ich so gut wie nie, aber

so sehr ich diese Stadt auch liebe, in den verstopften New Yorker Straßen sollte man an einem böigen Tag wie diesem besser keinen Zwanzig-Dollar-Schein fallen lassen. Ungeschickt hechte ich ihm nach, bekomme ihn aber nicht zu fassen, und dann lebt der Wind wieder auf und weht ihn weiter die Straße entlang, nur um schließlich von der Spitze eines teuer wirkenden Herrenschuhs liegen zu bleiben.

Ich greife nach dem flatternden Geldschein, doch der Schuhbesitzer ist schneller als ich, bückt sich und hebt ihn mit langen Fingern auf.

Ich lächele erleichtert und will schon danach greifen, als mein Blick nach oben geht, den ganzen marineblauen Anzug entlang, über die konservative braunrote Krawatte …

Unsere Blicke treffen sich, und ich erstarre. Wasserblaue Augen – ja, so was gibt es tatsächlich – starren in meine, und sein erstaunter Gesichtsausdruck spiegelt meinen eigenen Schreck.

Der ganze Lärm im Hintergrund, den ich erwähnt habe? Der allgegenwärtige Sound von New York City? Der verstummt, und dann sind nur noch wir da, und irgendwo singt Frank Sinatra »Summer Wind«.

Na ja, beinahe, es ist schon fast Oktober, aber so ungefähr.

»Sie«, sage ich mit leiser Stimme.

Ich kenne diesen Mann nicht. Ich habe ihn noch nie gesehen. Und doch ist es, als würde ich ihn kennen. Mein Herz kennt ihn. *Das* ist mein Märchenprinz, meine Liebe auf den ersten Blick.

Offenbar ist er doch kein durchschnittsgroßer, musikalischer Schütze mit langen braunen Haaren, braunen Augen und kleinem Bauchansatz. Nein, er ist groß, schlank und ernst, hat schwarze Haare, ein kantiges Gesicht und wasserblaue Augen.

Der Mann hat sein Handy in der Hand, das er nun langsam in die Hosentasche gleiten lässt, ohne den Blick von mir zu wenden. Er lässt mich nicht aus den Augen, und als er mir den Zwanzig-Dollar-Schein reicht und seine Finger meine streifen, kneift er kaum merklich die Augen zusammen. Fast, als verwirrte ihn etwas. »Wer sind …«

»Sorry, Schatz. Danke fürs Warten.« Eine große schlanke Frau mit üppigem honigblondem Haar erscheint an der Seite meines Märchenprinzen. In der Hand eine Tüte von Stuart Weitzman, die sie triumphierend in die Höhe hält. »Overknees in Taubengrau. Ich konnte einfach nicht widerstehen.«

Er blinzelt und sieht sie an, und die Frank-Sinatra-Platte in meinem Kopf knarzt und kratzt und bricht dann abrupt ab. *Verflogen, der Moment.*

Die Frau schaut zu mir herüber und lächelt fragend. Hübsch ist sie. Aufgeschlossen, fit. Sie hat diesen typischen Manhattaner Schick, Sommersprossen und strahlend weiße Zähne. Ihr Kleid sieht aus, als wäre es für ihre perfekte, kurvige Figur gemacht.

Aber natürlich. Natürlich hat so ein Mann so eine Frau. Mondän und vorzeigbar.

Und keine kleine Ladenhüterin, die die Stadttauben mit Namen kennt, zum Frühstück Eier mit Senf isst und vermutlich … mein Blick geht nach unten. *Tatsache.* Babysabber auf dem T-Shirt hat.

Verstohlen schaue ich auf ihre Ringfinger. Nichts – oder zumindest noch nichts – aber das ist wohl nur eine Frage der Zeit.

Ihr Blick bleibt an dem Blumenstrauß in meinem Arm hängen, und ihr Lächeln wird noch hübscher. »Die sind ja hinreißend. Wo haben Sie die her?«

Ruckartig kehre ich zurück in die Realität und schalte auf Autopilot. Mit einem freundlichen Lächeln erkläre ich: »Carlos am Stand da drüben hat die *allertollsten* Blumen.« Ich drehe mich um und deute auf den Verkaufsstand, wo Carlos gerade einem älteren Herrn dabei behilflich ist, Blumen für seine Liebste auszusuchen, die, so stelle ich mir vor, schon ein ganzes Leben lang an seiner Seite ist. Ooh, oder vielleicht auch für eine ganz *neue* Liebe – ein heilsamer Neubeginn für beide nach dem schmerzlichen Verlust des geliebten Ehepartners.

Frank Sinatra dudelt wieder in meinem Kopf, wenn auch nur ganz leise. *Puh.* Ich kann es also doch noch.

»Nun *schau* dir doch nur mal diese Hortensien an«, schwärmt die Frau verzückt. »Die *muss* ich haben.«

Ohne einen weiteren Blick marschiert sie mit wippenden Haaren und schwingender Stuart-Weizman-Tüte schnurstracks an mir vorbei, um Carlos' Blumenstand zu begutachten.

Noch ein verstohlener Blick zu *ihm*, wobei ich feststelle, dass er mich mustert wie ein verzwicktes Rätsel, dessen Lösung ihm partout nicht einfallen will.

Schau du nur, Freundchen. Du bist vergeben.

Ich lächele. Ein strahlendes, platonisches Lächeln, quasi

ein freundlicher Klaps auf die Schulter. »Danke noch mal.« Ich wedele mit dem Zwanzig-Dollar-Schein, den ich, wäre die Geschichte anders ausgegangen, ganz bestimmt gerahmt und in unserer ersten gemeinsamen Wohnung über den Kamin gehängt hätte.

Doch nun. Er ist zwar ein Märchenprinz.

Aber nicht meiner.

Tja. Dabei war ich mir gerade eben doch so sicher, dass das der große Augenblick war.

Hach ja. Leise »New York, New York« vor mich hin summend ziehe ich das Handy aus der Tasche. Ein Blick, und ich muss lächeln, denn da wartet schon eine neue Nachricht von MysteryMate.

Immerhin habe ich noch Sir.

An Sir, aus reiner Neugier,
glauben Sie an die Liebe auf den ersten Blick?
Lady

Werte Lady,
selbstverständlich.
Der Ihre, nun auch neugierig, warum Sie mich das wohl fragen …
Sir

Drei

In Midtown angekommen habe ich den Mann im schicken Anzug mit den grünblauen Augen längst in den hintersten Winkel von Herz und Hirn verbannt, und da bleibt er auch, zusammen mit all meinen anderen perfekten, unerreichbaren Männern, wie Prinz Eric aus *Arielle, die Meerjungfrau*, Marc Ruffalo in *30 über Nacht*, und natürlich A. J. aus *Empire Records*.

Die Glocke, die bei Bubbles & More schon länger an der Tür hängt, als ich überhaupt auf der Welt bin, klingelt beim Hineingehen, und meine Laune hebt sich schlagartig beim Anblick von sage und schreibe drei Kunden im Laden. Viel ist das nicht. Aber immer noch besser als die *null* Kunden von vor drei Jahren.

Der Laden war schon immer klein und der Umsatz eher bescheiden. Und obwohl ich schon mit Anfang zwanzig hier ausgeholfen habe, hatte ich doch, genau wie meine Geschwister, bis zu Dads Tod keine Ahnung, wie schlimm es wirklich um ihn stand. Dad konnte nichts dafür. Es ist nun mal einfach so, dass die Leute heutzutage Wodka, Cabernet und Prosecco in *einem* Laden bekommen wollen. Online. Und dann soll die Bestellung frei Haus beim Pförtner abgegeben werden, während sie im Büro sind.

Und so sehr Dad auch immer darauf beharrte, Kundenfreundlichkeit, Fachwissen und gute Nachbarschaft würden sich am Ende schon auszahlen, sagen die Zahlen etwas ganz anderes.

Champagnerexpertin oder Ladenbesitzerin zu werden war nie mein Traum, ganz im Gegensatz zu Dad. Und doch war der Wunsch, den Traum und das Erbe eines geliebten Menschen zu bewahren, ein gewaltiger Antrieb für mich. Nach Dads Tod ließ ich das Kunststudium in Italien sausen und begann stattdessen ein Wirtschaftsstudium hier in der Stadt. Morgens ging ich zur Uni, um dann ab mittags im Laden zu stehen. Ich änderte den Namen von Bubbles zu Bubbles & More und erweiterte unsere Produktpalette. Nun sind wir nicht mehr bloß ein Champagnerfachgeschäft, sondern eine schicke Geschenkboutique – so ein Laden, in dem man fix auf dem Weg zur Dinnerparty, Brautparty oder zum Geburtstagsfest vorbeischaut, um noch eine Flasche Schampus und eine kleine Aufmerksamkeit für den Gastgeber oder den Ehrengast zu besorgen.

Langsam fing der Laden an, Gewinn abzuwerfen, statt Verluste zu machen, aber ich würde deutlich ruhiger schlafen, wenn wir *ein bisschen* mehr in den schwarzen Zahlen wären. Oder wenn da nicht doch noch ein Fünkchen Groll in mir flackern würde, weil Dad den Laden zwar *uns allen* vermacht hat – Lily, Caleb und mir –, aber meine Geschwister zu beschäftigt damit sind, ihren eigenen Träumen nachzujagen, statt mir bei meinem alltäglichen Kampf zu helfen, Dads Erbe zu bewahren. Das trifft mich mehr, als ich mir eingestehen mag.

Denn immerhin bin ich nicht die Einzige, die in diesem Laden aufgewachsen ist. Auch die anderen Cooper-Kinder haben an dem kleinen Tischchen hinten in der Ecke gesessen und Hausaufgaben gemacht, haben als Teenager frühmorgens die Regale aufgefüllt, konnten den Unterschied zwischen Brut und Extra-Brut herunterbeten, lange bevor sie selbst Alkohol trinken durften. Und wir alle waren in jenen letzten Tagen bei Dad im Krankenhaus, als er uns eindringlich bat, sein und Moms Erbe unbedingt fortzuführen.

Doch auch wenn manchmal so etwas wie Reue und Groll aufflackern, ist es doch nichts weiter als das – ein kurzes Aufflackern. Wie schon gesagt, das Beste aus dem zu machen, was das Leben mir vor die Füße wirft, ist meine Superkraft, und ich bin stolz auf das, was ich erreicht habe. Stolz vor allem auch, weil neben den hübschen Notizbüchlein, den roségoldenen Heftern und den süßen Cocktailservietten, die beliebtesten Artikel die Bilder sind, die ich in unserer kleinen »Kunstecke« verkaufe.

Meine Bilder.

Und tatsächlich, während meine Mitarbeiterin Robyn mit einem der Kunden in der Italienabteilung steht und ihm eine kleine Lektion in Sachen Nuancenreichtum des Franciacorta erteilt, stehen die beiden anderen in der Kunstecke und bewundern mit unüberhörbarer Begeisterung eins meiner neueren Werke – ein Martini-Glas im Leopardenmuster mit keckem rotem Lippenstiftabdruck am Rand. Anfangs bin ich dem Champagner als Thema treu geblieben, aber die Bilder gingen weg wie nichts, also fing ich irgendwann an, alle möglichen Weine zu malen, nicht bloß Schaumweine. Dann Cocktails. Dann Kaffeespezialitäten, den Schaum aufgetürmt wie die Spitze des Empire State Building, denn viele unserer Kunden sind Touristen, die in unserem Laden nach einem kleinen Souvenir stöbern.

Dass sich jede meiner neuen Gemälde-Ideen besser verkauft als die letzte, frustriert und freut mich gleichermaßen, vor allem weil die Arbeit im Laden mir so wenig Zeit zum Malen lässt.

Carlos' Blumen noch im Arm marschiere ich schnurstracks zur Kasse, wo eine Dame gewissen Alters – sechzig, um genau zu sein – sitzt und einen ihrer Historienromane liest, ohne die man sie so gut wie nie antrifft.

»Gott sei Dank«, brummt sie, ohne von ihrem Buch aufzuschauen, als ich nach dem Strauß von letzter Woche greife, der auch schon bessere Zeiten gesehen hat. »Die fingen schon an zu müffeln.«

»Wogegen du, wie ich sehe, alles in deiner Macht Stehende getan hast«, entgegne ich grinsend.

Sie sieht mich über den Rand ihrer lilafarbenen Lesebrille an, nimmt sie dann langsam ab und bringt sie, gehalten von einer knallpinken Kette, auf ihrem ausladenden Busen zum Liegen.

Ich lege den Kopf schief und weise auf ihr rechtes Ohr. »Ist das eine Hasenpfote?«

Sie schnippt mit einem korallenroten Fingernagel gegen das plüschige rote Ding. May Stuckley ist so, seit ich sie kenne. Eine farbenfrohe Erscheinung, mit einem eigenwilligen Sinn für Mode. In meinem Leben hat sie schon lange eine Mutterrolle inne, und mittlerweile gehört sie ebenso zum geerbten Inventar des Ladens wie die Erinnerung an meine *echte* Mutter. Für mich ist sie einer der wichtigsten Menschen auf der ganzen weiten Welt.

»Hasenpfoten bringen Glück«, erklärt sie mir.

»Und wieso dann nur eine?«, frage ich mit Blick auf ihr linkes Ohr, an dem eine glitzernde Ananas baumelt.

»Mir war heute irgendwie asymmetrisch zumute«, sagt sie und steckt ein abgewetztes Lesezeichen in ihr Buch über den Earl und seine Braut. »Wie geht es Rachel? Was macht der Kleine?«

»Gut. Und süß sein«, erwiderte ich. »Hier alles okay? Danke noch mal, dass du aufgeschlossen hast.«

May zuckt die Achseln. »Habe ich gar nicht. *Sie* war schon da«, sagt sie und »senkt« die Stimme zu einem Flüstern, das wundersamerweise noch lauter ist als ihre normale Lautstärke. Sie neigt den Kopf zu Robyn hin, die noch immer über Pinot Bianco-Trauben schwadroniert.

»Ich höre diesen Ton. Ich ignoriere diesen Ton«, sage ich über die Schulter und gehe nach hinten, um die verwelkten Blumen aus der Vase zu nehmen und den neuen Strauß hineinzustellen.

»Du magst sie doch genauso wenig«, brummt May.

Ich muss mir ein Seufzen verkneifen. Die Leier kenne ich nur zu gut. Es ist nicht so, dass ich Robyn *nicht mag*, auch wenn sie es einem wirklich nicht leicht macht. Mein Dad hat Robyn Frank – eine ausgebildete Sommelière – noch kurz bevor er krank wurde selbst eingestellt, wohl in der

Hoffnung, sie könne den Laden aus den roten Zahlen holen. Zugegeben, sie kennt sich mit Schaumweinen aus. Und das weit über solche Binsenweisheiten hinaus, dass man bei spanischem Cava das beste Preis-Leistungs-Verhältnis bekommt oder dass sich nur Schaumwein aus der französischen Champagne wirklich Champagner nennen darf. Nein, Robyn ist ein ganz anderes Kaliber. Sie schmeckt den Unterschied zwischen einem Chardonnay-lastigen Sekt und einem Pinot-Noir-lastigen. Sie kennt die verschiedenen Anbauböden, den Einfluss der Lage auf den Geschmack, weiß, was mit Trauben in der Sonne passiert, und unendlich vieles anderes mehr, was mich offen gestanden kein bisschen interessiert. Aber unsere Kunden scheint es zu beeindrucken.

Sie ist phänomenal. Kann aber auch schwierig und herablassend sein.

Ich gehe in die »Grotte« ganz hinten im Laden. Den Namen haben meine Eltern diesem fensterlosen Kabuff verpasst, in dem es der Weine wegen, die nicht erlesen genug für ein Plätzchen in der Kühlung sind, aber dennoch bei gleichbleibenden dreizehn Grad gelagert werden müssen, immer angenehm kühl ist.

Ich bin noch ganz erhitzt vom Laufen, und so ist der eiskalte Luftzug, der mir entgegenschlägt, eine willkommene Erfrischung. Ich lasse die alten Blumen in den Müll fallen – May hat recht, sie müffeln schon – und spüle die Kristallvase aus. Die hat eine ordentliche Macke, weil der damals elfjährige Caleb den genialen Geistesblitz hatte, einen Golfball gegen den Tresen zu pfeffern. Aber sie wegzuwerfen bringe ich nicht übers Herz.

Ich habe nicht viele Erinnerungen an meine Mutter, und die, die ich habe, sind ziemlich verschwommen. Was ich allerdings noch sehr genau weiß, ist, dass sie jede Woche mit viel Liebe und Sorgfalt gelbe Blumen – ihre Lieblingsfarbe – in dieser Vase arrangierte. Heute noch dieselbe Vase zu benutzen gibt mir ein Gefühl von Nähe, von Verbundenheit, auch wenn ich es gerne etwas bunter mag als sie.

An dem Strauß ist nicht viel zu arrangieren – Pauline ist ein wahres Genie, ihre Sträuße braucht man nur in eine Vase zu stecken, und voilà, sie sehen immer grandios aus. Ich bewundere die üppige Blütenpracht noch einmal gebührend, während ich die Vase wieder hinaus in den Verkaufsraum trage. Die Kunden sind alle gegangen, und May ist verschwunden, nur Robyn ist noch da und macht ein großes Gewese daraus, zuerst den dicken Weinatlas wegzuräumen, ehe sie mich auch nur eines Blickes würdigt.

Robyn ist Ende zwanzig, sieht aber älter aus – und das mit voller Absicht. Immer, und ich meine wirklich *immer*, trägt sie einen schwarzen Blazer zu weißer Hemdbluse und schwarzer Hose. Sogar im Hochsommer. Die glatten braunen Haare sind kinnlang, und einmal hat sie mir erzählt, sie lässt sie *exakt* alle zwölf Tage nachschneiden, der »Akkuratesse« wegen. Der Look wird vervollständigt durch ihr Markenzeichen, braunroten Lippenstift, der eigenartigerweise nur die Tatsache betont, dass sie nie lächelt.

Ich spüre förmlich, wie sie zu einer Beschwerde ansetzen will, und will ihr zuvorkommen: »Was vom Franciacorta an den Mann gebracht?«, frage ich, wohl wissend, dass es eines ihrer neuesten Herzensprojekte ist, unseren

Kunden diesen ausgezeichneten italienischen Schaumwein ans Herz zu legen.

Robyn zuckt die Achseln. »Er meinte, er kommt nachher noch mal vorbei und nimmt dann eine Flasche mit.«

Nie kommt irgendwer nachher noch mal wieder und nimmt eine Flasche mit. Ich wünschte, ich könnte sagen, auf einen Kunden mehr oder weniger kommt es nicht an, aber obwohl der Laden besser dasteht als noch vor einem Jahr, können wir es uns nicht leisten, unsere wenigen Kunden mit leeren Händen ziehen zu lassen.

»Zwei Damen haben dein Cocktail-Bild gekauft«, erklärt sie. »Und *ich* musste sie abkassieren, weil May wieder unbedingt früher in die Mittagspause wollte.«

»Hey, das ist ja prima«, sage ich und überhöre den Seitenhieb auf May. »Wie schön, dass das Bild ein schönes Zuhause gefunden hat.«

»Woher willst du wissen, dass es ein schönes Zuhause ist? Die beiden könnten auch Mörderinnen sein.«

»Ja, ganz bestimmt. Das ist eins der unverkennbaren Markenzeichen von Mörderinnen. Sie gehen immer mit ihren besten Freundinnen Leopardenmuster-Aquarelle shoppen.«

»Ich verstehe das einfach nicht«, sagt sie, vollkommen taub oder unempfänglich für meinen Sarkasmus. »Aus einem farbigen Cocktailglas zu trinken ist ja beinahe genauso schlimm wie aus einem farbigen Weinglas. Man kann die Farbe des Weins nicht richtig erkennen, und wenn man die nicht sieht, weiß die Nase doch gar nicht, was sie erwarten soll.«

Ich schaue auf die Uhr. »Hast du nicht gerade Mittagspause?«

»*Hatte*«, sagt sie und schnappt sich ihre Handtasche. »May hat sich nicht mal die Mühe gemacht, einen Blick auf den Plan zu werfen, also musste ich mal wieder für sie einspringen.«

»Jetzt bin ich ja da«, sage ich, denn mal ehrlich, einen Laden ohne Kunden kann jeder hüten. »Lass dir ruhig Zeit, genieß die Sonne. Es ist ein herrlicher Tag.«

»In einer Stunde bin ich wieder da«, sagt Robyn.

»Wunderbar.«

Ich nehme mein Handy und setze mich auf einen der Hocker, um Sir zu antworten, als das Glöckchen bimmelt. Betend, es möge ein Kunde sein, und nicht Robyn, die zurückgekommen ist, um mich darüber in Kenntnis zu setzen, dass es *kein* herrlicher Tag ist und sie die Sonne *nicht* genießt, stehe ich auf, um, falls nötig, behilflich zu sein.

Es ist ein Mann, und er ist vorne beim Schnäppchen-Schampus stehen geblieben. Meistens kramen die Leute da ein bisschen herum und studieren Etiketten und Preisschilder, aber er steht ganz regungslos da.

Dann dreht er sich zu mir um, und mein zuvorkommendes Lächeln gefriert, noch ehe ich es aufgesetzt habe, denn unvermittelt starre ich in ein vertrautes wasserblaues Augenpaar.

Werte Lady,
was halten Sie von Vorsehung? Schicksal? Bestimmung? Oder ist alles nur Zufall?
Fragt sich der Ihre,
Sir

An Sir, nach reiflicher Überlegung,
hm. Ich glaube nicht an Zufall …
Und gerade habe ich selbst erlebt, dass es ganz bestimmt so etwas wie Schicksal gibt, auch wenn es uns nicht immer in den Kram passt …
Lady

Vier

Du hast mich gefunden, denke ich.

»Sie«, sage ich.

Sein erstaunter Blick verrät mir, dass er genauso schockiert ist, mich zu sehen, wie ich es bin. Und die kleine Falte zwischen den dichten Augenbrauen deutet darauf hin, dass er nicht so recht weiß, was er jetzt machen soll. Er sieht sich um, als müsse er sich erst vergewissern, dass er hier richtig ist. »Hallo. Ich würde gerne den Geschäftsführer sprechen.«

O weh. Man führt keinen Laden, ohne rasch zu lernen, dass »Ich würde gerne den Geschäftsführer sprechen« fast immer auf eine Beschwerde oder eine windige Verkaufsmasche hinausläuft.

Trotzdem zwinge ich mich zu einem strahlenden Lächeln. »Die Geschäftsführerin bin ich. Was kann ich für Sie tun?«

Das Fältchen zwischen den Augenbrauen wird zum ausgewachsenen Stirnrunzeln. »Sie sind eine Cooper?«

Ich versuche, mir meine Überraschung nicht anmerken zu lassen. Einige unserer treuesten Stammkunden wissen, dass wir ein Familienunternehmen sind, aber wir werben wir nicht offensiv damit. Und dieser Mann ist ganz bestimmt kein treuer Stammkunde.

Wäre er das, wäre er vielleicht mit mir verheiratet, statt mit dieser anderen Frau liiert zu sein, und wir hätten Kinder mit wasserblauen Augen …

Ach herrje, Gracie. Jetzt reiß dich aber mal zusammen.

Ich lächele unbeirrt weiter und nicke. »Ich bin Gracie Cooper.«

Er starrt mich noch einen Moment an, und in seinen Augen flackert so etwas wie Enttäuschung auf, dann greift er in die Tasche und zieht einen weißen Umschlag heraus – so einen langen, schlanken, offiziellen, nicht so einen netten kleinen »Hab gerade an dich gedacht!«-Grußkarten-Brief, wie wir sie hier im Laden verkaufen.

»Den wollte ich persönlich zustellen«, sagt er. »Die vorherigen, die ich mit der Post geschickt habe, sind anscheinend alle … verloren gegangen.«

Kaum hält er mir den Umschlag hin, fällt mein Blick auch schon auf das unverkennbare marineblaue Logo, das mich nun schon seit Monaten verfolgt wie ein Fluch, und ich verdrehe entnervt die Augen. »Den können Sie gleich wieder einstecken und Ihrem Chef postwendend zurückbringen.«

Mit hochgezogenen Augenbrauen sieht er mich an. »Meinem Chef?«

»Ich nehme an, Sie arbeiten für Sebastian Andrews?«, sage ich. Den Namen kenne ich nur zu gut, schließlich waren sämtliche dieser Briefe damit unterzeichnet.

Der Mann starrt mich nur kühl an, dann sagt er: »Ich *bin* Sebastian Andrews.«

Ihm bereitet es offensichtlich ein ebenso diebisches Vergnügen, mich mit seinem Namen zu überraschen, wie mir mit meinem. Wie konnte es sein, dass ich vor nicht einmal einer Stunde noch geglaubt hatte, er müsse die Liebe meines Lebens sein, stattdessen ist er die Verkörperung all dessen, was ich an dieser Stadt am meisten hasse?

Sebastian arbeitet für die V. Andrews Corporation, das Unternehmen, von dem wir das Ladenlokal für Bubbles gepachtet haben. Seit drei Monaten erhalten wir immer wieder ungefragt Angebote, unseren eigentlich noch fünf Jahre laufenden zehnjährigen Mietvertrag vorzeitig zu kündigen, und mit jedem neuen Brief wird der Ton kühler und drängender.

»Von allen Männern auf der Welt«, murmele ich. »Ausgerechnet Sie.«

Mr Andrews blinzelt. »Wie bitte?«

Upps. »Habe ich das gerade laut gesagt?«

»Haben Sie. War Ihnen das nicht bewusst?«

Ich wedele abwehrend mit der Hand. »Ich dachte, ich hätte es im Griff, nicht mehr mit allem herauszuplatzen, was mir durch den Kopf geht, aber Gedanken sind irgendwie auch ein bisschen wie eine Drehtür, finden Sie nicht?«

»Wohl kaum.«

»Aber sollten sie das nicht sein?«, hake ich hartnäckig nach.

»Sollten sie nicht was sein?«, fragt er irritiert.

»Wäre das Leben nicht wesentlich interessanter, wenn die Leute nicht so zugeknöpft wären?« Eigentlich eine rhetorische Frage, aber dieser förmliche Typ im steifen Anzug scheint ernsthaft darüber nachzudenken.

»Das sehe ich anders. Würde jeder immer mit allem herausplatzen, was er oder sie gerade denkt, wo bleibt dann das Vergnügen, einen fremden Menschen nach und nach näher kennenzulernen?«

Ein wunderschön stichhaltiges Argument, und sofort steigt er in meinem Ansehen, während meine Verärgerung über ihn sich mit einem Schlag verzehnfacht.

»Kann ich Ihnen irgendwie behilflich sein? Eine schöne Flasche Taittinger zur Feier des Tages und der neuen taubengrauen Overknee-Stiefel Ihrer Freundin?«

Warnend kneift er die Augen zusammen. »Ich bin nicht zum Einkaufen hier.«

»Der Satz, den jeder Ladenbesitzer am liebsten hört.«

»Sie haben die Briefe unseres Unternehmens erhalten«, sagt er. Eine Feststellung, keine Frage.

»Habe ich, ja. Qualitativ sehr hochwertiges Briefpapier.«

»Haben Sie sie geöffnet?«

»Manche.«

Die Muskeln im Kiefer zucken. »Und die anderen?«

»Sind im *ganz besonderen* Posteingang gelandet.«

Mr Andrews mustert mich argwöhnisch. »Lassen Sie mich raten. Im Mülleimer?«

»Nein!« Was denkt er sich denn? Ich winke ihn zu mir hinter den Tresen, und seufzend folgt er meiner Aufforderung.

Sofort bereue ich meine unüberlegte Einladung, denn hier hinten ist nicht viel Platz, und jetzt steht er so dicht neben mir, dass ich sein Aftershave riechen kann. Irgendwas Rauchiges, sehr Maskulines.

Ich weise auf den Reißwolf, der hinter dem Tresen steht,

und das Häufchen zerknüllter weißer Papierschnipselchen. »Den benutzen wir nur für die *ganz besondere* Ablage.«

Vollkommen unamüsiert dreht er den Kopf zu mir, und unsere Blicke treffen sich. Wieder spüre ich dieses eigenartige Ziehen, wie vorhin auf dem Gehweg, dieses Geflüster von weißen Turteltauben und »Und wenn sie nicht gestorben sind«. Aber unter dieses sehnsüchtige Ziehen mischt sich auch eine gehörige Portion Frust, weil er eine Freundin hat und so ein blöder Konzernroboter ist, der sich allem Anschein nach nichts dabei denkt, ein allseits beliebtes Familienunternehmen mit vierzigjähriger Tradition in den Ruin zu mobben.

Mr Andrews geht wieder auf die andere Seite der Theke. Ich bleibe, wo ich bin, und als er den Brief, den er mitgebracht hat, zwischen uns auf den Tresen legt, kommt es mir so vor, als zöge er damit eine rote Linie.

Er und ich stehen uns gefühlt mehrere Minuten gegenüber, ein stiller, sturer Willenskampf, der in Wahrheit vermutlich nur Sekunden dauert.

»Aufmachen«, verlangt er.

»Nein, danke. Kein Interesse.«

Die Hand, die auf dem Tresen liegt, zuckt, die Finger klopfen einen gereizten Takt. »Sie wissen doch nicht einmal, was drinsteht.«

»Da drin steht, dass Sie unseren Laden dichtmachen wollen.«

Er hat doch tatsächlich die Frechheit, entnervt die Augen zu verdrehen. »Sie übertreiben.«

»Ich *übertreibe?*«, wiederhole ich empört. »Ich versichere

Ihnen, die Sorge, ob meine Angestellten – oder ich selbst – weiterhin ihren Lebensunterhalt bestreiten können, beruht ganz allein auf logischen Überlegungen und nackten Tatsachen.«

»Wenn dem so ist, dann sind Sie es Ihren Angestellten und sich selbst schuldig, die bestmögliche Lösung zu finden.«

»Ach, und meinen Laden dichtzumachen ist diese Lösung?«

»Wir haben Ihnen ein überaus großzügiges Angebot zusammengestellt. Was Sie wüssten, wenn Sie meine Briefe nicht ganz so *speziell* abgelegt hätten.«

»Ach, ich könnte mir auch noch wesentlich weniger spezielle Ablageorte vorstellen«, entgegne ich zuckersüß.

Die Finger trommeln, schneller diesmal, noch ärgerlicher, und mich überkommt … irgendwas.

Ich bin durch und durch ein mittleres Kind. Immer die Friedensstifterin, immer auf Harmonie bedacht. Konflikte werden mit Charme überspielt. Aber zum ersten Mal in meinem Leben habe ich nicht das geringste Bedürfnis, die Wogen zu glätten. Mr Andrews kann von mir aus daran *ersticken*, ist mir doch egal.

Leider kommt es dazu erst gar nicht, denn die Türklingel verkündet bimmelnd die Ankunft eines Kunden. Ich schaue kurz auf, erblicke eine unserer Stammkundinnen und hebe grüßend die Hand.

»Wenn Sie mich jetzt bitte entschuldigen würden«, sage ich. »Eine zahlende Kundin verlangt meine Aufmerksamkeit.«

»Miss Cooper, ich bitte Sie bloß um fünf Minuten Ihrer

Zeit, um Ihnen ein geschäftliches Angebot zu unterbreiten, das für beide Seiten nur Vorteile …«

»Schon klar«, unterbreche ich ihn und nehme den Brief. »Das schaue ich mir nachher in Ruhe an.«

Ohne den Blick von ihm zu wenden, beuge ich mich nach vorne und stopfe den Brief in den Reißwolf. Wenn unser bisheriges Aufeinandertreffen ein wortloser kalter Krieg war, dann ist das schrille Rattern, mit dem sein Angebot in Abermillionen Schnipsel geschreddert wird, gellendes Kriegsgeheul.

Fassungslos schüttelt er den Kopf und wirkt doch tatsächlich enttäuscht.

»Sollten Sie je Hilfe bei der Auswahl eines Schaumweins brauchen«, brumme ich leise, »verweise ich Sie gerne an einen unserer Mitbewerber an der Ecke Sixty-Forth und Columbus.«

Das ist zwar, was schlagfertige Schlussformeln angeht, nicht unbedingt besonders originell, aber ich bin mehr als zufrieden, das letzte Wort gehabt zu haben. Ohne ihn eines weiteren Blickes zu würdigen, gehe ich um den Tresen und widme mich der Kundin.

»Nicola, wie geht es Ihnen?«, frage ich.

Nicola Cirillo ist Presseagentin und wohnt in einem der schicken Hochhäuser hier gleich um die Ecke. Mindestens einmal die Woche kommt sie zu uns in den Laden. Nicola ist Mitte vierzig, womöglich auch schon Anfang fünfzig (sieht aber um Jahre jünger aus), und ihr größtes Vergnügen ist es, ihre Freunde regelmäßig zum Brunch, Spieleabend, zu Oscar- und Super-Bowl-Partys einzuladen.

Die meisten unserer Stammkunden wissen, was sie wollen, und kaufen immer dasselbe, sehr zu Robyns Verdruss. Nicola hingegen ist immer auf der Suche nach etwas Neuem. Robyn wird sich schwarzärgern über die entgangene Gelegenheit, jemandem ihren Franciacorta aufzuschwatzen.

»Wie war Ihr Vintage-Spieleabend?«, frage ich in Erinnerung an ihren letzten Besuch.

»Ein echter Knaller! Nett, dass Sie fragen. Und nur so nebenbei: Betrunken Candy Land zu spielen ist wesentlich amüsanter, als man glaubt. Mit dem mexikanischen Schampus hatten Sie übrigens recht. Wer hätte gedacht, dass da unten so ein edles Tröpfchen angebaut wird?«

»Einige wenige Kisten haben wir noch. Soll ich Ihnen ein paar Flaschen holen?« Mir wird immer unbehaglicher, weil Mr Andrews sein Stichwort für einen eleganten Abgang zu ignorieren scheint, stattdessen ziellos im Laden herumschlendert und so tut, als schaue er sich um.

»Nein, danke«, sagt Nicola und fährt sich mit der frisch manikürten Hand durch die langen blonden Haare, während sie die vordere Auslage mit den Rosé-Sekten studiert. »Ich habe das dringende Bedürfnis, ein letztes Mal auf den Sommer anzustoßen. Ich suche nach einem sommerlichleichten Rosésekt. Nur für mich allein«, sagt sie mit einem vielsagenden Grinsen.

Viele unserer Kunden haben gerade noch mal das dringende Verlangen nach etwas Sommerlichem, genau deshalb auch die Auslage, die Nicola gerade so eingehend studiert. Neben den Rosé-Sekten, die geradezu *Trink mich in der Abendsonne!* schreien, habe ich ein paar sommerliche Accessoires zusammengestellt: swimmingpoolblaue Cocktailservietten, glitzernde kleine Obstanhänger fürs Weinglas und Sektflaschenverschlüsse in knallbunten Farben.

Insgeheim juckt es mir schon in den Fingern, den sommerlichen Firlefanz wegzuräumen und alles herbstlich zu dekorieren, aber als ich Nicolas Entzückensschreie über einen Korkenzieher in Form von Audrey Hepburns Sonnenbrillen höre, muss ich einsehen, dass uns noch mindestens eine Woche bleibt, um die letzten Sommerartikel an die Frau zu bringen.

»Haben Sie den auch gekühlt?«, fragt sie und weist mit dem Finger auf das Etikett eines Rotari Rosé.

»Bestimmt«, sage ich. »Ich schaue schnell nach.«

Ein rascher Blick in den Kühlschrank bestätigt, dass da noch eine gekühlte Flasche steht. Und auch Sebastian Andrews drückt sich immer noch im Laden herum. Wütend funkele ich ihn von der Seite an, aber er ist beschäftigt damit, so zu tun, als würde er das Etikett eine Flasche Dom studieren.

Ich gehe wieder zu Nicola, die, den Sonnenbrillen-Korkenzieher noch in der Hand, verstohlen zu Mr Andrews hinüberlinst.

»Wow«, formt sie stumm mit den Lippen und fächert sich Luft zu.

Ich weiß. Aber warten Sie nur, bis er den Mund aufmacht und alles versaut.

Sieht aus, als könnte ich meine Gedanken doch hin und wieder für mich behalten.

»Sonst noch irgendwelche Wünsche?«, frage ich und halte die Sektflasche hoch.

»Das ist alles. Ach ja, und den hier«, sagt sie und reicht mir den Korkenzieher. »Ich brauche ihn zwar nicht, aber er ist einfach zu entzückend, um ihn nicht mitzunehmen.«

Das zu hören macht mich ein bisschen stolz, denn die »Brauche ich zwar nicht, muss ich aber unbedingt haben«-Klientel ist genau die Kundschaft, auf die meine Idee abzielt.

Sehen Sie, Mr Andrews? Der Laden läuft.

Mehr oder minder.

Geistesabwesend greift Nicola nach einer kleinen Blechdose mit vollkommen überteuerten Pfefferminzbonbons und schiebt sie mir über den Tresen zu, während ich ihren Einkauf in die Kasse tippe. Die Pfefferminz mit der schwarz-pinken Verpackung sehen aus wie Champagnerflöten und schmecken ganz dezent nach Vanille. Ich muss mir ein Siegerlächeln verkneifen. In einer Kristallschale gleich neben der Kasse platziert gehören sie zu unseren beliebtesten Spontankäufen.

Ich stelle die Sektflasche in eine stabile, hohe weiße Papiertüte und stecke Korkenzieher und Pfefferminzdose an die Seite. Auch das gehört zu meinen Verbesserungsideen. Früher hatten wir im Laden Nullachtfünfzehn-Papiertüten, die wir in genauso unansehnliche Plastiktüten gesteckt haben. Nach einem Seminar über Markenbildung an der Uni kam mir die Idee, Bubbles & More könne sich von der Konkurrenz absetzen, indem wir ein luxuriöseres Kauferlebnis bieten, das selbst nach Verlassen des Ladens anhält. Mit einer schicken Hinguckertüte, die man auch gut zur Happy Hour mit Freundinnen mitnehmen kann, ohne sich das ganze Outfit zu ruinieren.

»Merci vielmals«, flötet Nicola und wirft mir ein Küsschen zu. »Sie wissen ja, ich komme wieder, keine Frage.«

Sie schaut ein letztes Mal zu Mr Andrews, dann höre ich die Türglocke läuten und bin wieder allein. Mit ihm.

Mr Andrews lässt sich reichlich Zeit, bis er wieder zu mir an den Tresen kommt, und es wundert mich nicht, dass er keine Flasche in der Hand hat. Der Typ, der spontan Cocktailservietten mitnimmt, ist er selbstverständlich auch nicht. Mit hochgezogenen Augenbrauen sehe ich ihn an. »Das ›Herumlungern verboten‹-Schild haben Sie gesehen?«

Es gibt natürlich kein solches Schild, aber das tut nichts zur Sache, denn er ignoriert meine Frage und nimmt nachdenklich eine Pfefferminzdose aus der Schale. »Acht Dollar für ein winziges Pfefferminzdöschen.«

Der milde Ton trifft mich mehr als jede schnippische Bemerkung es gekonnt hätte. »Einer unserer Verkaufsschlager.«

»Das denke ich mir.« Behutsam legt er die Dose zurück in die Schale. »Deckt die Gewinnmarge auch die Kosten für die schicken Tüten ab?«

Er kann das nicht ahnen, aber seine Frage trifft genau das tiefe, dunkle, bodenlose Sorgenloch, das sonst für Panikattacken nachts um drei zuständig ist.

Oder vielleicht ahnt er es eben *doch*. Er hält den Blick nämlich ganz ungerührt und ohne mit der Wimper zu zucken auf mich gerichtet. Er sieht zu viel. Als wüsste er, dass bei den Pfefferminz am Ende fast nichts übrig bleibt, und dass die Kosten für die hübschen weißen Tüten, die so stabil und zuverlässig sind, dass man ihnen eine Hundert-Dollar-Flasche Champagner anvertrauen kann, astronomisch sind. Und nein, die Pfefferminzbonbons decken diese Kosten mitnichten.

Ich nehme mir die herablassende Überheblichkeit meiner Schwester zum Vorbild und mustere ihn von oben herab, was mir, so finde ich, erstaunlich gut gelingt, wenn man bedenkt, dass ich nicht mal eins sechzig bin und er bestimmt über eins achtzig groß sein muss. »Kleine Luxusartikel gehören zum Kern unserer Marke.«

»Ja, klar. Und Profit? Langfristige Rentabilität? Ihre eigene finanzielle Sicherheit? Gehören die auch zum Markenkern?«

Ich neige eigentlich nicht zu Wutanfällen, aber als ich das höre, platze ich fast bei so viel anmaßender Arroganz. »Sie gehen zu weit, Mr Andrews.«

Mit einem leichten Nicken gibt er mir recht. »In der Tat. Ich muss mich entschuldigen. Aber solche konventionellen Läden wie Ihrer werden schon bald der Vergangenheit angehören, Miss Cooper. Und zwar in allen Branchen. Es ist keine Schande sich einzugestehen, dass Sie damit nicht reich werden.«

»Das gestehe ich Ihnen nur zu gerne ein«, entgegne ich leise. »Und gehe sogar so weit, stolz zu behaupten, dass es im Leben wichtigere Dinge gibt als Reichtum.«

Er fragt nicht *Welche zum Beispiel?*, aber sein Gesicht verrät mir, dass er genau das denkt.

Diese unverschämt blauen Augen gehen zu dem frischen

Blumenstrauß, den ich bei unserem ersten Zusammentreffen in den Armen hielt, ehe ich einsehen musste, dass er bloß ein Finanzhai in einem sehr schicken Anzug ist.

»Viel Freude an den Blumen«, sagt er, während er sich umdreht und zielstrebig zur Tür marschiert, und irgendwie klingt es wie ein letzter Seitenhieb.

Die Glocke bimmelt zu seinem Abgang, und ich starre blicklos in die herrlichen Blüten und höre alles, was er nicht gesagt hat.

Viel Freude an den Blumen. Den Laden werden die Ihnen nicht retten.

An Sir, stellvertretend für einen Freund,
gibt es Konflikte, bei denen es entschuldbar ist, sie mit Gewalt zu lösen? Nur Spaß. Hoffe ich zumindest.
Lady

Werte Lady,
sieh an, sie hat eine dunkle Seite! Wie faszinierend. Neugierige Nachbarn? Fremdgehender Freund? Fiese Verwandtschaft?
Der Ihre im Schweigekegel,
Sir

Frust am Arbeitsplatz. Manche Menschen sind einfach so … so … mir fehlen die Worte.
Lady

Ach, wem sagen Sie das. Die Worte, die Ihnen gerade nicht einfallen, sind übrigens: einfach unerträglich. Manche Menschen sind einfach unerträglich.

Ja! Genau das. Diesen Menschen ertrage ich einfach nicht.

Kenne ich.

Fünf

Meine Schwester Lily ist eine verdammt hübsche Frau. Früher, als Kind, ahnte ich noch nichts davon. Später, als Teenie, war ich ein klitzekleines bisschen eifersüchtig auf sie. Und heute, als Erwachsene, habe ich gelernt, dass ein hübsches Gesicht auch nicht alles ist.

Scherz! Es vergeht kaum ein Treffen, ohne dass ich mir denke: *Verdammt, Genpool, du spielst einfach nicht fair!*

Verstehen Sie mich nicht falsch, im Großen und Ganzen bin ich ganz zufrieden mit meinem Spiegelbild. Meine Haare sind zwar etwas dünn, aber heute weiß ich, wenn ich sie nicht länger als bis zum Schlüsselbein wachsen lasse, sehen sie nicht allzu gerupft aus. Meine natürliche Haarfarbe changiert irgendwo zwischen Hellbraun und Blond, und ich helfe immer mal wieder mit einer Blondierung aus der Drogerie nach. Das ausgeprägte Kinn habe ich von meinem Dad, die blauen Augen und die zierliche Figur von meiner Mom.

Doch dann Lily dagegen. Die blauen Augen von Mom hat sie auch, aber dazu hat sie Dads dunkle Haare und die unverschämt dichten Wimpern geerbt. Ihre Augen kann man eigentlich nur als »spektakulär« bezeichnen, während mein High-School-Freund meine damals als »bläulich, irgendwie?« beschrieb. Ich glaube, das Fragezeichen dahinter war die größte Frechheit.

Und dann ist Lily auch noch groß und schlank und hat so eine einnehmende Art. Sie braucht nur zur Tür hereinzukommen, und sofort liegt ihr der ganze Raum zu Füßen. Und im Moment ist dieser Raum Bubbles & More.

»Hey!«, rufe ich verdattert, als ich von meinem Laptop aufschaue, auf dem ich gerade die Zahlen der laufenden Woche durchgehe. Gut sehen die nicht aus.

Rasch klappe ich den Laptop zu, gehe zu ihr und umarme sie zur Begrüßung. »Ich wusste gar nicht, dass du vorbeischauen wolltest.«

»Ich war eben kurz bei Bergdorf's«, sagt sie und begutachtet meine spätsommerliche Auslage. Ganz kurz nur zieht sie unmerklich die Nase kraus, dann schiebt sie die Cocktailservietten zu einem ordentlichen Stapel zusammen, ohne zu merken, dass ich sie absichtlich so aufgefächert hatte.

Kurz flackert so etwas wie Ärger auf, aber ich lasse mir nichts anmerken. Viel schlimmer schmerzt der Stich, dass sie nur hier ist, weil sie ohnehin in der Nähe war.

Was ist bloß aus uns geworden?

Lily und ich waren immer schon so unterschiedlich wie Tag und Nacht, aber früher haben wir uns trotzdem richtig gut verstanden. Sie ist sieben Jahre älter als ich und war vierzehn, als Mom gestorben ist. Man könnte sagen, sie hat versucht, Mom so gut es ging für mich zu ersetzen. Lily hat Käsenudeln auf den Tisch gestellt, wenn Dad lange arbeiten musste, hat mir bei schwierigen Matheaufgaben geholfen und mir nach einem Albtraum den Kopf getätschelt.

Irgendwann heiratete sie ihre Jugendliebe und zog aus, aber wir quatschten trotzdem jeden Tag miteinander, und an den Wochenenden half sie immer noch bei Bubbles aus. Doch irgendwann änderte sich das, und Lily und Caleb lebten ihr eigenes Leben. Ich war diejenige, die zu Hause geblieben war und Dad im Laden zur Hand ging, und weder mein Bruder noch meine Schwester stellten je infrage, ob ich das überhaupt wollte.

»Wie läuft's denn so?«, fragt sie.

»Bestens!«

Lily mustert mich eingehend, genau wie früher, wenn sie mich gefragt hat, wie der Sozialkundetest in der Schule gelaufen ist.

Schon damals habe ich ab und zu geschwindelt, und sie hat mich immer durchschaut.

Ihr Blick geht über die Regale mit dem Schaumwein. »Du hast Italien und Spanien vertauscht.«

»Cava ist gerade total angesagt«, erkläre ich. »Wobei, wenn es nach Robyn ginge, würden wir alles, was kein echter Champagner ist, ganz hinten im Laden verstecken, hinter einem schwarzen Vorhang am besten.«

Sie stellt ihre schicke schwarze Tasche auf den Tresen und geht nach hinten, um sich die ausgestellten Bilder anzusehen. »Du hast die Kunstecke vergrößert.«

Etwas verlegen zucke ich die Achseln. »An den Wochenenden kommen ständig Touristen auf der Suche nach irgendwelchen Souvenirs in den Laden. Da ist es manchmal etwas eng geworden.«

»*Das* ist ja toll!«, ruft sie begeistert und greift nach einem meiner neueren Werke – eine winzige zartrosa Fee, die mit einer Schöpfkelle mit Schleife daran Champagner aus einer Sektschale schlürft.

»Ich vergesse immer wieder, wie talentiert du bist«, sagt sie nachdenklich. »Malen konntest du ja immer schon, aber die Bilder sind wirklich … der Hammer.« Sie mustert die ausgestellten Leinwände. »Alles von dir?«

»Ja. Ich habe auch schon versucht, andere Künstler auszustellen, aber …«

Lily lächelt, süffisant und ein bisschen stolz. »Aber die haben sich nicht so gut verkauft wie deine eigenen.«

Ich hebe die Hände und grinse. »Was soll ich sagen? Ich bin halt ein Genie.«

»Bist du«, sagt sie ganz nüchtern und stellt das Feenbild behutsam zurück an seinen Platz. »Darum habe ich dich immer beneidet. Ein Talent zu haben und ein Hobby, in dem du richtig aufgehst.«

Ein *Hobby*. Die Freude über ihr überschwängliches Lob fällt in sich zusammen. Meiner Familie ist es nie in den Sinn gekommen, die Malerei könnte für mich mehr sein als ein Hobby, und das tut weh. Mehr sogar, als ich mir eingestehen möchte, ganz besonders, weil ich mit keinem Wort je erwähnt habe, mein Hobby gerne zum Beruf machen zu wollen.

Sie dreht sich wieder zu mir um. Das Lächeln ist zwar noch da, aber da ist noch etwas anderes – Sorge, und eine gewisse Zurückhaltung.

»Spuck's schon aus«, sage ich grinsend.

»Ich möchte dir nicht zu nahe treten.«

Das ist ja ganz was Neues.

»Lily.«

Meine Schwester holt tief Luft. »Alec war am Samstag bei einer Benefizveranstaltung im Guggenheim.«

Zuerst fällt mir ihre eigenartige Wortwahl auf. *Alec* war im Guggenheim, nicht *wir.* Benefizveranstaltungen sind für Lily immer eine Herzensangelegenheit. Für meinen Schwager nicht so sehr. Er ist eine ziemlich große Nummer hier in der Stadt, aber gleichzeitig kein großer Partygänger. Ein schöner Bourbon und ein gutes Buch sind ihm tausendmal lieber als irgendwelche Galas und Empfänge, weshalb es mich, gelinde gesagt, wundert, dass er freiwillig dahin gegangen ist, ohne dass Lily ihn mitgeschleift hat.

»Anscheinend hat er dort den Sohn einer der einflussreichsten New Yorker Familien kennengelernt …«

Ich schließe die Augen und schnarche demonstrativ, damit sie endlich zur Sache kommt.

»Die Andrews'.«

Ich reiße die Augen auf. *Nein.* Nicht *die* Andrews'. Wobei, das ist ja ein ziemlich verbreiteter Nachname, einer der verbreitetsten, vermutlich …

»Gracie.« Lily klingt milde mahnend. »Wie konntest du mir und Caleb verschweigen, dass sie dir ein Angebot für den Verkauf von Bubbles gemacht haben? Es ist doch schließlich auch unser Laden.«

In den du gerade zum ersten Mal seit Monaten einen Fuß setzt. Und Caleb hat sich hier schon seit Jahren nicht mehr blicken lassen.

Aber der Ärger über meine Geschwister ist nichts im Vergleich zu meiner unbändigen Wut auf Sebastian Andrews. Dieser unerträgliche Kerl ist bei mir abgeblitzt und dann einfach schnurstracks zu meinem Schwager marschiert?

Was für ein chauvinistischer, *hinterhältiger* Schachzug …

»Ich bringe ihn um«, murmele ich.

Lilys Augen werden groß und rund. »Augenblick. Hab ich irgendwas verpasst?«

Ich stützte mich schwer auf den Tresen. »Eine ziemlich lange Geschichte.«

»Ich habe Zeit«, entgegnet Lily und hebt dann den Zeigefinger. »Warte.«

Sie geht zur Kühlung, öffnet die Glastür und kommt mit einer Flasche Pol Roger zurück. Dann kramt sie kurz in ihrer Handtasche, zieht ein schmales schwarzes Umschlag-Portemonnaie heraus und nimmt einen Fünfzig-Dollar-Schein heraus. Gerade will sie schon um den Tresen zur Kasse gehen und den Laptop aufklappen, um das Geld einzubongen, als ich rasch eine Hand auf den Laptop lege. Die Zahlen sind noch auf dem Bildschirm, und die sind alles andere als schön.

»Das mache ich nachher.«

Mein scharfer Ton lässt sie erstaunt blinzelnd aufschauen, doch dann zuckt sie bloß die Achseln, nimmt die Champagnerflasche und dreht mit gekonnter Handbewegung den Drahtkorb auf. Dad hat immer gescherzt, seine Kinder hätten schon Champagnerflaschen öffnen können, als sie selbst noch am Fläschchen hingen. Tatsächlich war er in dieser Hinsicht vergleichsweise altmodisch. Alkohol trinken durften wir erst mit achtzehn, und auch da nur hin und wieder mal ein Schlückchen von dem, was er selbst gerade verkostete.

Die erste echte Lektion gab es zum einundzwanzigsten Geburtstag. Dann machte er eine Flasche Dom Pérignon auf. Eigentlich lebten wir sonst eher bescheiden. Wir waren keine Leute, die Dom Pérignon tranken. Aber zu besonderen Gelegenheiten muss man sich auch mal etwas gönnen, und es war herrlich. Wobei, rückblickend auch irgendwie grausam. Wenn der erste Champagner, den man probiert, gleich ein so edler Tropfen ist, bleibt nicht viel Luft nach oben. Der Sekt, den mein Budget so hergibt, kann einem Dom Pérignon nicht das Wasser reichen.

Ich nehme zwei Champagnergläser aus der hohen, altmodischen Vitrine hinter der Kasse. Mein Dad hat uns eingebläut, Schaumweine immer aus ordentlichen Tulpen zu trinken oder gar nicht. Robyn ist eine entschiedene Verfechterin dieser unerbittlichen Philosophie, was ihr wohl auch den Job bei uns beschert hat. Sie muss Dad damals mit ihrem Fachchinesisch über Nase und Bouquet und Aroma und »die Beschaffenheit der Perlage« eingewickelt haben.

Meine Meinung? Ich persönlich halte das für ganz großen Schwachsinn. Klar, die Kenner würden ihr vermutlich Recht geben, aber wenn Sie mich fragen, geht es beim Wein nicht darum. Nein, beim Wein – und noch mehr bei Sekt und Champagner – geht es um *den Augenblick.* Ein Zehn-Dollar-Sekt, serviert in Plastikbechern zur Verlobung, schlägt jeden Dreihundert-Dollar-Cristal im schweren Kristallglas, an dem ein vom Leben Gelangweilter nippt, um Längen.

»Die sind neu«, stellt Lily anerkennend fest und greift nach einer der Sekttulpen, die ich gerade aus der Vitrine geholt habe. Gekonnt füllt sie das erste Glas, lässt den Schaum bis zum Rand steigen, ohne dass er überläuft, und gießt dann das zweite ein. Das wiederholt sie noch einmal und wartet, bis der Schaum sich gesetzt hat.

Ich habe diesen Champagner – eine sichere Bank für diesen Preis – schon dutzendfach getrunken, und trotzdem hebe ich aus purer Gewohnheit das Glas an die Nase. Lily tut es mir gleich, aber natürlich schwenken wir die Gläser nicht, wie man es bei einem robusten Cabernet machen würde. Schaumwein zu schwenken ist ein *Sakrileg*.

»Also«, sagt sie, trinkt ein kleines Schlückchen Champagner und fixiert mich mit dem durchdringenden Blick einer großen Schwester. »Sebastian Andrews.«

»Örgs. Furchtbar. Ein Troll im Anzug.«

Sie zieht die dunklen Augenbrauen hoch. »Ich bin ihm mal begegnet. Ganz kurz nur, bei der Hochzeit einer gemeinsamen Bekannten letztes Jahr. Machte einen sehr netten Eindruck. Und selbst als alte, verheiratete Frau ist mir nicht entgangen, wie unverschämt gut er aussieht.«

»Unverschämt stimmt, und wie. Unverschämt blasiert und selbstgefällig, als müsste die ganze Welt nach seiner Pfeife tanzen.«

»Und seine neueste Idee ist, den Pachtvertrag vorzeitig aufzulösen?«

Ich nicke.

Lily nippt am Champagner. »Ich hoffe, du hast ihm gesagt, er soll sich zur Hölle scheren.«

»Lily!«

»Was denn? Wir sind ein Traditionsbetrieb. Und ich werde stinksauer, wenn so eine Heuschrecke, und mag sie noch so gut aussehen, meint, sie bräuchte bloß mit einem dicken Scheckheft zu wedeln und könnte ohne mit der Wimper zu zucken ein kleines Familienunternehmen ausradieren.«

Ich nippe an meinem Glas, um mir meinen Ärger nicht anmerken zu lassen. Die Familientradition mit großen Worten zu verteidigen ist das eine. Die eigentliche Arbeit zu machen etwas völlig anderes.

Lily scheint nichts von meinem Groll zu spüren und nimmt lächelnd eins der Pfefferminzdöschen aus der Schale. »Hast du dich je gefragt, was Dad wohl zu all dem Kram sagen würde, den wir inzwischen hier verkaufen?«

»Dieser *Kram* ist das Einzige, was diesen Laden noch über Wasser hält.«

Erstaunt schaut sie auf, und ich weiß nicht, liegt es an meinen Worten oder am Ton? Früher war ich es immer, die zwischen sturem Vater, herrischer Schwester und impulsivem Bruder vermittelt und die Wogen geglättet hat. Ich habe immer große Stücke darauf gehalten, die Sanftmütige, Umgängliche in der Familie zu sein, aber in letzter Zeit frage ich mich zunehmend, ob ich womöglich auch der Fußabtreter für alle war.

»Wie läuft der Laden denn?«, fragt sie.

»Er läuft«, sage ich und verwende absichtlich ihre eigenen Worte. »Aber eher schlecht als recht. Also, *so richtig* läuft er nicht. Und so sehr Dad auch stets darauf beharrt hat, persönliche Note und hervorragender Kundenservice setzten sich immer durch, ist es gar nicht mal so leicht, gegen Online-Bestellungen und Frei-Haus-Lieferungen anzukommen.«

Sie klopft mit den Fingernägeln auf den Tresen. »So was könnten wir doch auch anbieten. Caleb soll die Webseite überarbeiten, dann können die Leute auch online bestellen.«

»Ich habe Caleb bestimmt schon fünfmal gebeten, die Webseite zu überarbeiten«, sage ich und nippe am Champagner. »Jedes Mal sagt er, er kümmert sich darum, und nichts passiert. Aber er hat ja auch noch seine richtigen Jobs und muss zwischendurch den Holzfäller geben …«

»Aber …«

»Ich weiß, du meinst es nur gut«, unterbreche ich sie sachte. »Aber bei allem Respekt, ich bin diejenige, die sich um den ganzen Kram hier kümmert. Und ich bin auch diejenige, die sich überlegen muss, wie man mit Sebastian Andrews fertig wird.«

Was ich nicht sage, ist, dass ein Leichensack bei meinen Überlegungen eine tragende Rolle spielt.

»Du hast recht«, entgegnet sie und hebt beide Hände. »Du hast vollkommen recht. Reden wir über was anderes.«

»Danke«, sage ich und drücke ihr die Hand. »Wie geht es mit der Renovierung voran?«

Vor zwei Jahren sind Alec und Lily nach über zehn Jahren aus ihrem kleinen Apartment ausgezogen und haben sich eine größere Wohnung in Tribeca gekauft. Doch trotz angesagter Adresse und schickem Haus hatten die Vorbesitzer in Designfragen einen ziemlich fragwürdigen Geschmack: viel Schwarz in der Küche, und ein Bad, dessen Farbe man selbst mit gutem Willen nur als knalliges Orange bezeichnen kann. Mit einem Waschbecken in Schmetterlingsform.

Die Renovierungsarbeiten als ambitioniert zu bezeichnen wäre eine glatte Untertreibung, doch Lily wäre nicht Lily, würde sie das Projekt nicht mit dem größtmöglichen Elan angehen. Das neonorange Badezimmer soll einen zartgrauen Anstrich mit fliederfarbenen Akzenten bekommen, die schwarzen Hochglanzschränke in der Küche sollen weißem Holz und Glas weichen, und die Edelstahlkochinsel soll durch schwarzen Marmor ersetzt werden. Aus dem zweiten Schlafzimmer wird ein Gästezimmer, aus dem dritten ein Büro oder Kinderzimmer.

Offen gestanden kann ich es gar nicht mehr abwarten, endlich Tante zu werden, weshalb mich die endgültige Bestimmung dieses dritten Schlafzimmers brennend interessiert. Aber wie fragt man taktvoll danach? Ich weiß, dass die beiden Kinder wollen – sie haben es auf natürlichem Wege versucht, aber auch schon verschiedene andere Methoden probiert. Mutter Natur kann ein Miststück sein, und mir ist durchaus bewusst, dass Vierzigjährige zwar hin und wieder Kinder bekommen, der Weg dorthin aber meist kein leichter ist.

»Bestens«, versichert sie, aber das Lächeln erreicht nicht einmal ansatzweise die Augen. »Lass uns nicht über mein langweiliges Eheleben reden. Erzähl mir lieber was von deinem aufregenden Single-Dasein. Hast du jemanden kennengelernt?«

»Irgendwie schon«, brumme ich.

Sie lächelt. »Wartest du immer noch auf deinen Märchenprinzen?«

Ich hebe mein Glas. »Immer noch.«

»Vielleicht ist Sebastian Andrews ja zu haben«, meint sie neckisch.

»Nein.« Ich trinke einen großen Schluck Champagner. »Er hat eine umwerfende Freundin mit fantastischen Haaren und den entzückendsten Sommersprossen, die du dir nur vorstellen kannst.«

»Bestimmt nicht so umwerfend wie du.«

Ich schnaube abfällig. »An guten Tagen bin ich vielleicht ganz süß, aber wohl kaum Sebastian Andrews Typ. Und er ist auch nicht meiner.«

Sie zieht eine Schnute. »Werde jetzt bitte nicht sauer, wenn ich total auf große Schwester mache, aber … meinst du nicht, es wird langsam mal Zeit, dich von deinem *Typ* zu verabschieden? Ich bin wirklich sehr dafür, genau zu wissen, was man will, aber wenn Mr Perfect bis heute noch nicht an die Tür geklopft hat …«

»Er ist irgendwo da draußen«, entgegne ich sehr bestimmt und versuche, dabei nicht an den ganz und gar nicht zu habenden Sir zu denken.

Kurz wirkt es so, als wolle sie widersprechen, doch dann schaut sie nur in ihr Champagnerglas. Sie dreht und wendet es, und das Diamantarmband, das Alec ihr letztes Jahr zum zwanzigsten Jahrestag geschenkt hat, wirft ein vielfarbig funkelndes Kaleidoskop auf den Tresen. »Hast du in letzter Zeit mal mit Caleb gesprochen?«

»Bloß ab und zu geschrieben«, erwidere ich beiläufig,

wohl wissend, dass es Lily immer schon gewurmt hat, dass sie und Caleb nie so ein enges Verhältnis zueinander hatten wie er und ich. »Hey, lass uns doch demnächst mal zu dritt videochatten. Sein blödes Gesicht fehlt mir.«

Sie lächelt. »Mir auch.«

Ich ziehe das Handy raus, um ihm gleich zu schreiben, und als ich Lily eine halbe Stunde später zum Abschied umarme, steht für die darauffolgende Woche ein Termin zum gemeinsamen Geschwisterchat im Kalender.

Ein Blick auf die Uhr verrät, dass es schon nach Ladenschluss ist, also drehe ich das Schild an der Tür um und versuche, den Mut nicht sinken zu lassen, weil sich in der ganzen Zeit, während Lily hier war, kein einziger Kunde in den Laden verirrt hat.

An der Tür drehe ich mich wieder um und versuche für einen Augenblick, den Laden aus den Augen eines Fremden zu sehen – Sebastian Andrews' vielleicht. Mein Blick geht über die gut gefüllten Regalreihen mit den unzähligen Flaschen, die wir regelmäßig abstauben, damit niemand merkt, dass wir eigentlich nicht allzu viele davon verkaufen. Die dunklen Holzdielen sind blitzsauber, aber blank gewetzt, was dem Laden, wie ich hoffe, einen zeitlos klassischen Touch verleiht, schlicht und ergreifend, weil uns das Geld fehlt, die Dielen aufarbeiten zu lassen.

Ich gehe zurück an meinen Laptop und will mich schon wieder in meine deprimierende Buchführung vertiefen, in der vergeblichen Hoffnung, mich irgendwo verrechnet zu haben – vielleicht eine Ausgabe versehentlich doppelt verbucht oder einen Verkauf falsch eingetippt. Doch statt den Rechner aufzuklappen, nehme ich das gerahmte Foto, das im Regal hinter der Kasse steht. Es wurde an Dads Geburtstag aufgenommen, nur ein paar Wochen vor dem Tod meiner Mutter. Bei einem Strandausflug in Jersey Shore. Mein Dad hatte sich eine neue Kamera geleistet und es irgendwie geschafft, dass wir vier – alle drei Kinder und unsere Mom – für einen kurzen Moment das Sandburgenbauen, Eis-am-Stiel-Lecken und Am-Strand-Lesen unterbrachen, um für dieses Foto zu posieren.

Die blonden Haare meiner Mom sind vom Wind zerzaust, und die Sonnenbrille verdeckt ihr halbes Gesicht, darunter zeigt sich jedoch ein strahlendes Lächeln. Sie drückt uns drei ganz fest an sich. Lily und ich in identischen lila Badeanzügen lächeln brav auf Dads Kommando in die Kamera, während Caleb, damals sechs Jahre alt, mürrisch das Gesicht verzieht, weil er die Arbeiten an seinem Sandburggraben für ganze zehn Sekunden unterbrechen und stillhalten musste.

Kein perfektes Foto, aber der perfekte Moment.

Und für mich der Motor, der mich antreibt weiterzumachen, den Laden am Laufen zu halten, auch wenn es manchmal schier unmöglich erscheint. Das Foto hilft mir, nicht zu vergessen, dass es bei diesem Laden, diesem Unternehmen, nicht bloß um die Zahlen auf meinem Laptop geht, die niedriger sind, als wir alle uns das wünschen. Es geht um die Familie. Die Familie Cooper.

Und wenn Sebastian Andrews das nicht passt, dann soll er mir das gefälligst persönlich sagen, und nicht meinem Schwager.

Angetüddelt bin ich nicht – noch nicht –, aber ich habe gerade genug getrunken, um so richtig in Fahrt zu kommen. Ich bin zu allem bereit. Zuerst schnappe ich mir einen der Briefe von Sebastian Andrews – den ersten, und den einzigen, den ich noch nicht geschreddert habe, und überfliege ihn, obwohl ich ganz genau weiß, was drinsteht. Sie möchten unseren Pachtvertrag vorzeitig auflösen und würden sich gerne persönlich mit uns unterhalten, wenn wir uns unter der unten angegebenen Nummer melden möchten, um Zeit und Ort für einen uns genehmen Termin zu vereinbaren.

Genehm, dass ich nicht lache.

Es ist überhaupt nichts Genehmes daran, wenn dir jemand die Lebensgrundlage unterm Allerwertesten wegziehen will.

Und *wie* ich mich bei denen melden werde, aber bestimmt nicht aus Gründen, die Sebastian Andrews genehm sind.

Aufgebracht greife ich zum Handy und gebe die Nummer ein, doch bevor ich auf Anrufen tippe, lege ich das Telefon noch einmal beiseite und nehme stattdessen einen Kugelschreiber und einen Notizblock zur Hand. Es ist Viertel vor zehn an einem Donnerstag, vermutlich wird also die Mailbox rangehen. Ich sollte mir lieber vorher zurechtlegen, was ich sagen will.

- *Bubbles steht nicht zum Verkauf.*
- *Sollte Ihnen das nicht passen, reden Sie gefälligst mit mir, nicht mit meinem Schwager.*

- *Wie kann jemand mit derart schönen Augen eine so hässliche Seele haben?*

Den Punkt streiche ich gleich wieder.

- *Scheren Sie sich zum Teufel.*

Das kreise ich fett ein. Das wird mein Schlusswort.

Vielleicht bin ich ja doch ein bisschen angetüddelt, aber immerhin verleiht mir das den Mumm, tatsächlich auf Anrufen zu tippen. Ich räuspere mich und stelle mich ganz gerade hin, um gleich meine kleine Rede vom Stapel zu lassen.

Ich lausche auf die Ansage und das Piepsen, weshalb das raue »Sebastian Andrews« mich aus dem Konzept bringt.

»Hallo?«, fragt eine unwirsche Männerstimme nach kurzem Schweigen mit hörbarer Ungeduld.

»Ach du Schande, ist das Ihre Mobilnummer?«, platze ich heraus. Okay. Eindeutig etwas angetüddelt.

Nun sagt er nichts mehr. »Wer ist denn da?«, fragt er schließlich.

»Gracie Cooper. Entschuldigen Sie bitte die späte Störung. Eigentlich bin ich davon ausgegangen, das sei Ihre Büronummer …«

»Ist es.«

Stirnrunzelnd schaue ich auf die Uhr an der Wand, die statt Zeigern – Sie ahnen es bereits – zwei Sektflaschen hat.

»Es ist beinahe zehn.«

»Nun, vielen Dank auch, dass Sie mich deswegen anrufen, Miss Cooper. Ohne Sie hätte ich wohl nie erfahren, wie spät es ist.«

Ich ignoriere den unüberhörbaren Sarkasmus und setze mich auf meinen Hocker, stemme die Hacken gegen die Holzstrebe und stütze die Ellbogen auf die Knie. »Arbeiten Sie immer so lange?«

Ein kurzes Schweigen, als müsste er überlegen, ob er seine kostbare Zeit auf eine Antwort verschwenden soll.

»Nein«, erwidert er schließlich. Und dann: »Manchmal.«

»Sie gehen selbst ans Telefon? Ich dachte, sie würden von einem ganzen Schwarm bildhübscher Assistentinnen in High Heels umschwirrt, die für Sie die niederen Dienste verrichten.«

»Mein Assistent heißt Noel, und er hat um sechs Uhr Feierabend. Kann ich irgendetwas für Sie tun?«

»Ach, stimmt ja.« Ich nehme meinen Notizblock und räuspere mich vernehmlich.

»Jetzt kommt's«, höre ich ihn brummen.

»Bubbles steht nicht zum Verkauf«, erkläre ich laut und deutlich und betone jede Silbe.

»Niemand verlangt von Ihnen, Ihr Unternehmen zu verkaufen, Sie sollen bloß raus aus dem Ladenlokal. Wieso ziehen Sie nicht einfach um, vielleicht in eine Gegend mit niedrigeren Mieten? Haben Sie auch nur einen einzigen dieser Briefe gelesen, ehe sie alle im Schredder gelandet sind?«

Die Frage überhöre ich bewusst und schaue stattdessen auf meinen Notizblock. Innerlich koche ich schon wieder vor Wut.

»Ach ja«, sage ich, schleudere den Block auf den Tresen und rede mich dann so richtig in Rage. »Wie können Sie es wagen, mich zu übergehen und stattdessen mit meinem Schwager zu reden?«

»Wie ich es wagen kann?« Er hat doch tatsächlich die Frechheit, ernsthaft angefressen zu klingen.

»Die Geschäftsführerin bin ich, nicht Alec. Ergo treffe ich auch die Entscheidungen.«

»Ergo.«

Ich runzele die Stirn. »Sie wiederholen alles, was ich sage. Drücke ich mich unverständlich aus?«

»Nein, nein. Ich amüsiere mich nur über Ihre Wortwahl.«

»Tja, dann konzentrieren Sie sich doch zur Abwechslung mal auf den Inhalt«, gebe ich schnippisch zurück. »Wie fänden *Sie* es, wenn ich mich an Ihre Schwägerin ranwanzen würde, um Geschäftliches zu besprechen?«

»Ich habe keine Geschwister, und ich bin unverheiratet. *Ergo* habe ich auch keine Schwägerin.«

»Und wieso nicht?«

»Wieso ich keine Geschwister habe? Das müssen Sie meine Eltern fragen.«

»Nein, wieso sind Sie nicht verheiratet?«, erkläre ich. »Ihre Freundin ist doch bildhübsch«, setze ich hinterher, als er sich nicht weiter dazu äußert.

Jawohl. Eindeutig etwas angeschickert. Ich krame nach dem Snackkörbchen und angele mir einen Erdnussbutter-Proteinriegel heraus.

»Ob Sie es glauben oder nicht, meine Anforderungen an

eine Ehepartnerin sind etwas umfangreicher als bloß ein *hübsches* Äußeres.«

Ich klemme mir das Handy unters Kinn und reiße die Verpackung auf. Während ich in den Riegel beiße, denke ich darüber nach, was er gerade gesagt hat. »Und welche Anforderungen wären das?«

»Rufen Sie mich deswegen an, Miss Cooper? Um mit mir über mein Privatleben zu plaudern?«

»Nein, das stand nicht auf meiner Liste.«

»Sie haben eine Liste?«

»Ganz genau.« Ich nehme das Handy wieder in die Hand. »Erstens, kein Verkauf. Zweitens, hinter meinem Rücken meinen Schwager anquatschen geht gar nicht. Drittens, …«

»Drittens?«, hakt er nach, als ich plötzlich verstumme.

Ich lese den dritten Punkt auf meiner Liste, den ich durchgestrichen habe. Den mit den schönen blauen Augen.

Das lasse ich lieber aus. *So* betrunken bin ich nun auch wieder nicht.

»Drittens«, sage ich lächelnd. »Scheren Sie sich zum Teufel.«

Sebastian – seit wann nenne ich ihn in Gedanken *Sebastian*? – seufzt tief.

»Hören Sie, nur damit das klar ist, ich habe Ihren Schwager nicht *hinter Ihrem Rücken angequatscht.* Ich bin nicht der Schurke in einer mittelmäßigen Gerichtsschnulze. Wir sind uns rein zufällig über den Weg gelaufen, weil wir zur selben Zeit am selben Ort waren. Eine gemeinsame Bekannte hat uns einander vorgestellt und gefragt, ob wir uns kennen. Um ein bisschen Small Talk zu machen und ein gemeinsames Gesprächsthema zu haben, erwähnte ich beiläufig, dass ich Sie kenne. Er fragte nach, woher, also habe ich ihm erzählt, dass ich Ihnen ein Angebot gemacht habe. Und ich versichere Ihnen, hätte ich geahnt, dass Sie mich deswegen mit spätabendlichen Anrufen belästigen, hätte ich Ihren Namen ganz sicher nicht in den Mund genommen.«

Ich futtere den Riegel auf, während ich seinen Ausführungen lausche. Klingt plausibel. Hassen tue ich ihn trotzdem.

»Das ist keine Belästigung«, sage ich, knülle das Papier zusammen und werfe es in den Müll.

»Ach nein?«

»Nein. Belästigung wäre es, ein Unternehmen, das eindeutig nichts mit Ihnen zu schaffen haben will, mit Briefen zu bombardieren und dann aus dem Nichts auf der Matte zu stehen, weil man nicht die Antwort bekommt, die man sich erhofft. *Das* nenne ich Belästigung.«

»Nein«, entgegnet er, und man hört ihm an, wie sehr er sich zusammenreißen muss. »Das nennt man Geschäft.«

»So mache ich jedenfalls keine Geschäfte.«

»Nein, ich habe ja gesehen, wie Sie Geschäfte machen«, schießt er zurück. »Statt endlich einzusehen, dass ihr altmodisches Geschäftsmodell passé ist und Ihnen die Kunden wegbleiben, zögern Sie das Unvermeidliche mit dem Verkauf von Zehn-Dollar-Nippes und kitschigen Feenbildchen nur weiter hinaus und kleben einfach einen nichtssagenden Zusatz an Ihren Geschäftsnamen.«

Kitschige Feenbildchen.

Das sitzt. Noch mehr als Lilys beiläufige Bemerkung, mit der sie meine Malerei als Hobby abgetan hat. Ich weiß nicht, ob es am Champagner liegt oder am Proteinriegel oder an der Kombination aus beidem, aber auf einmal wird mir ganz flau.

»Ich muss mich entschuldigen, Mr Andrews. Ich hätte so spät nicht anrufen sollen«, sage ich leise. Mein rechtschaffener Zorn ist verraucht, geblieben ist nur bleierne Müdigkeit. »Ich wünsche Ihnen noch einen angenehmen Abend.«

»Miss Cooper ...«

Ich glaube fast, einen Anflug von Bedauern in seiner Stimme zu hören, doch den ignoriere ich und lege auf.

An Sir, etwas gekränkt,
kennen Sie das, wenn eine Bemerkung, die eigentlich an Ihnen abperlen sollte, Sie bis ins Mark trifft? Ein Seitenhieb von jemandem, den Sie nicht ausstehen können, den man einfach abtun sollte, der einen aber nachts nicht schlafen lässt, weil er … Sie getroffen hat?
Lady

Werte Lady,
ich gehe möglicherweise einen Schritt zu weit, aber mein erster Impuls nach dem Lesen Ihrer Nachricht war, mir augenblicklich Namen und Adresse des Schuldigen geben zu lassen. Man duelliert sich doch heutzutage noch, oder? Aber ich sollte mir an die eigene Nase fassen. Ich habe nämlich auch die halbe Nacht wachgelegen, allerdings nicht weil ich habe einstecken müssen, sondern weil ich selbst ausgeteilt habe. Ein Satz, einfach so daher gesagt, den ich, kaum ausgesprochen, am liebsten gleich wieder zurückgenommen hätte. Vielleicht tut demjenigen, der Sie beleidigt hat, das Gesagte auch längst leid. Und wenn nicht, geben Sie mir Bescheid wegen des Duells.
Der Ihre im Morgengrauen,
Sir

Sechs

Im Laufe der vergangenen elf Jahre bin ich gleich mehrfach umgezogen, meinem Stadtteil dabei aber immer treu geblieben. Beschönigend wird diese Ecke gerne auch Midtown West oder Clinton genannt, aber verstehen wir uns nicht falsch: Wir Einheimischen nennen das Kind beim Namen, und der ist Hell's Kitchen.

Das klingt zwar teuflisch (hihi, Wortspiel!), doch obwohl es hier manchmal noch ganz schön zur Sache geht, ist es längst nicht mehr so schlimm wie früher. Womit ich nicht sagen will, dass es eine angesagte Adresse ist – angesagt kann ich mir nicht leisten, aber das will ich auch gar nicht.

Derzeit wohne ich in einem entzückenden kleinen Apartment in einem netten Altbau in der Fifty-Fourth Street zwischen Ninth und Tenth Avenue. Habe ich dort elegante Granitarbeitsplatten, eine eingebaute Klimaanlage und eine gläserne Duschkabine? Definitiv nicht. Habe ich Backsteinwände, ein mobiles Klimagerät am Fenster, das denselben Zweck erfüllt, und jede Menge Flair? Ja. Ja, das habe ich.

Könnte ich irgendetwas daran ändern, hätte ich, wie wohl die meisten anderen New Yorker auch, nichts gegen ein bisschen mehr Platz einzuwenden. Mein Wohnzimmer ist gleichzeitig auch mein Atelier, was im Umkehrschluss bedeutet, dass ich, wenn ich fernsehen will, zuerst meine Staffelei beiseiteräumen und die Plastikplane abnehmen muss, die den Kunstlederbezug der Couch vor Farbspritzern schützt, ehe ich mich hinsetzen kann.

Wobei mir das inzwischen längst in Fleisch und Blut übergegangen ist und mir gar nicht weiter auffällt. Und wenn es mir doch mal zu eng wird, sage ich mir, dass ich mich doch eigentlich glücklich schätzen kann, so als Künstlerin in einer Weltstadt. Wobei, Künstlerin klingt so hochtrabend, als könne man davon leben – ich bin eher eine brotlose Künstlerin.

Aber zu wissen, dass es Menschen gibt, die meine Kunst kaufen? Ein unbeschreibliches Gefühl, das auch für die Unannehmlichkeit entschädigt, mich jedes Mal, wenn ich das Fenster aufmachen will, irgendwie seitlich an der Staffelei vorbei gegen die Wand gedrückt ans Fenster quetschen zu müssen – was ich, als ich an diesem sonnigen Nachmittag in meine Wohnung komme, als Allererstes tue, es riecht nämlich ziemlich streng nach Katze.

»Cannoli, Mäuschen, was um Himmels willen hast du im Katzenklo angestellt?«

Der schwarz-weiße Kater springt auf die Sofalehne und starrt mich an. *Ich habe eine Bombe gelegt. Mach sie weg.*

»Dafür, dass du der Schwächling aus deinem Wurf warst, ist dein Ausstoß wirklich beeindruckend«, murmele ich und kraule ihn hinter dem Ohr, dann schlängele ich mich an meinem bislang unvollendeten Werk vorbei, um mich anschließend dem zweifelhaftesten Vergnügen aller Wohnungskatzenhalter zu widmen, dem Katzenklo.

Vor der Staffelei bleibe ich kurz stehen und betrachte das Aquarell darauf. Zuckersüßer geht es kaum. Ein rosaroter Cocktail in einem klassischen Martini-Glas vor einer verspielten New Yorker Skyline. Es erinnert ein bisschen an *Sex and the City*, aber die zarten Aquarellfarben und die nicht ganz maßstabsgetreue Skyline geben dem Bild etwas so Verträumtes, dass man sich nicht wundern würde, eine Fee mit türkisblauen Flügeln auf dem Empire State Building sitzen zu sehen. Wobei – tolle Idee. Vielleicht male ich die wirklich noch dazu.

Kitschige Feenbildchen.

»Wenn Sebastian Andrews wüsste, dass ich das als Kompliment nehme«, murmele ich mit einem Seitenblick zu Cannoli.

Die Katze unterbricht kurz das Pfotenputzen. *So war das aber bestimmt nicht gemeint.*

»Ich weiß, ich weiß«, murre ich.

Dann mache ich das Katzenklo sauber, ziehe meine Arbeitsklamotten – ein sonnengelbes Kleid und Sandalen mit breitem Absatz – aus und schlüpfe stattdessen in eine graue Jogginghose und ein einfaches weißes T-Shirt. Auf dem College war ich mal ein knappes Jahr mit einem sehr süßen Programmierer liiert, und mit das Beste an dieser Beziehung war, dass ich Herrenunterhemden lieben gelernt habe. Da es allerdings schon länger keinen Mann mehr in meinem Leben gibt, dem ich die Unterhemden abluchsen könnte, muss ich mir die weichen und erstaunlich günstigen Shirts selbst kaufen.

Fürs Abendessen ist es eigentlich noch zu früh, aber

ich habe heute das Mittagessen ausgelassen, also krame ich hungrig das Brot aus dem Schrank. Und weil ich keinen Truthahnaufschnitt mehr habe und Cannoli alleinigen Anspruch auf den Dosenthunfisch erhebt, mache ich mir ein budgetfreundliches Sandwich mit Erdnussbutter und Marmelade. Gegen die Arbeitsplatte gelehnt beiße ich bedächtig hinein und überlege, was ich mit dem angebrochenen Tag anfangen soll.

Samstags nehme ich mir nur sehr selten frei – da machen wir für gewöhnlich den meisten Umsatz. Aber Josh, mein jüngster Mitarbeiter, hat mich gebeten, künftig mehr Schichten übernehmen zu dürfen – und mehr Verantwortung – also habe ich um drei Feierabend gemacht und ihm unter Mays wachsamem Auge die weitere Kundenbespaßung überlassen.

Robyn ist auch im Laden, sehr zum Missfallen ihrer Kollegen, aber ausnahmsweise bin ich dankbar für ihr enervierend ausuferndes Detailwissen über alles, was mit Champagner zu tun hat. Josh ist unglaublich wissbegierig und macht sich mit seiner etwas schüchternen, liebenswerten Art ganz hervorragend im Kundenkontakt, aber er hat keinen blassen Schimmer von Schaumweinen und ist womöglich der einzige Mensch auf Gottes weiter Erde, der Robyns Vorträge freiwillig über sich ergehen lässt. Neuerdings trägt er sogar, wo er geht und steht, eine kleine Lederkladde bei sich, um sich alles zu notieren. Es ist wirklich herzig.

Ein dreifaches rhythmisches Klopfen an der Tür, fast wie das von Sheldon aus *The Big Bang Theory*, und ich muss grinsen, denn es gibt nur einen Menschen, der so an meine Wohnungstür klopft.

Keva Page ist meine Nachbarin von oben, genau wie ich ein großer *The Big Bang Theory*-Fan, und eine Freundin, wie jede erwachsene Frau sie braucht. Wobei sie Rachel nie ersetzen könnte. Aber jemanden in der Nähe zu haben, mit dem man mal eben einen Kaffee oder einen Wein trinken kann, ist einfach wunderbar. Keva hat die klaffende Lücke in meinem Leben gefüllt, die Rachel hinterlassen hat, als sie nach Queens gezogen ist. Keva ist die freche, mutige Miranda, ich eher die stille, romantische Charlotte, nur leider ohne die Hollywoodmähne.

Ich mache die Tür auf, und sie springt erschrocken einen Satz zurück, weil sie wohl gerade schon den Schlüssel ins Schloss stecken wollte. Sie kümmert sich um den Kater, wenn ich länger arbeiten muss. »Hey! Du bist ja doch da. Ich wollte dir das nur eben in die Küche stellen.« Sie winkt mit einer geöffneten Flasche Merlot. »Ich habe einen Job in Cape May, und es täte mir in der Seele weh, würde der zu Essig, während ich weg bin.«

»Ooh, Strandurlaub! Neid! Bist du in Eile, oder bleibst du noch auf ein Glas?«, frage ich.

»Öm, beides«, sagt sie und zieht den roten Koffer hinter sich her in die Wohnung. Sie reicht mir die Flasche, dann marschiert sie ohne zu zögern zum Küchenschrank, in dem meine Weingläser stehen, und nimmt zwei heraus. »Ich habe keine Zeit, aber geize nicht beim Einschenken.«

»Hochzeit?«, frage ich und fülle die Gläser. Keva ist stellvertretende Küchenchefin eines Cateringunternehmens. Aber keins, das eimerweise Fertig-Kartoffelsalat und Würstchen im Schlafrock auffährt, nein, so ein richtiger Gourmet-Laden. Safran-Arancini, Trüffel-Krabben-Klößchen und Ravioli mit selbst gemachtem Ricotta und Rucola-Pistazien-Pesto, um nur einige ihrer jüngsten Kreationen zu nennen, für die ich mich regelmäßig als freiwillige Testesserin zur Verfügung stelle.

Und Keva ist nicht nur irre talentiert, sie sprüht auch nur so vor Energie. Rot ist ihre erklärte Lieblingsfarbe und steht ihr einfach unverschämt gut. Die Lippen schminkt sie sich immer in knalligem Kirschrot, und an den freien Tagen lackiert sie sich passend dazu die Fingernägel. Außerdem hat sie mir gesteckt, dass sie aus stummem Protest gegen die ewig gleiche langweilige weiße Kochmontur ausnahmslos rote Unterwäsche trägt, was wohl zumindest ansatzweise erklären könnte, warum sich ihr Liebesleben wesentlich turbulenter gestaltet als meins.

»Schicke Verlobungsfeier«, antwortet sie, nippt am Wein und schiebt ihr Markenzeichen, ein Haarband aus Seide – rot, wie sollte es anders sein? – ein Stück nach hinten in die dunklen Haare. Die hat sie zu einem ordentlichen Dutt hochgesteckt, wie immer, wenn sie zur Arbeit muss, aber gleich nach Feierabend löst sie das Ding und lässt ihren unbändigen schwarzen Locken freien Lauf.

Keva ist ungefähr ein Jahr nach mir hier eingezogen, und kennengelernt haben wir uns, als ihre Pasta vom Lieferdienst statt bei ihr (5C) bei mir (4C) abgegeben wurde. Im Glauben, das sei meine Bestellung vom Chinesen, habe ich sie angenommen, und als ich die Verwechslung bemerkte, was es schon zu spät. Also bin ich mit der Tüte nach oben gedackelt, um die Lieferung an der richtigen Adresse abzugeben. Als ich dann vor der Tür stehend von drinnen die Titelmelodie von *The Big Bang Theory* gehört habe, gab es für mich keinen Zweifel mehr: Die Person da drin wird meine neue beste Freundin.

Sie nimmt mir das traurige Erdnussbutter-Sandwich aus der Hand und schimpft kopfschüttelnd: »Nicht mal *selbst gemachte* Erdnussbutter.«

»Ich weiß nicht, wie ich das in dein bildhübsches Köpfchen bekommen soll, aber nicht alle Menschen machen ihre Erdnussbutter selbst.«

»Sollten sie aber.« Beherzt beißt sie in das Sandwich und leckt sich die Marmelade vom Daumen. »Okay, ich habe eine todsterbenslangweilige Zugfahrt mit meinem reizbaren Chef vor mir. Um das durchzustehen, musst du mir noch ein bisschen was von deinem sexy Brieffreund erzählen, und wenn bei euch immer noch kein virtueller Cybersex läuft, lüg mich einfach an und behaupte, es wäre so.«

»Himmel, so verzweifelt bin ich hoffentlich noch nicht«, brumme ich. »Bin ich das?«

Sie stopft sich das restliche Sandwich in den Mund. »Also, mal überlegen, wann war noch mal dein letztes Date …?«

»Respektable zwei Wochen her.«

»Mhm. Und der letzte Kuss …?«

Darauf sage ich nichts – ich versuche mich krampfhaft zu erinnern –, und sie schüttelt den Kopf. »Ich wiederhole. Cybersex.«

»Zum, ach, ich weiß nicht, *tausendsten* Mal, Sir und ich sind bloß Freunde. Und jetzt hör auf, dauernd *Cybersex* zu sagen. Ich glaube, den gibt es heutzutage gar nicht mehr.«

»Oh, und wie es den gibt«, widerspricht sie mir mit süffisantem Grinsen und trinkt ihren Wein aus. Dann wirft sie einen Blick auf ihr Handy. »Verdammt. Ich muss mich beeilen, sonst kann ich mir wieder eine Gardinenpredigt von Grady anhören.«

»Wo wir gerade beim Knutschen sind …« Ich wackele vielsagend mit den Augenbrauen. Keva und ihr Chef Grady verbindet eine heiße Du-bist-unerträglich-aber-irgendwie-will-ich-dich-Hassliebe, und die romantische Schnulzenliebhaberin in mir wartet ungeduldig darauf, dass die beiden endlich zur Sache kommen.

»Lieber esse ich Lachsersatz, als was mit Grady anzufangen«, sagt sie so angewidert, dass man gleich weiß, Lachsersatz ist so ziemlich das Allerletzte, was man in Kevas Augen sein kann.

Ich seufze. »Dann sitzen wir also beide auf dem Trockenen.«

»Das habe ich nicht gesagt«, meint sie augenzwinkernd.

Vielleicht sollte ich doch in rote Unterwäsche investieren …

Keva packt den Koffergriff und gibt mir zum Abschied einen Klaps auf den Po, dann marschiert sie zur Tür. »Schau ein bisschen *Big Bang*, vollende dein Meisterwerk, und dann sorgst du für einen Urknall, selbst wenn es nur ein virtueller ist. Das ist ein Befehl.«

Sie wirft mir eine Kusshand zu und schließt die Tür hinter sich. Kopfschüttelnd nippe ich am Wein und beschließe, zwei ihrer drei Befehle zu beherzigen.

An Sir, frustriert,
haben Sie auch manchmal das Gefühl, dass die Menschen, die Ihnen am nächsten stehen, Sie am wenigsten verstehen?
Lady

Werte Lady,
ziemlich oft.
Der Ihre in geteiltem Leid,
Sir

An Sir, daran anschließend,
und dann ist es wieder so, als sei der Mensch, der Sie am besten versteht, einer, dem Sie noch nie begegnet sind?

Werte Lady,
ja.

Sieben

»Ach du lieber Himmel.« Ich beuge mich nach vorne und stiere mit zusammengekniffenen Augen in den Laptop. »Ist das etwa ein Ziegenbärtchen?«

Mein Bruder lacht und reibt sich verlegen mit der Hand über die struppigen Haare am Kinn. »Ja. Wie gefällt er euch?«

»Ganz toll«, versichere ich, während Lily von der linken Bildhälfte erklärt, dass sie ihn ganz, ganz furchtbar findet.

Es ist kurz nach acht am Sonntagabend, und wir Coopers plus May haben uns zu unserem ersten virtuellen Familienchat zusammengefunden. Lily in ihrem Apartment, Caleb in seinem Haus in New Hampshire und May und ich im Laden.

»Es ist so schön, dich mal wiederzusehen«, werfe ich rasch ein, ehe Caleb und Lily wieder mit den ewigen Kabbeleien anfangen. »Mit Gesichtsbehaarung und allem Drum und Dran. Wobei, ich muss gestehen, ich bin schockiert. Ihr habt Internet?«

Mein Bruder grinst und trinkt einen Schluck Bier. »Ich habe mir was aus zwei Stöcken und einem Stück Angelschnur gebastelt.« Sein Blick huscht kurz zur Seite, vermutlich schaut er auf seinem Bildschirm rüber zu Lily. »Wo ist denn Alec?«

Meine Schwester zuckt die Achseln. »Jobgeschichte.«

Am Sonntagabend?

Nachdem sie uns beiden ein Gläschen vom Brut eingeschenkt hat, schiebt May mich beiseite, setzt sich vor die Laptopkamera und mustert Lily stirnrunzelnd. »Ich muss schon sagen, ich kann mich kaum daran erinnern, wann ich den Jungen das letzte Mal zu Gesicht bekommen habe.«

Ich muss lächeln, als ich höre, dass sie Alec, einen todernsten, mehr als erwachsenen Einundvierzigjährigen, als Jungen bezeichnet.

Ein weiteres Achselzucken von Lily. »Du weißt doch, er hat immer viel um die Ohren.«

May hat sich uns nie als Muttersatz aufgedrängt, auch nicht, als das mit ihr und Dad irgendwann ernst wurde. Sie hat uns Zeit gelassen, hat uns zu sich kommen lassen, und wir sind gekommen, alle drei. Selbst Alec. Und wer einmal in Mays Nest gestolpert ist, der gehört ihr, ein Leben lang, und wird begluckt, bepickt und behütet.

»Mittwochabend«, erklärt sie. »Du kommst mit Alec zum Essen zu mir. Es gibt Veggie-Lasagne. Du auch, Gracie. Caleb ist entschuldigt, nicht weil er in einem anderen Bundesstaat wohnt, sondern weil mir der Anblick von diesem Kinngestrüpp den Appetit auf die Auberginenlasagne verderben würde.«

»*Neeeeeeein*«, jault Caleb in theatralischer Verzweiflung. »Du kannst doch nicht Auberginenlasagne machen, wenn ich nicht dabei bin!«

Lily zögert. »May, vielen Dank für die Einladung, aber ich weiß wirklich nicht, ob …«

»Mittwochabend«, wiederholt May entschieden.

Meine Schwester seufzt leise, dann nickt sie und wechselt rasch das Thema. »Bruderherz, hat Gracie *dir* was davon erzählt, dass irgendein Konzern unseren Laden aufkaufen will? Mir hat sie jedenfalls kein Wort davon gesagt.«

»Echt jetzt?«, fragt er verdattert.

»Nicht weiter der Rede wert«, entgegne ich und knabbere an einem Stückchen Käse. »Seht das am besten als eine Art neu entdecktes Virus mit dem klingenden Namen Sebastian Andrews. Zu den typischen Symptomen gehören Übelkeit, maximale Verärgerung und unkontrollierbare Wutausbrüche.«

»Schwesterherz!«, ruft Caleb hocherfreut. »Ist das etwa *Groll* in deiner Stimme, Schneewittchen? Hast du endlich jemanden kennengelernt, der so gar nicht in deine Märchengeschichte passen will?«

Sicher. Ich habe meine Märchensucht nie verheimlicht … vor niemandem.

»Quatsch, nein«, widerspreche ich und stecke mir das restliche Stückchen Käse in den Mund. »Er spielt sogar eine tragende Rolle. Als Bösewicht.«

»Ein Bösewicht mit Knackarsch«, ergänzt May.

Ruckartig drehe ich mich zu ihr um. »Du hast ihn doch noch nie gesehen.«

»Ich habe ihn gegoogelt«, erklärt May ungerührt. Sie legt den Kopf nach hinten und nippt an ihrem Sektglas, während die neonblauen Gitarren-Ohrringe hin und her schaukeln.

»Und du hast ›Sebastian Andrews' Hintern‹ gegoogelt?«, frage ich.

Was kam denn dabei raus?, frage ich nicht. Möchte ich aber.

»Ist mir doch egal, ob er einen Hintern hat wie J. Lo«, mischt mein Bruder sich ein. »Ich hoffe, du hast ihm klipp und klar gesagt, er soll sich zum Teufel scheren, Gracie.«

»Genau das habe ich!«, entgegne ich und bin dabei ziemlich stolz auf mich.

»Gut«, erklärt Lily sehr bestimmt. »Ich bin froh, dass wir uns alle einig sind, dass Bubbles in der Familie bleiben muss.«

Mein Bruder nickt, aber ich merke, wie May mich mustert. »Gracie?«

»Was?« Ich nehme noch ein Käsehäppchen, hauptsächlich, um niemandem in die Augen schauen zu müssen, nicht einmal via Bildschirm.

»Sind wir uns alle einig?«, hakt May nach.

»Natürlich sind wir das«, meint Lily ungehalten. »Der Laden ist für Gracie noch wichtiger als für uns. Schließlich ist sie immer da.«

»Was habe ich denn auch für eine Wahl?«, platzt es aus mir heraus, ehe ich mir auf die Zunge beißen kann. Meine Geschwister sehen mich verdutzt an.

Ich hole tief Luft. »So war das nicht gemeint«, seufze ich. »Natürlich ist Bubbles mir wichtig. Aber manchmal habe ich das Gefühl, die ganze Arbeit bleibt an mir hängen, und zwar an mir ganz allein.«

May nimmt meine Hand und drückt sie. *Nur weiter.* Ich erwidere den Druck und lächele sie an, dankbar, eine Verbündete gefunden zu haben. Ich atme tief durch. »Ich will damit nicht sagen, dass wir verkaufen sollen. Ich will damit nur sagen, ich könnte ein bisschen Hilfe gebrauchen.«

»Verdammt.« Caleb fährt sich mit der Hand übers Gesicht. »Jetzt komme ich mir vor wie eine echte Arschgeige.«

»Tja, na ja«, meint Lily. »Wie oft hat sie dich schon gebeten, dass du dich um die Webseite kümmerst?«

»Ach, während du dich bestimmt überschlägst vor Begeisterung, ihr zwischen deinen wöchentlichen Maniküreterminen beim Regaleauffüllen zu helfen«, schießt er zurück.

»Leute«, sage ich mit sanfter, aber bestimmter Mittlere-Schwester-Stimme.

»Okay.« Lily atmet aus. »Okay. Was genau brauchst du, Gracie?«

Ich brauche bessere Zahlen. Sagen wir, doppelt so gute.

Aber ich fange wohl besser mit etwas weniger Besorgniserregendem an. »Also, ich weiß ja, dass ihr damals nicht gerade begeistert gewesen seid, als ich ein paar Kleinigkeiten ändern wollte. Die neuen Tüten fandet ihr schrecklich, und gegen das ›& More‹ im Namen habt ihr euch mit Händen und Füßen gewehrt.«

»Aber nur, weil Dad das nicht gefallen hätte«, meint Lily, und Caleb nickt zustimmend.

War ja klar. *Darin* sind sie sich natürlich einig.

»Das kann ich gut verstehen«, entgegne ich taktvoll. »Aber als eure Buchhalterin kann ich euch auch sagen, ab da ging es langsam wieder bergauf. Trotzdem sind wir noch lange nicht über den Berg. Das klassische Fachgeschäft, wie

Mom und Dad es geführt haben, läuft einfach nicht mehr. Ich bin für alle Vorschläge offen ...«

»Ein neues Logo«, fällt Caleb, der Grafiker, mir ins Wort. »Ich weiß, letztes Mal, als du mich darum gebeten hast, habe ich mich noch quergestellt, aber du hast recht. Unser altes Logo ist verstaubt, und man sollte nicht die Wirkung einer kleinen Markenauffrischung unterschätzen. Ich setze mich gleich dran und mache ein paar Entwürfe, und für die neue Webseite gleich mit.«

»Wisst ihr was«, wirft Lily ein. »Ich war neulich mit ein paar Freundinnen in einem Kochkurs, da gab es zu jedem Gang die passenden Weine. Könnten wir so was nicht auch mit Schaumweinen machen ...?«

»Ja!«, rufe ich begeistert und nehme einen Notizblock heraus, um alles aufzuschreiben. »Meine Freundin Keva gibt Kochkurse. Sie hilft uns bestimmt. Na also. Sonst noch irgendwelche Ideen?«

Eine halbe Stunde später habe ich eine ansehnliche Liste an Vorschlägen zusammen, wie Bubbles noch zu retten sein könnte, und ich fühle mich so beschwingt wie schon seit Monaten nicht mehr.

Sieh dich vor, Sebastian Andrews.

Werte Lady,
haben Sie auch manchmal das Gefühl, dass sich ein Unwetter zusammenbraut, Sie aber nicht wissen, woher es kommt und wohin es zieht?
Der Ihre, mit Sturmwarnung,
Sir

An Sir, mit Regenschirmen,
und wie, wobei ich gestehen muss, heute ist einer jener glorreichen Tage, an denen *ich* der Sturm bin.
Lady

Acht

»Augen auf.« Ich öffne sie und starre direkt in Kevas dunkelbraune Augen, die mich durchdringend fixieren. Ein herrisches Winken mit dem Kosmetikpinsel. »Zu.«

Gehorsam schließe ich die Augen wieder, damit sie den Lidschatten auf meinem rechten Lid verwischen kann.

»Ganz sicher, dass ich mir nicht eins von deinen roten Kleidchen borgen sollte?«, frage ich.

»Ganz sicher, es sei denn, du kannst die da innerhalb einer Stunde vervierfachen.« Wobei sie mir ganz ungerührt gegen die Brust schnippt.

»Aua.« Ich reibe mir die schmerzende Brust, während sie schwungvoll das Handtuch wegreißt, das sie vorsorglich wie ein Lätzchen um mich drapiert hatte.

»Auf«, kommandiert Keva.

Wieder öffne ich die Augen, und nach einer weiteren eingehenden Musterung nickt sie zufrieden. »Fertig.«

»Und du bist dir wirklich *ganz sicher* mit dem Kleid?«, frage ich und strecke die Beine aus, die nach dem langen Hocken im Schneidersitz auf dem Bett ein bisschen steif sind. »Findest du das nicht zu … prinzessinnenhaft?«

»Pass auf, es ist doch dein Lieblingskleid, oder?«, fragt sie und stemmt eine Faust in die ausladenden Hüften.

»Ja. Aber besonders businessmäßig sieht es nicht aus. Eigentlich dachte ich da mehr an …«

Aber da schüttelt sie schon derart energisch den Kopf, dass der Dutt nur so wackelt. »Du brauchst nichts Geschäftsmäßiges. Du brauchst geballte Frauenpower. Und was schreit lauter ›Frauenpower‹ als eine Frau in ihrem Lieblingskleid, schlicht und ergreifend, weil sie weiß, wie unverschämt *gut* sie darin aussieht?«

Ich klappe gerade den Mund auf, um ihr zu widersprechen, da unterbricht sie mich und zeigt mit dem Finger auf mich. »Aufstehen.«

Ich tue, wie mir geheißen, und lasse mich von ihr vor den Ganzkörperspiegel ziehen, der im Flur vor dem Badezimmer an der Wand lehnt, weil schon Bett und Kommode kaum in mein winziges Schlafzimmer passen.

»Oh, wow!«, rufe ich, als ich mich im Spiegel sehe. Sie hat recht, das Kleid ist eins meiner liebsten. Es ist aquamarinblau, schulterfrei, oben figurbetont, mit kurzem, weit schwingendem Rockteil.

Und mein Gesicht erst. Ein Meisterwerk! Ich sehe aus wie *ich*, nur tausendmal besser. Irgendwas hat sie angestellt, dass meine Augen noch blauer strahlen als sonst und der Blick noch eindringlicher wirkt. Dabei sieht es aus, als wäre ich gar nicht geschminkt.

»Gut, was?«, meint Keva sehr zufrieden mit sich. »Du siehst aus wie Veronica Mars trifft Cinderella aus einem cooleren Paralleluniversum.«

»Ich hatte mehr an Olivia Pope gedacht«, muss ich gestehen.

Keva schüttelt den Kopf. »Ganz falsch. Er *rechnet* mit einem Olivia-Pope-Schachzug. Auf das hier ist er nicht gefasst, das wird ihn glatt umhauen.«

»Klingt nicht schlecht«, muss ich gestehen, gehe ins Schlafzimmer und ziehe ein Paar beigefarbene Ballerinas aus dem Hängeschuhregal an der Schranktür.

Doch Keva schlägt sie mir entschieden aus der Hand, sodass sie auf den Boden fallen. »Nichts da, nimm die.« Sie deutet auf meine knallpinken High Heels. Die habe ich mal zu einem Brautjungfernkleid gekauft, für die Hochzeit einer College-Freundin, und sie seitdem kein einziges Mal mehr getragen.

»Ein *bisschen* Olivia Pope sollte schon sein«, erklärt sie.

»Nie im Leben komme ich in denen zwei Avenue-Blocks weit.«

»Aus diesem Grund musst du dir ein Taxi nehmen.«

Ich schnaube. »Zum Columbus Circle? Dann müsste ich bestimmt meine New-York-Mitgliedskarte abgeben.«

»Du müsstest deine *Abgerissene*-New-York-Mitgliedskarte abgeben«, korrigiert sie mich. »Heute darfst du mal eine von den High-Society-New-Yorkerinnen sein. Eine von denen, die sich, ohne mit der Wimper zu zucken, ins Taxi setzen.«

Und damit zieht sie einen Zwanzig-Dollar-Schein aus dem BH und reicht ihn mir.

Ich schüttele den Kopf. »Das kann ich nicht annehmen.«

»Weil er sich eben noch an meine Brüste geschmiegt hat?«

»Iiih. *Geschmiegt?* Und nein, ich kann ihn nicht annehmen, weil ich kein Geld von dir nehme, vor allem nicht, um mit dem Taxi zwei Ecken weit zu fahren.«

Keva verdreht die Augen und steckt mir den Schein ganz unverfroren in den BH.

Seufzend gebe ich mich geschlagen und ziehe die pinken High Heels raus. »Also gut. Aber nur, weil es irgendwie so schön passend ist, dass bei diesem Termin ein Zwanzig-Dollar-Schein eine Rolle spielt.«

Keva sieht mich verständnislos an.

»Vergiss es«, sage ich, weil mir wieder einfällt, dass ich ihr überhaupt nichts von diesem ersten Zusammentreffen zwischen Sebastian und mir erzählt habe, als ich ihn für einen Wimpernschlag versehentlich für den Helden in meiner Geschichte gehalten habe.

Aber jetzt, wo ich weiß, dass er in Wahrheit der Bösewicht ist, und ich dabei bin, mich in sein Versteck vorzuwagen, erscheint mir ein verborgener Zwanziger wie ein eigenartig passender Talisman.

Ich zwänge mich in die Schuhe und zucke schon beim Anziehen vor Schmerz zusammen. Wie es aussieht, brauche ich das Taxi doch.

Letzte Nacht, als ich nicht schlafen konnte, bin ich den möglichen Ablauf des heutigen Tages durchgegangen. *Alles* habe ich mir bis ins kleinste Detail ausgemalt, sogar den Firmensitz der Andrews Corporation: in meiner Vorstellung ein seelenloser Klotz aus viel zu viel Glas und Edelstahl.

Und wie recht ich hatte. Schon der Aufzug erinnert an ein

Raumschiff, nur dass statt Astronauten Männer in grauen und dunkelblauen Anzügen und Frauen in schicken Kostümen und maßgeschneiderten Hosenanzügen zusteigen.

Das Klischee, dass New Yorker nur gedeckte Farben tragen, lässt sich nicht ganz von der Hand weisen, und ich komme mir ein bisschen deplatziert vor in meinem knallblauen Kleid und den pinken hochhackigen Schuhen, als mir plötzlich eine Dame mittleren Alters im Aufzug von hinten auf die Schulter tippt.

»Entschuldigen Sie bitte«, sagt sie mit einem Lächeln. »Aber ich muss unbedingt wissen, wo Sie diese Schuhe herhaben?«

»Ach!« Ich drehe mich zu ihr um und nenne ihr die Marke. »Aber ich muss Sie warnen, besonders bequem sind sie nicht.«

Sie seufzt, während die Aufzugtüren aufgehen, und schiebt sich dann an mir vorbei nach draußen. »Welche High Heels sind das schon? Aber wer schön sein will, muss bekanntlich leiden. Die sind einfach zum Verlieben.«

Ein tolles Kompliment und ein willkommener Schub für mein Selbstbewusstsein. Voller Energie marschiere ich weiter zu meinem Termin.

Sebastian Andrews', ja, einer *der* Andrews', Büro liegt im zweitobersten Stockwerk dieses fünfzigstöckigen Hochhauses. Als ich im neunundvierzigsten Stock aus dem Aufzug steige, sind alle anderen längst verschwunden.

Genau wie die Lobby unten wirkt das Büro ultracool und modern – jede Menge weißer Marmor, weißes Leder und Edelstahl – aber alles, sehr zu meinem Erstaunen, aufgelockert von zwei traumhaft schönen Blumenarrangements, die beiderseits des überlangen Empfangsschalters prangen.

»Ach!«, rufe ich und vergesse dabei völlig, auf cool zu machen, während ich hingehe und hingerissen über eine Hortensie streiche, die einen perfekten Kontrast zu den rosafarbenen Löwenmäulchen und gelben Rosen bildet. »Sind die schön!«

Der Mann mit den schwarzen Haaren und der Schildpattbrille hinter dem Schalter strahlt. »Ja, nicht wahr? Früher haben wir unsere Blumen immer bei einer dieser gesichtslosen Floristikketten bestellt. Total öde, immer nur weiße Rosen und Lilien.« Er gähnt theatralisch. »Aber vor Kurzem hat Mr Andrews diesen kleinen Blumenstand auf der Amsterdam entdeckt. Leider liefern sie nicht, aber mir macht das nichts aus, ich finde es toll, ein bisschen rauszukommen und einmal die Woche was Hübsches auszusuchen.«

Sprachlos glotze ich ihn an. Er meint doch nicht etwa *Carlos?*

Und wenn doch, dann freue ich mich ganz schrecklich für Carlos und Pauline. Diese beiden Sträuße müssen ein Vermögen gekostet haben.

Aber ich selbst ärgere mich.

Allein der Gedanke, dass Sebastian Andrews und ich die Blumen für unsere Unternehmen beim selben Blumenstand kaufen, ist … ärgerlich.

»Sie müssen Noel sein«, sage ich und reiche ihm die Hand. »Ich bin Gracie Cooper. Wir haben vor ein paar

Tagen miteinander telefoniert. Wirklich nett von Ihnen, mir so kurzfristig einen Termin zu geben, und das bei Mr Andrews' vollem Terminkalender.«

Er scheint verwundert, so als würde man ihn sonst kaum zur Kenntnis nehmen, geschweige denn sich seinen Namen merken.

»Immer gerne«, sagt er, schiebt die Brille auf der Nase hoch und schaut auf seinen Computerbildschirm. »Es tut mir sehr leid, dass ich Ihnen nur eine halbe Stunde freischaufeln konnte, aber normalerweise hat er so kurzfristig gar keine Termine frei.«

»Mehr als eine halbe Stunde brauche ich auch gar nicht«, sage ich.

»Sie sind einen Augenblick zu früh, und er telefoniert gerade noch«, sagt Noel. »Kann ich Ihnen etwas zu trinken anbieten? Wasser? Kaffee? Tee? Wir haben hier eine schicke Espressomaschine.«

»Nein, danke«, sage ich und gehe rüber in den eleganten, aber gemütlichen Wartebereich. Gerade habe ich es mir mit einem alten *Citizen*-Exemplar, einer »Man of the Year«-Ausgabe mit Carter Ramsey, bequem gemacht – denn wer tagträumt nicht gerne von heißen Baseballspielern –, als ich Noel meinen Namen sagen höre.

Ich schaue auf, und er nickt aufmunternd zur Tür. »Mr Andrews wäre jetzt frei.«

Ich stehe auf, nehme meine Tasche und streiche das Kleid hinten glatt, damit mein schlimmster Albtraum sich nicht bewahrheitet, nämlich versehentlich den Rock ins Unterhöschen zu stopfen. Mit einem stummen Stoßgebet an meine armen, gepeinigten Füße flehe ich sie an, noch ein halbes Stündchen durchzuhalten, dann marschiere ich entschlossen in Sebastians Büro.

Ich hatte gehofft, gleich etwas zu finden, an dem ich etwas auszusetzen habe – eine geschmacklose Jagdtrophäe etwa oder eine kleine private Folterkammer, aber das Schlimmste, was man über sein Büro sagen kann, ist, dass man Ähnliches schon tausendmal gesehen hat. Der Schreibtisch groß, die Stühle schwarz, die Aussicht … Okay, die hat man nicht schon tausendmal gesehen.

»*Wow*«, hauche ich. Mein Blick bleibt am Panorama des Central Parks und der ganzen Upper East Side dahinter hängen. Wie hypnotisiert zieht es mich zum Fenster, vor dem ich dann unvermittelt stehen bleibe. »Darf ich?«

Er macht eine einladende Handbewegung zu den bodentiefen Fenstern, was mich vermuten lässt, dass ich nicht die Erste bin, die mit offenem Mund staunend davorsteht. »Die Aussicht ist kostenlos, Fotos kosten zehn Mäuse.«

»Ach, macht der Blechmann jetzt schon Witze«, sage ich und gehe um seinen Schreibtisch herum ans Fenster. Aus den Augenwinkeln sehe ich, wie er mir auf die Beine und die High Heels glotzt. Ich muss mir das Grinsen verkneifen. Und die Schmetterlinge.

»Blechmann«, wiederholt er leise und steht auf, kommt aber nicht näher, während ich dastehe und die atemberaubende Aussicht auf New York City bewundere.

Ohne den Blick abzuwenden, wedele ich mit der Hand in seine Richtung. »Sie wissen schon. Groß. Schlank. Beherrscht.«

Eine lange Minute sagt er gar nichts, obwohl ich seinen Blick auf mir spüre, und die Atmosphäre im Raum … knistert?

Nein. Er hat eine Freundin. Und ich habe … einen Brieffreund.

Wir können uns nicht ausstehen.

Doch dann überrascht Sebastian mich, weil er plötzlich auf mich zukommt und dann mit gebührendem Abstand stehen bleibt, gerade dicht genug, dass ich sein Aftershave riechen kann und mir neben ihm ganz klein vorkomme.

Die linke Hand steckt er in die Hosentasche, während er mit der anderen nach draußen weist. »Man sieht das Schild nicht wegen des Baugerüsts, aber gleich da drüben ist Bubbles.«

Ganz langsam drehe ich den Kopf in die angezeigte Richtung. Er hat keine Sekunde gezögert, ehe er dorthin gezeigt hat, als hätte er es die ganze Zeit schon im Visier.

»Spionieren Sie mich etwa aus?«

»Natürlich«, entgegnet er sarkastisch. »Ich habe eben noch schnell das Teleskop in die Schreibtischschublade geräumt, ehe Sie reingekommen sind.«

Dass er Bubbles & More erwähnt, erinnert mich daran, warum ich hier bin, also schalte ich auf geschäftsmäßig, drehe mich auf dem Absatz um und marschiere zur anderen Seite des Schreibtischs.

»Wie, keine Fotos?«, fragt er mit dem kleinsten Anflug eines Lächelns, den ich mir womöglich auch nur einbilde. Schwer zu sagen. Ich habe ihn noch nie lächeln sehen.

»Leider unerschwinglich«, gebe ich zuckersüß zurück.

»Bei meinem verstaubten Geschäftsmodell und den kitschigen Feenbildchen.«

Sollte das eben tatsächlich der Anflug eines Lächelns gewesen sein, so ist es nun spurlos verschwunden.

»Miss Cooper …«

Ich bedeute ihm, sich zu setzen, obwohl es sein Büro ist. »Darf ich etwas sagen?«

»Selbstverständlich«, entgegnet er, und klingt dabei so steif wie er aussieht, als er wieder hinter seinem Schreibtisch Platz nimmt, weniger Mensch, mehr … Anzug.

Ich hole tief Luft. »Ihre Briefe einfach in den Reißwolf zu stecken, ohne darauf zu reagieren, war falsch. Sie hätten zumindest eine Antwort verdient, eine Empfangsbestätigung. Ich möchte mich für meinen Mangel an Professionalität und Respekt entschuldigen.«

Er schweigt einen Moment. »Danke dafür.«

»Ich schätze Sie ein als einen Mann, der nichts Unüberlegtes tut und seine Hausaufgaben gemacht hat, weshalb ich davon ausgehe, dass Sie wissen, dass Bubbles ein traditionsreiches Familienunternehmen ist.«

»Weiß ich. Den Laden gab es schon, bevor Sie auf die Welt gekommen sind.«

Ich nicke. »Und meine Eltern sind inzwischen beide verstorben. Bubbles ist für mich nicht bloß ein Laden, es ist Teil ihres Vermächtnisses. *Meines* Erbes. Und darum setze ich auch alles daran, es zu schützen.«

»Zu schützen gegen böse Finanzhaie wie mich«, sagt er, lehnt sich auf dem Stuhl zurück und trommelt mit langen Fingern gereizt auf dem Schreibtisch herum. Die andere

Hand ruht auf der Stuhllehne, ganz lässig, aber irgendwie so gewollt, als hätte er geübt, möglichst entspannt auszusehen.

»Mit Vermächtnissen kenne ich mich aus, Miss Cooper«, fährt er fort. »Genauso wie mit Familienunternehmen. Und weil ich sie als Frau einschätze, die ebenfalls ihre *Hausaufgaben* gemacht hat, wissen Sie sicher auch, dass *wir* ebenfalls ein Familienunternehmen sind. Haben Sie überhaupt einen Schimmer, was Sie mit Ihrer Sturheit da verhindern? Die Größenordnung dieser ganzen Geschichte? Und wie vielen Menschen damit gedient wäre?«

»Natürlich habe ich meine Hausaufgaben gemacht, und natürlich weiß ich, dass dieses Unternehmen Wolkenkratzer hochzieht. Und ich weiß auch, das Letzte, was diese Stadt braucht, ist noch so ein seelenloser Betonklotz.«

Man sieht die Kiefermuskeln zucken. »Sie sprechen also für die gesamte Stadt?«

»Und Sie?«, gebe ich spitz zurück.

»Ich habe meine Marktforschung gemacht.«

»Und ganz bestimmt haben Sie auch eine schöne bunte PowerPoint-Präsentation mit vielen hübschen Schaubildchen, aber haben Sie mal die Menschen da draußen gefragt? Haben Sie mal die Leute gefragt, die am Central Park vorbeiflanieren und die Pferde und Kutschen bestaunen und nebenbei einen Hotdog futtern – was die sich von New York wünschen? Haben Sie sich mal hingesetzt mit Jesse Larson oder Avis Napier? Wissen Sie überhaupt, wer die sind?«

Seine wasserblauen Augen blitzen vor Wut, als er mir mit abgehackter Stimme antwortet. »Das Projekt hat keinerlei negative Auswirkungen auf die Pferde oder die Hotdogs. Und ja, Miss Cooper, ich kenne Jesse Larson, den ehemaligen Besitzer des Little Rose Café am Central Park South, inzwischen stolzer Besitzer des Little Rose Café im East Village, das gerade erst vom *New Yorker* mit Lob überschüttet wurde. Avis Napier, ehemalige Besitzerin des Central Park Spa, lebt inzwischen glücklich in einer netten Eigentumswohnung am Strand von Florida, gerade einmal fünf Autominuten von ihrer Tochter und deren Familie entfernt.«

Mir wird ganz flau im Magen, aber ich gebe nicht nach. »Und wie kommen Sie darauf zu behaupten, Avis sei glücklich? Sie haben sie rausgedrängt, und jetzt reden Sie sich irgendwas ein, damit Sie nachts besser schlafen …«

Unvermittelt beugt er sich vor und lässt allen Anschein cooler Gelassenheit fahren. Er schäumt nur so vor Wut. »Avis' Tochter hieß Kathleen. Sie ist mit Barry verheiratet. Ihr gemeinsamer Sohn Jon ist gerade vier, ihr Tochter Monica kam am 4. Juli zur Welt. Als ich letzten Freitag mit ihr telefoniert habe, war sie gerade unterwegs, um ein Geburtstagsgeschenk für ihren Enkelsohn zu besorgen. Sie dachte an ein sprechendes Mikroskop. Was Jesse betrifft, so kann ich nur wärmstens sein Spiegelei mit Pilzen und Thymian empfehlen, wobei er persönlich den French Toast mit Ricotta bevorzugt. Den werde ich sicher bei meinem nächsten Besuch probieren, vermutlich gleich dieses Wochenende beim Brunch.« Er lehnt sich entspannt zurück, aber die Luft um ihn knistert immer noch. »Ja, ich spreche mit den Menschen, Miss Cooper.«

Ich halte die Hände fest im Schoss gefaltet, aus Angst, sie könnten zittern. Dieses Treffen verläuft so völlig anders, als ich es mir in meiner Fantasie ausgemalt habe. Er sollte doch eigentlich ein eiskalter Roboter im Maßanzug sein, während mir, der Warmherzigen, Mitfühlenden, die Menschen und ihre Stadt am Herzen liegen.

Doch stattdessen komme ich mir nun plötzlich klein und dumm vor. Und selbstsüchtig.

Ungeduldig geht sein Blick auf die Uhr am Handgelenk. »Was genau wollten Sie mir so Dringendes sagen, Miss Cooper? Oder haben Sie eigens einen Termin vereinbart, nur um meinen Charakter in Abrede zu stellen?«

Ich versuche, meinen rechtschaffenen Zorn wieder heraufzubeschwören. Meine Stimme klingt zwar nicht mehr ganz so fest wie vorhin, als ich Platz genommen habe, aber zumindest zittert und bricht sie nicht, als ich trotzig das Kinn recke.

»Ich weiß, dass das Gebäude, in dem wir das Ladenlokal gepachtet haben, Ihrem Unternehmen gehört, wodurch Sie sozusagen mein Vermieter sind. Ich weiß aber auch, solange wir pünktlich unsere Miete zahlen, können Sie uns vor Ende des Pachtvertrags nicht einfach vor die Tür setzen, und der läuft erst in fünf Jahren aus.« Nun ist es an mir, mich vorzubeugen. »Ich mag Ihren Charakter in Abrede gestellt haben, aber Sie haben den meinen herabgesetzt, als sie meinen Laden und *mich* beleidigt haben. Sie wollen wissen, wozu dieser Termin heute gut sein sollte? Ich wollte Ihnen *danken*. Denn Sie hatten recht. Ich habe nicht groß genug gedacht, und das wird sich ab sofort ändern.«

Die wasserblauen Augen werden ganz schmal. »Tatsächlich?«

»O ja«, entgegne ich selbstbewusst und stehe auf.

Diesmal bilde ich es mir ganz bestimmt nicht ein, dass sein Blick unten am Saum meines Kleids hängen bleibt, das nur ein *klitzekleines* Fitzelchen zu kurz ist für eine businesstaugliche Aufmachung, aber als er dann den Blick losreißt und ruckartig aufschaut, scheint er nur umso verärgerter.

»Wenn Ihnen mal wieder nach Champagner ist, kommen Sie gerne auf uns zurück«, sage ich ganz lässig, nehme meine Handtasche und wende mich zur Tür. »Wobei ich Ihnen dringend raten würde, unsere Kunstecke zu meiden – ich glaube kaum, dass sich dort etwas nach Ihrem Geschmack finden lässt.«

Meine Füße in den unbequemen Schuhen schreien, endlich freigelassen zu werden, aber ich reiße mich mit aller Macht zusammen und spaziere souverän zur Tür.

»Miss Cooper.« Seine Stimme ist direkt hinter mir. »Warten Sie.«

Ich gehe unbeirrt weiter.

»*Bitte.*«

Ich schlucke, bleibe kurz stehen und zwinge mich dazu, mich noch einmal zu ihm umzudrehen. Was ich im nächsten Moment bereue, denn er ist mir auf dem Fuß gefolgt und steht ganz dicht hinter mir. So dicht, dass ich sein teures Rasierwasser riechen kann, den präzise gebundenen Krawattenknoten erkennen, seine Körperwärme spüren …

Wobei Letzteres vielleicht auch einfach Wunschdenken ist.

»Was?«, herrsche ich ihn an und zwinge mich, in diese atemberaubenden wasserblauen Augen zu sehen.

Mit deutlicher Frustration starrt er auf mich herab, dann kneift er die Augen zusammen und schüttelt kurz den Kopf. »Nichts. Schon gut.«

Wieder muss ich schlucken. »Na, dann.«

»Warten Sie«, sagt er und fasst mich am Arm, als ich nach der Türklinke greifen will.

Als ich mich diesmal zu ihm umdrehe, scheint er irgendwie peinlich berührt, hebt die Faust vor den Mund und räuspert sich leise. »Sie haben da. Ähm …«

»Was denn?«, fragte ich mit wachsender Ungeduld.

Sein Blick geht zu meinem Dekolleté, und noch ehe ich kapiert habe, wie mir geschieht, hat er schon die Hand ausgestreckt. Mit dem Handrücken streift er mein Schlüsselbein und scheint, meine Haut mit dieser leichten Berührung regelrecht zu versengen.

Ganz langsam zieht er die Hand wieder weg, und das heiße Verlangen in meinem Bauch weicht der beschämenden Einsicht, als ich den Zwanziger sehe, den Keva mir vorhin in den BH gestopft hat. Der muss irgendwie herausgerutscht sein.

Seine Mundwinkel zucken, und man sieht den Hauch eines widerstrebenden Lächelns. »Was ist das bloß mit Ihnen und den Zwanzig-Dollar-Scheinen?«

»Her damit«, zische ich und reiße ihm den Geldschein aus der Hand, fast wie bei unserem ersten Aufeinandertreffen.

Dann zerre ich an der Tür und versuche, das leise Glucksen im Hintergrund zu überhören, während ich aus dem Büro rausche.

Vorne am Empfang steht ein älteres Ehepaar und plaudert gerade angeregt mit Noel. Als die Frau meine Schuhe sieht, unterbricht sie sich. »Allmächtiger. Noch mal so jung sein und die tragen können.«

So langsam fange ich an, diese Schuhe zu *hassen.* Nicht nur, dass sie höllisch wehtun, nein, sie hindern mich auch daran, hüftwackelnd einen filmreifen Abgang hinzulegen.

Doch die Dame wirkt nett und scheint wirklich hingerissen, also schenke ich ihr ein Lächeln. »Vielen Dank! Aber wenn ich ganz ehrlich bin, jung oder nicht, ich überlege ernsthaft, mir ein Paar Flipflops für den Heimweg zu besorgen. Meine Füße fühlen sich an, als steckten sie schon seit einer Ewigkeit in diesen engen, spitzen Dingern.«

Lachend weist die Frau auf ihre Füße in schicken weißen Segelschuhen. »Früher habe ich damit geprahlt, den ganzen Tag in Zehn-Zentimeter-Stöckelschuhen herumlaufen zu können, und dann auf einmal, *bumm.* Kaum war ich fünfundfünfzig, waren flache Schuhe und Keilabsätze auf einmal meine neuen besten Freunde.«

Alter! Wenn diese Frau über fünfundfünfzig ist, sollte ich langsam mal in eine ordentliche Augenpflege investieren, ich hätte sie nämlich keinen Tag älter als fünfzig geschätzt. Die schulterlangen dunklen Haare sind dicht und glänzend ohne den leisesten Hauch von Grau, die Figur zierlich und schlank, und ihr Teint wirkt wie der einer Frau, die entschlossen ist, in Würde zu altern und *trotzdem* einen guten Sonnenschutz zu benutzen.

»Ich dachte, ich bin dein bester Freund«, wirft der nicht minder gut aussehende Mann an ihrer Seite ein, der mit gekränkter Miene von seinem Handy aufschaut. Mit dem hellgrauen Anzug ohne Krawatte und dem sonnengebräunten Gesicht mit den tiefen Lachfältchen ist er ihr perfektes Gegenstück, und wie immer, wenn ich zwei Menschen sehe, die so augenscheinlich zusammengehören, versetzt es mir einen kleinen, eifersüchtig-entzückten Stich. *So was will ich auch!*

Sie tätschelt ihm liebevoll den Arm. »Du bist auf jeden Fall unter den ersten fünf, Schatz. Zwischen meinen Tory-Burch-Ballerinas und den Fendi-Sandalen. Einen besseren Platz kann man sich eigentlich gar nicht wünschen.« Der Blick aus den hübschen blauen Augen geht an mir vorbei, und plötzlich strahlt sie über das ganze Gesicht. »Sebastian, da bist du ja.«

»Mom. Dad.« Die raue Stimme hinter mir läuft mir kribbelig wie Ameisen den Rücken hinunter. Und dann geht mir auf, was er da gerade gesagt hat. Die beiden sind seine *Eltern*?

Nein. Unmöglich. Niemals können zwei derart charmante, nette Menschen so etwas wie *ihn* in die Welt gesetzt haben. Die beiden sind so herzlich und charmant und lächeln fortwährend. Seine Zähne habe ich dagegen noch nie gesehen.

Doch bei eingehenderer Betrachtung muss ich mir eingestehen, dass die Frau nicht bloß strahlend blaue Augen hat. Nein, sie sind von einem geradezu bestechenden Wasserblau, nur wirken sie viel freundlicher als die ihres Sohnes. Und auch wenn Sebastian seinem Vater nicht besonders ähnlich sieht, hat auch der ältere Mr Andrews so eine einnehmende, beherrschende Art, die geradezu Elite-Uni schreit.

Viel zu spät geht mir auf, wenn das Sebastian Andrews' Eltern sind, dann sind das Vanessa und Gary Andrews, Vorstandsvorsitzende und Finanzvorstände des Unternehmens. Verärgert muss ich einsehen, dass ich mir ein ganz falsches Bild von ihnen gemacht habe. Kühl und unnahbar müssten sie sein, dachte ich, und nicht dass sie mit wildfremden Menschen über Schuhe plaudern.

»Danke, dass ihr euren Termin für unser Mittagessen verschieben konntet«, sagt er, und ich sehe rüber zu Noel, während mir aufgeht, dass er, als er andeutete, Mr Andrews habe ein paar Termine verschieben müssen, von dem Mittagessen mit seinen Eltern gesprochen hat. Und das nur … meinetwegen?

Beinahe so unerklärlich wie Carlos' Blumen an der Rezeption.

»Nicht der Rede wert!«, ruft seine Mom. »Kommt Genevieve auch?« Unauffällig versuche ich mich an ihr vorbeizuschlängeln, um mich endlich aus dem Staub zu machen, als ihr Blick an mir hängen bleibt. »Sebastians Freundin würde *ausflippen*, wenn sie diese Schuhe sieht.«

Genevieve. Der Name passt zu ihr.

Ich lächele höflich. »Das glaube ich gern. So begeistert, wie sie von einem Paar taubengrauer Overknee-Stiefel geschwärmt hat, habe ich noch nie über irgendwas geredet.«

»Ach, dann haben Sie sie bereits getroffen!«, ruft Vanessa hocherfreut. »Hat Sebastian Ihnen schon erzählt, wie er und Genevieve sich kennengelernt haben?«

Das will ich eigentlich gar nicht wissen, und so, wie Sebastian die Hände in die Hosentaschen stopft und angestrengt die Stirn runzelt, will er auch nicht, dass ich es erfahre.

Also schaue ich mit Unschuldsmiene zu ihm rüber und grinse. »Kein Wort hat er mir erzählt! Aber ich liebe romantische Geschichten.«

»Also«, setzt seine Mutter an. »Gens Mutter und ich waren damals Verbindungsschwestern und wurden schließlich beste Freundinnen. Zimmergenossinnen, Brautjungfern, alles, was dazugehört. Und sogar schwanger sind wir fast zeitgleich geworden. Genevieve kam gerade einmal sechs Tage vor Sebastian auf die Welt, im selben Krankenhaus. Wir haben die beiden zusammen Bäuerchen machen lassen, sie zusammen gewickelt. Sie waren einander praktisch von Geburt an versprochen. Nie hätten wir versucht, sie zusammenzuzwingen, hätten sie sich nicht füreinander interessiert, aber Sie können sich sicher vorstellen, wie wir uns gefreut haben, als sie in die Pubertät kamen …«

»Aus der Zeit habe ich die ganzen grauen Haare«, wirft Mr Andrews ein und fährt sich mit der Hand durch den dichten Schopf grau melierter Haare, die viel hellbrauner sind als die seines Sohnes.

»Wie *entzückend*«, seufze ich mit einem breiten Grinsen zu Sebastian. »Meine Schwester hat ihre High-School-Liebe geheiratet. Einundzwanzig Jahre ist das schon her.«

»Hast du das gehört?«, fragt Vanessa neckisch, deutlich lauter und mit vielsagendem Blick zu ihrem Sohn. »*Geheiratet.*«

So, wie sie das Wort betont und absichtlich in die Länge zieht, lässt mich vermuten, dass sie dieses Gespräch nicht zum ersten Mal führen. Und obwohl ich gestehen muss, mehr als nur ein wenig neugierig zu sein, ist mein Abgang längst überfällig.

»Tja, dann will ich Sie mal nicht länger von Ihrem Lunch abhalten«, sage ich und hebe die Hand, um zum Abschied in die Runde zu winken. »War nett, Sie kennenzulernen!«

»Ach, jetzt habe ich Ihren Namen gar nicht mitbekommen, nur Ihre umwerfenden Schuhe.«

»Das ist Gracie Cooper«, fällt Sebastian ihr ins Wort.

Vanessa Andrews' Blick scheint kurz zu flackern, und mir wird sofort klar, dass sie weiß, wer ich bin und was ich hier will, aber irgendwie kann ich nicht einmal so etwas wie Abneigung empfinden.

Vielleicht, weil all meine geballte Abneigung sich schon gegen ihren Sohn richtet.

»Nun, es war wirklich nett, Sie kennenzulernen, Gracie.«

»Ganz meinerseits.« Ich lächele ihr und ihrem Mann noch einmal herzlich zu und winke Noel zum Abschied.

Sebastian ignoriere ich komplett.

An Sir, mit höflicher Neugier,
haben Sie Haustiere? Ich bin eigentlich ein Hundemensch. Ich liebe Hunde mit ihrer unbefangenen Freundlichkeit, dem treuen Wesen und der grenzenlosen Begeisterung, die sie zeigen, jedes Mal, wenn man zur Tür hereinkommt. Und trotzdem besitze ich eine Katze. Oder vielmehr einen Kater. Er heißt Cannoli, interessiert sich kein bisschen für mich, und ich liebe ihn abgöttisch. Was sagen Sie dazu?
Lady

Werte Lady,
möglicherweise lieben Sie Ihre Katze gerade deshalb so sehr, weil sie sich Ihnen gegenüber so gleichgültig zeigt. Denn finden wir nicht dummerweise immer diejenigen am unwiderstehlichsten, die sich nicht für uns zu interessieren scheinen?
Der Ihre, küchenpsychologisch,
Sir

Neun

Lily hat nicht übertrieben, als sie andeutete, Alec hätte beruflich gerade viel um die Ohren. Das Essen am Mittwochabend musste zwischenzeitlich auf Samstag verschoben werden.

»Ich dachte, du kochst vegetarisch«, meine ich zu May, während ich zu einem der kleinen Ricotta-im-Speckmantel-Snacks mit Schnittlauchgarnitur greife und genüsslich daran knabbere.

Sie schaut kurz von ihrem Krug mit den Martinis auf, in dem sie gerade rührt. »Wie kommst du denn darauf?«

»Wieso solltest du sonst Auberginenlasagne kochen statt einer mit Rinderhack?«

Der Cocktaillöffel nimmt das Rühren wieder auf. »Weil sie verdammt lecker ist.«

May trägt ein gemustertes Kleid mit knallroten Mohnblumen und dazu riesengroße Ohrringe, die aussehen wie Grapefruit-Scheiben und auf eigenartige Weise perfekt in ihre limettengrüne Küche passen. Sie wohnt an der Ecke Eighty-First und Madison, in einer eleganten, wenn auch etwas altmodischen Altbauwohnung, die sie damals mit ihrem zweiten Mann gekauft hat, ihrer vierten großen

Liebe, der mit siebenundvierzig plötzlich und unerwartet an einem Herzinfarkt verstarb.

In Mays Leben gab es schon viele Männer, und während ich weiter standhaft an die eine wahre Liebe glaube, bin ich zugegebenermaßen sehr dankbar, dass mein Dad ihre siebte große Liebe war, denn so ist sie in mein Leben getreten.

May redet nie über Finanzielles, aber in Anbetracht der Tatsache, dass man sie nur selten mehr als einmal mit denselben Kleidern – oder Ohrringen – sieht und sie gleich um die Ecke von der Madison wohnt, gehe ich davon aus, dass einer ihrer Verflossenen recht gut situiert gewesen sein muss und May ihre Schäfchen im Trockenen hat.

Dafür, dass sie es nicht nötig hat, bei Bubbles zu arbeiten, aber trotzdem weiterhin fast jeden Tag im Laden steht, liebe ich sie nur umso mehr, und auch dafür, dass sie ihren Gehaltsscheck immer ohne Gegenrede annimmt genau wie jede andere Angestellte auch, damit ich mir nicht wie ein Sozialfall vorkommen muss.

»Also, was ist da los mit deiner Schwester und ihrem Kerl?«, will May wissen.

Ich seufze tief, während ich weiter Speck und Käse in mich hineinstopfe. »Dir ist es auch aufgefallen, hm?«

»Dass Lilys Augen nicht mehr strahlen, wenn sie über Alec redet?«

»Vielleicht haben sie sich bloß gestritten.«

May schaut in ihren Cocktail-Krug, und der Löffel schlägt klirrend gegen das Kristall. »Möglich.«

»Du bist doch so erfahren«, sage ich. »Was meinst du, was da los ist?«

»Wenn du mit ›erfahren‹ meinst, dass ich alt bin und schon einiges erlebt habe« – sie nimmt den Kupferlöffel heraus und deutet damit auf mich – »dann hast du vollkommen recht.«

Sie legt den Löffel auf ein Geschirrtuch und zeigt auf das Silbertablett mit den vier Martini-Gläsern auf der kleinen eingebauten Bar hinter mir.

Vorsichtig nehme ich das Tablett und stelle es vor sie auf den Tisch. Durch das Barsieb gießt sie zwei Drinks ein, die beiden anderen Gläser bleiben leer. Lily hat geschrieben, dass sie und Alec im Stau stecken und sich ein paar Minuten verspäten.

Mit silbernen Samurai-Schwert-Cocktailpiekern spießt May Oliven auf und lässt eine in jedes Glas plumpsen. Dann reicht sie mir meinen Drink, und wir prosten uns wortlos zu.

»Was ich meine?«, fragt sie, um dann an ihrem Martini zu nippen und einen korallenroten Lippenstiftabdruck auf dem Gläserrand zu hinterlassen. »Die beiden haben vergessen, wie Verliebtsein geht. Und eigentlich hast du doch gerade ganz andere Sorgen.«

»Wie den Laden«, sage ich und trinke einen Schluck aus meinem Glas.

»Herzchen, nein. Ich meine, ja, damit hast du alle Hände voll zu tun. Aber das Liebesleben deiner Schwester sollte dich nicht so sehr beschäftigen. Wenigstens hat sie eins.«

»Ähm, autsch.«

»Ach, Tassen hoch«, sagt sie. »Und jetzt erzählst du mir, warum du ständig dein Handy angrinst.«

»Tue ich doch gar nicht.«

Sie trinkt einen kräftigen Schluck und starrt mich ungerührt an, und weil ich diesem Blick noch nie lange standhalten konnte, streiche ich rasch die Segel.

»Also gut.« Ich nippe noch mal am Glas. »Es gibt da einen Mann. Den ich noch nicht persönlich kennengelernt habe, sondern nur über eine Dating-App. Und der ein Axtmörder sein könnte.«

Inzwischen habe ich genügend Menschen von Sir erzählt, dass ich auf die üblichen Vorhaltungen gefasst bin. Aber manchmal vergesse ich, dass May May ist und auf sämtliche Regeln pfeift.

»Ach, du hast dir einen Alfred Kralik angelacht.«

»Einen wen, bitte?«

»James Stewart in einer umwerfenden Rolle, in der er unglaublich romantische Briefe an die bezaubernde Margaret Sullavan schreibt. Mach deine Hausaufgaben, aber bitte später. Und jetzt erzähl mir was über den Jungen. Hast du sein Wunderhorn schon gesehen?«

Vor Schreck verschlucke ich mich an meinem Martini. »May!«

»Da kannst du dir schockiert an die Perlenkette greifen, so viel du willst, aber solche Fotos sind heutzutage doch gang und gäbe.«

»Wo bitte, wenn ich fragen darf?«

»Hm, entweder dir fehlt der Mumm, dich mit eigenen Augen zu überzeugen, oder sein bestes Stück ist krumm.«

»Ich interessiere mich nicht für sein *bestes Stück*! Er ist bloß ein Freund. Ein Vertrauter.«

»Schätzchen, *ich* bin eine Vertraute. *Deine Schwester* ist eine Vertraute. Dieser Junge ist eine *Situation.*« Sie zieht jede einzelne Silbe bedeutungsschwanger in die Länge.

»Es ist … irgendwas«, muss ich gestehen.

»Ach ja«, seufzt sie und holt tief Luft. »Ich hatte auch schon die ein oder andere romantische Brieffreundschaft.«

»Ehrlich?« Interessiert beuge ich mich nach vorne und frage mich wieder einmal, wie es sein kann, dass ich May schon fast mein ganzes Leben lang kenne und sie immer noch etwas zu erzählen hat, von dem ich bisher nicht einmal etwas ahnte.

»Mhm. Einen damals während des Vietnam-Kriegs, aber der ist dann nach Hause zurückgegangen, hat ein anständiges Mädchen geheiratet und ist mit ihr nach Jersey gezogen.« Sie zeigt mir den Daumen nach unten und schnaubt abfällig. »Und einen aus San Francisco. Da war ich noch ein Teenager. Der Brief war eigentlich für Janet von nebenan bestimmt – ein unausstehliches Gör. Die beiden hatten sich im Sommerlager kennengelernt. Aber er war viel zu nett für sie, also habe ich ihm zurückgeschrieben, und er wurde stattdessen mein Brieffreund.«

»Und dann?« Ich ziehe die Olive mit den Zähnen vom Pieker.

»Er ist umgekommen. Bootsunfall.«

Ich blinzele verdutzt. »Das sind aber alles keine schönen Geschichten, May.«

»Doch, sind sie. Sie haben bloß kein Happy End. Denn lass dir eins gesagt sein, junge Dame. Solche belanglosen kleinen Distanzflirts sind zwar ganz nett, man denkt im

Alter gern daran zurück, aber echt sind sie nicht. Und falls du dir einzureden versuchst, es sei doch was Echtes, dann ist es allerhöchste Zeit, das Übel bei der Wurzel zu packen und auszureißen, denn letztlich ist es nichts weiter als ein Hirngespinst. Und Hirngespinste halten einen nachts nicht warm und helfen einem auch nicht, die Last der Verantwortung für einen Laden zu tragen. Ach, verdammt! Ich habe ganz vergessen, die Folie von der Lasagne zu nehmen.«

Rasch streift May Backhandschuhe über, die aussehen wie Haiköpfe, und widmet sich ihrer Auberginen-Lasagne.

Ich seufze. Sie hat ja recht. Aber mir das eingestehen zu müssen fällt mir alles andere als leicht. Die Sache mit Sir wirkt zwar noch ganz harmlos, aber so langsam kommen mir Zweifel, wie harmlos sie wirklich ist. Denn ich denke eindeutig zu oft an ihn. Und womöglich bin ich dadurch sogar blind geworden für andere Optionen. Über Mystery-Mate habe ich inzwischen etliche Kaffee-Einladungen von diversen Männern erhalten, aber verglichen mit Sir erscheinen sie mir alle langweilig.

Von meinen Kunden und dem fiesen Sebastian Andrews mal abgesehen kann ich mich gar nicht mehr daran erinnern, wann ich das letzte Mal ein wirklich tiefgründiges Gespräch mit einem Mann geführt habe.

Der altmodische Türsummer reißt mich aus meinen Gedanken.

»Lässt du deine Schwester und deinen Schwager rein?«, ruft May, während sie sich daranmacht, neue Martinis für die Nachzügler zu mixen.

Ich tue, wie mir geheißen, und ein paar Minuten, nachdem ich John, dem Portier unten am Empfang, gesagt habe, er soll die beiden reinlassen, mache ich Lily und Alec die Wohnungstür auf. Wie üblich sieht Lily aus wie aus dem Ei gepellt, in enger schwarzer Jeans und einem süßen gezwirbelten Top mit Schleifchen an den Schultern. Sie lächelt zwar, hat aber dunkle Ringe unter den Augen. Ich drücke sie ganz besonders fest, dann begrüße ich Alec.

Mein Schwager ist ein unverschämt gut aussehender Mann. Nicht besonders groß, aber dafür zieht er das tägliche Training mit geradezu religiöser Gewissenhaftigkeit durch, und was ihm an Größe fehlt, macht er durch die breiten Schultern, die ruhige, souveräne Art und die freundlichen braunen Augen mehr als wett.

Ich reiche ihm die Hand. »Hi, ich bin Gracie. Sie kommen mir irgendwie bekannt vor, sind wir uns schon mal begegnet?«

Worauf er nur die Augen verdreht und mich fest in die Arme schließt. »Ich weiß, dass ich mich in letzter Zeit ein bisschen rar gemacht habe. Message angekommen.«

Also drücke ich ihn auch noch mal, weil ich das Gefühl habe, er braucht es gerade genauso dringend wie Lily. Als ich mich wieder von ihm löse und zwischen den beiden hin und her schaue, wird mir ganz mulmig, wie stocksteif sie nebeneinanderstehen.

May kommt mit dem Tablett auf dem sich Martinis, Speck-und Käse-Häppchen und verschiedene Nüsschen türmen, ins Wohnzimmer und befiehlt uns, Platz zu nehmen. Wir sind in unserem Leben sicher schon aberdutzende

Male hier bei May zu Hause gewesen, weshalb jeder von uns auch seinen angestammten Lieblingsplatz hat. Caleb und ich saßen immer neben Dad auf der ausladenden geblümten Couch. Lily und Alec auf dem kleinen Zweisitzersofa, und May auf ihrem, wie sie es nennt, Thron, einem unbeschreiblich hässlichen braunen Ohrensessel.

Unvermittelt setzt Lily sich zu mir auf die Couch.

Fast möchte ich glauben, sie macht das, um mich nicht mit der Nase darauf zu stoßen, dass Dad tot ist und Caleb in einem anderen Bundesstaat lebt, und bestimmt hat es auch etwas damit zu tun. Aber zu sehen, wie sie Alecs Blicken ausweicht, als er – ganz allein – auf dem Zweisitzer Platz nimmt, lässt mich vermuten, dass noch mehr dahintersteckt.

Mays Augen werden ganz schmal, ihr ist es also auch nicht entgangen, aber ausnahmsweise scheint sie sich jede spitze Bemerkung zu verkneifen.

»Also, Gracie«, meint Alec, beugt sich vor und nimmt eine Handvoll Nüsschen. »Wie ich höre, habt ihr ein paar frische neue Ideen für den Laden?«

»Ja!«, rufe ich begeistert mit meiner fröhlichsten Mittleres-Kind-und-Wellenglätter-Stimme. »Nächsten Donnerstag geht es los mit unserer ersten Champagner-Probe. Robyn hat einen ihrer Sommelier-Freunde, der einen New Yorker Food-Blog betreibt, bequatscht, darüber zu schreiben. Vertreter von zwei Kellereien kommen mit Ausstellungstischen, und eine meiner Freundinnen hat kürzlich mit einem Jazzpianisten angebandelt, der mit seinem Trio für ein bisschen Hintergrundmusik sorgt.«

Alec lächelt. »Klingt toll.«

»Wird es auch«, erkläre ich zuversichtlich. »Du solltest auch kommen.«

»Geht leider nicht«, fällt Lily mir ins Wort, ohne von dem speckumwickelten Ricotta aufzuschauen, den sie gerade eindringlich begutachtet. »Er muss verreisen. Mal wieder.«

Nervös geht mein Blick zurück zu Alec, und ich erwarte, dass er sauer oder wütend ist, weil seine Frau ihn vor uns so bloßstellt. Doch er schaut Lily nur stumm an, so sehnsüchtig und mutlos, dass ich plötzlich einen dicken Kloß im Hals habe.

Lily, den Blick noch immer fest auf das Häppchen geheftet, merkt nichts davon.

Als ihre blauen Augen schließlich doch seine suchen, greift er gerade mit verschlossener Miene nach seinem Martini-Glas.

Wenn ich es mir so überlege, klammere ich mich besser doch noch eine Weile an meine Online-Schwärmerei. Wenigstens ist die nicht so schmerzhaft wie die Wirklichkeit.

Zehn

»Es ist so toll, dass du hier bist.« Gut gelaunt lege ich Lily den Arm um die Schultern und drücke ihr einen dicken Kuss auf die Wange.

Sie lächelt. »Ich hätte schon viel früher kommen sollen. Es war echt mies von Caleb und mir, dich mit alldem allein zu lassen. Tut mir leid.«

»Schon gut«, sage ich. Ich habe viel zu gute Laune, um sauer auf sie zu sein.

Lily ist gerade dabei, die geliehenen Sektflöten in Reih und Glied zu positionieren, also stelle ich mich dazu, und wir arbeiten wortlos Hand in Hand. Sie nimmt die Gläser aus der Plastikkiste, ich stelle sie auf den Tisch.

Das Motto der Verkostung heute Abend lautet *la rentrée,* die französische Bezeichnung für die Rückkehr in den Alltag nach den ausgedehnten Sommerferien. Wir haben zwar bereits Anfang Oktober und sind ein bisschen spät dran mit unserem Motto, aber die drückende Sommerschwüle hat sich gerade erst verzogen, und die New Yorker scheinen in fröhlich-beschwingter Vorfreude den kommenden Herbst zu erwarten.

Alle, bis auf meine Schwester, die, obwohl sie pflichtschuldig tut, worum auch immer ich sie bitte, noch kein einziges Wort verloren hat über die hübschen mundgeblasenen Glas-Kürbisse oder das glitzernde Herbstlaub auf dem Tisch, und dabei *liebt* sie sonst alles, was irgendwie mit dem Herbst zu tun hat.

»Und außerdem«, meint sie gedankenverloren, »kann ich ein bisschen Ablenkung gebrauchen.«

Ich konzentriere mich wieder darauf, die Gläser in ordentlichen Reihen auszurichten »Wo, sagtest du noch mal, steckt Alec?«

»Chicago. Nein, warte, Boston? Ich weiß es nicht mehr.« Ihre Stimme klingt hohl, als wüsste sie wirklich nicht mehr, wo er ist und wann er zurückkommt, und als sei es ihr auch ganz egal.

»Am Wochenende schon was vor?«, frage ich, um sie ein bisschen aus der Reserve zu locken.

»Eigentlich nicht. Ich habe zu Hause genug zu tun.«

»Alec und du solltet unbedingt was zusammen unternehmen«, meine ich ganz beiläufig, während ich weiter geschäftig Gläser aufreihe. »Vielleicht ein verlängertes Wochenende in den Hamptons? Jetzt in der Nachsaison dürfte es doch kein Problem sein, eine nette Unterkunft zu finden. Oder auch bloß eine kleine Spritztour ins Hudson Valley, zu einem der entzückenden Bauernmärkte?«

Sie hält inne beim Gläserauspacken und scheint ehrlich verdattert, fast als hätte ich gerade vorgeschlagen, sie solle sich den Schädel kahl rasieren oder mit dem Häkeln anfangen.

Ich muss an Mays Vermutung denken: *Die beiden haben vergessen, wie Verliebtsein geht.*

Ich fürchte fast, sie hat recht, und ich habe keinen blassen Schimmer, was ich dagegen tun kann. Vermutlich am besten gar nichts. Nicht meine Beziehung, nicht mein Problem.

Aber wenn ich an Lily und Alec denke, sehe ich sie nicht so vor mir, wie sie in letzter Zeit immer wieder auf mich wirken – müde und abgespannt. Ich sehe sie am Abend ihres Abschlussballs. Am Morgen nach ihrer Verlobung. An ihrem Hochzeitstag. An dem Tag, an dem sie ihre erste gemeinsame Wohnung gekauft haben.

Ich glaube felsenfest daran, dass ihre Geschichte eine mit Happy End ist. Sie müssen nur den Teil mit dem vergifteten Apfel durchstehen.

Ihr Blick geht nach unten, und sie greift nach dem Fuß eines weiteren Glases. Ich lege sachte eine Hand auf ihre. »Lily, was ist los?«

Ich höre sie schlucken, dann sehe ich die langen Wimpern flattern, und ich weiß, sie versucht gerade verzweifelt, die Tränen wegzublinzeln.

»Wir verschießen Platzpatronen«, erklärt sie mit wässriger Stimme.

Verdutzt lache ich auf. »Was?«

Verstohlen tupft sie sich mit dem Ärmel die Nase. »In-vitro war erfolglos. Unser Arzt in der Kinderwunschklinik meinte schon vor ein paar Monaten, es sei zwar nicht unmöglich, dass wir schwanger werden, aber auch nicht sehr wahrscheinlich, und wir sollten uns schon mal mit alternativen Möglichkeiten zur Familiengründung auseinandersetzen.«

»Ach, Lily.« Ich will sie augenblicklich in die Arme schließen, doch sie schüttelt nur knapp den Kopf. Ich weiß, wie krampfhaft sie gerade versucht, nicht die Beherrschung zu verlieren, also drücke ich nur kurz ihren Arm.

»Ich dachte, ich hätte mich damit abgefunden. Wir haben über alles geredet, Leihmutterschaft, Adoption, aber irgendwann haben wir … einfach aufgehört, miteinander zu reden.«

»Und warum, was meinst du?«

Sie macht ganz fest die Augen zu. »Ich bin so wütend auf ihn. Ich wollte schon vor Jahren Kinder, aber er hat immer gesagt, dass er sich zuerst was aufbauen will. Und ich habe ihn dafür nur umso mehr geliebt. Einerseits, weil er ganz sicher sein wollte, für mich und das Baby sorgen zu können, und andererseits, weil er sich im Job lieber erst richtig reinknien wollte, um später mehr Zeit für die Familie zu haben. Er wollte als Dad für seine Kinder da sein. Und sicher, man hört immer, dass die Fruchtbarkeit bei Frauen mit zunehmendem Alter abnimmt, aber ich habe einfach … ich habe einfach gedacht, das wird schon irgendwie.«

»Vielleicht wird es das ja auch noch. Oder, wie du schon sagtest, es gibt genügend andere Möglichkeiten, eine Familie zu gründen, und du wirst bestimmt eine ganz tolle Mama.«

»Ich weiß«, sagt sie mit ihrem Lily-typischen Selbstbewusstsein, und ich muss lächeln, obwohl mir das Herz für meine Schwester blutet – und für Alec genauso.

»Habt ihr mal überlegt, zusammen zu einer Paarberatung zu gehen?«

Sie schnaubt. »Dafür müsste er erst mal da sein. Zugegeben, ich war in letzter Zeit etwas distanziert. Aber er hat sich daraufhin nur noch tiefer in seine Arbeit vergraben. Wir sehen uns kaum noch, und wenn, dann ist da so eine … eine unüberbrückbare Distanz zwischen uns.« Lily seufzt. »Ich weiß nicht, was ich machen soll, Gracie. Ich weiß es wirklich nicht. Vielleicht war es schlau von dir, dich einfach von den Männern fernzuhalten. Warum müssen die bloß so verdammt *schwierig* sein?«

Aus unerfindlichen Gründen muss ich plötzlich an Sebastian Andrews denken. *Schwierig* beschreibt diesen Mann nicht einmal annähernd. Ihn nicht, und auch nicht meine Gefühle, wenn er in der Nähe ist.

Vom mysteriösen Sir ganz zu schweigen.

Und beide sind vergeben.

Schwierig, und wie.

»Du weißt, ich bin immer für dich da. Falls du reden willst«, sage ich vorsichtig.

»Ich weiß«, antwortet sie und nimmt mich in die Arme. »Manchmal vergesse ich, dass meine kleine Schwester keine Hilfe mehr braucht, um sich den Ballettdutt zu frisieren, und dass sie eine ganz gute Zuhörerin ist.«

Wir schließen einander in die Arme, und ich drücke sie ganz fest. »Wie sieht es aus, könntest du mir noch ein letztes Mal mit den Haaren helfen?«

Sie löst sich von mir und mustert mich kritisch, was mich nicht halb so sehr stört wie sonst, weil es nämlich auch bedeutet, dass sie gerade an etwas anderes denkt als an ihren Liebeskummer. »Das willst du doch nicht anlassen, oder?«

Ich versuche einen sexy Hüftschwung in meinen ausgebeulten Klamotten und den ausgelatschten Turnschuhen. »Was denkst du denn? Die Presse wird über den Abend berichten. Was, wenn die ein Foto zu ihrem Artikel wollen? Ich muss mich von meiner besten Seite präsentieren!«

Sie schüttelt bloß den Kopf, und ich bugsiere sie durch den Laden in den engen Pausenraum, wo ich den Kleidersack von einem Häkchen an der Tür nehme. Ich höre, wie sie die kleine Raumheizung anmacht, dann den Reißverschluss öffnet und ein ganz und gar untypisches spitzes Quieken ausstößt. »Ach, ich *liebe* dieses Kleid! Darin habe ich dich ja schon seit einer Ewigkeit nicht mehr gesehen.«

»Ich habe es erst neulich wiederentdeckt«, erkläre ich, während sie es vom Bügel nimmt und mir reicht. Es ist das blaue Kleid, das ich auch zu meinem Termin bei Sebastian getragen habe, und obwohl dieses Treffen nicht unbedingt so verlaufen ist wie geplant, habe ich mich darin trotzdem pudelwohl gefühlt.

Und außerdem, wenn ich ganz ehrlich bin, gibt meine Garderobe ansonsten nicht viel her. Mein Budget reicht gerade mal für Unterwäsche und Großpackungen Herrenunterhemden.

»Bitte sag mir, dass du irgendwas dabeihast, um deine Frisur zu retten«, meint sie, während ich mich umziehe, und kramt in dem Werbeeinkaufsbeutel herum, den ich bei einer Buchmesse in Brooklyn abgestaubt habe. »Aha!«, ruft sie siegesgewiss, als sie einen Lockenstab entdeckt, und steckt ihn gleich ein.

Rasch schlüpfe ich in beige Ballerinas mit Lederschleifchen – nie im Leben würde ich den Abend in den pinken High Heels überstehen.

Lily zieht mir den Haargummi aus der Frisur und befreit meine Haare aus dem auf Halbmast hängenden traurigen Pferdeschwanz, um dann Strähne um Strähne auf den Lockenstab zu wickeln und dabei jede in eine andere Richtung zu drehen, um zu vermeiden, mir versehentlich, wie sie sagt, »Shirley-Temple-Locken« zu verpassen.

»Wo ist das Haarspray?«, fragt sie streng.

»Öhm …«

Sie seufzt. »Ohne Haarspray halten die Locken keine Stunde, aber immer noch besser als der schlappe Pferdeschwanz. Vermutlich.«

»Jetzt hör schon auf mit deinen überschwänglichen Komplimenten. Ich werde ja noch ganz rot!«

»Warte hier«, kommandiert sie mit erhobenem Zeigefinger.

Sekunden später kommt sie mit einem Klappstuhl und ihrer Handtasche zurück, aus der sie ein Kosmetiktäschchen zieht. Sie rückt den Stuhl zurecht und deutet darauf. »Zuerst ist dein Gesicht dran.«

»Wusste gar nicht, dass es so schlimm ist«, brumme ich, setze mich aber brav.

»Ist es auch nicht«, gibt sie zurück und stäubt mir etwas Bräunungspuder auf die Schläfen. »Du bist perfekt. Aber heute Abend müssen wir aus der Mädchen-von-nebenan-Niedlichkeit Geschäftsfrau-von-nebenan-Coolness machen. Umdrehen.« Sie wackelt mit dem Finger, und ich wende mich zum Spiegel.

»Wow! Nicht schlecht! Wenn ich da an den blauen Lidschatten und das rote Rouge aus grauen Vorsprechzeiten denke«, sage ich lachend.

»Hey, damals war das ein echt cooler Look«, entgegnet Lily. Sie nimmt eine meiner Locken und legt sie auf die andere Seite meines Kopfes. »So. Jetzt haben sie ein bisschen mehr Volumen.« Sie lächelt. »Du bist bildhübsch, und ich bin ein Genie.«

Ich verdrehe die Augen und schaue auf meine Uhr. »Mist! Die Gäste kommen ja schon!«

»May hat alles unter Kontrolle«, meint sie beruhigend. »Der Abend wird ein voller Erfolg. Ich weiß noch, Dad hat auch manchmal Weinproben angeboten, aber nie so was wie das hier, abends, mit Livemusik und herzallerliebster Kürbisdeko.«

»Du hast sie also *doch* bemerkt«, quieke ich entzückt. »Hab ich's mir doch gedacht, dass sie dir gefallen. Bleibt nur zu hoffen, dass die Gästen sie auch mögen. Wobei ich schon froh bin, wenn überhaupt einer kommt.«

Die Nervosität, die ich seit Stunden erfolgreich verdrängt habe, überkommt mich mit einem Schlag. Und obwohl ich Flyer in sämtlichen umliegenden Läden und Lokalen ausgelegt, zahllose Bekannte angerufen und die Veranstaltung in allen sozialen Netzwerken gepostet habe, habe ich nicht den blassesten Schimmer, ob überhaupt irgendjemand auftauchen wird.

Lily nimmt meine Hand, als ich die Tür zur Grotte öffne, und sofort verfliegt alle Nervosität und weicht glücklicher Gelöstheit. Denn obwohl es gerade erst losgeht und ich nicht behaupten möchte, dass es brechend voll wäre, sind doch bereits genügend Gäste da, dass es ein schöner Abend werden kann.

Lächelnd schaue ich mich um. Die Band ist *wirklich* gut, und alle – ja, selbst Robyn – strahlen um die Wette. Die Gäste folgen fasziniert den Erläuterungen der Kellerei-Vertreter. May scheint recht angetan von einem Herrn, der wiederum recht angetan von ihrem ausladenden Dekolleté zu sein scheint, und …

Auf der anderen Seite des Raums steht eine sommersprossige Blondine im blütenweißen Kleid und lauscht hingerissen den Ausführungen eines Winzereivertreters aus dem Napa Valley, der ihr gerade die verschiedenen Nuancen ihres Blanc de Blancs erläutert. Ihr Begleiter dagegen scheint in Gedanken ganz woanders und hört gar nicht richtig hin.

Er hört nicht hin, weil er stattdessen mich anstarrt, und als sein Blick aus wasserblauen Augen meinen trifft, hebt er das Glas zu einem stummen, neckischen Toast.

Ohne ein Wort zu wechseln finden Sebastian Andrews und ich uns, wie auf geheime Absprache, plötzlich allein in einem stillen Winkel des Ladens wieder, wo wir ungestört miteinander streiten können. Ausgerechnet in der Kunstecke. *Meiner* Kunstecke, was ich ihm allerdings ganz sicher nicht auf die Nase binden werde.

In der Hand hat er zwei Gläser, und ich bin völlig verdattert, als er mir eins davon reicht. Ich blinzele verdutzt, aber er zuckt nur die Achseln. »Von einem kalifornischen Weingut. Ein Blanc de Noir.«

Das geht ihm so leicht über die Lippen, als wäre er ein Kenner, und nicht, als hätte er diesen Namen gerade zum ersten Mal anlässlich einer Weinprobe gehört. Noch eine Überraschung. Wirklich sehr verwirrend. Und ärgerlich.

»Was wollen Sie hier?«, frage ich barsch.

»Ach, Verzeihung«, entgegnet er, obwohl es ihm offensichtlich nicht im Geringsten leidtut. »Ist heute Abend geschlossene Gesellschaft?«

»Nein, aber …«

Er neigt den Kopf ganz leicht, um mir leise ins Ohr zu flüstern. »Vielleicht will ich ja auch nur den örtlichen Einzelhandel unterstützen.«

Am liebsten würde ich zu einer schlagfertigen Antwort ansetzen, aber diese unvermittelte Nähe bringt mich völlig aus dem Konzept.

Als er sich wieder aufrichtet und den Blick auf mich richtet, hat er so ein neckisches Blitzen in den Augen, das mir bisher entgangen ist. Nach der unerwarteten Wendung im Fall Avis und Jesse, und in Anbetracht der unübersehbar innigen Beziehung zu seinen Eltern, muss ich mir wohl, wenn auch widerwillig, eingestehen, dass dieser Mann vielschichtiger ist als gedacht.

Eine höchst unerfreuliche Entwicklung.

Sein Blick löst sich von mir, langsam, beinahe widerstrebend, und erst jetzt scheint ihm aufzugehen, wo wir sind. Er schaut von Bild zu Bild. »Elfen.«

»Kitschige Feenbildchen«, korrigiere ich ihn. Und dann, weil ich nicht anders kann, als meine ramponierte Künstlerehre irgendwie zu verteidigen, füge ich hinzu: »Und es sind nicht alles Feen.«

»Nein, das sehe ich. Das hier ist besonders smart.« Er weist mit dem Glas auf einen lila Cocktail vor einer verspielten fliederfarbenen Skyline von Manhattan im Hintergrund. Das habe ich erst heute Nachmittag hergebracht, nachdem ich quasi Tag und Nacht daran gearbeitet habe, um es für heute Abend fertigzustellen.

»Genevieve wäre hin und weg«, meint er. »Lila ist ihre Lieblingsfarbe.«

Mein sonst so vollmundiger Blanc de Noir mit seinen fruchtigen Erdbeer- und Kirscharomen schmeckt plötzlich schal.

»Dann sollten Sie es kaufen«, meine ich gleichmütig und drehe mich um, sodass wir nun Schulter an Schulter davorstehen. »Oder noch besser, ich schenke es Ihnen. Wäre doch ein fabelhaftes Verlobungsgeschenk.«

Ich sage das bloß als kleine Stichelei, ein winziger Seitenhieb, eine Anspielung, dass ich die kleine Unterhaltung mit seiner hochzeitsversessenen Mutter nicht vergessen habe. Aber als ich sein gequältes Gesicht sehe, zwickt mich doch das schlechte Gewissen.

»Entschuldigen Sie«, murmele ich. »Das geht mich nun wirklich nichts an.«

»Nein, wirklich nicht.« Er schaut tief in sein Glas. »Es ist kompliziert.«

»Wie das?«, frage ich, weil ich wirklich neugierig bin. Vor allem, da ich inzwischen seine und Genevieves gemeinsame Geschichte kenne. Aber, was noch eigenartiger ist, ich will es wirklich wissen, weil es scheint, als wollte er es mir wirklich erzählen.

»Na ja, zunächst mal sind wir nicht zusammen.«

Mein Kopf fährt herum. »Wie bitte?«

Er hebt eine Schulter und starrt angestrengt auf das Aquarell, aber ich habe den Eindruck, sein Blick geht einfach durch das Bild hindurch. »Wir sind bloß Freunde. Immer schon gewesen. Wobei, ganz unrecht hat meine Mutter natürlich nicht, was unsere Beziehung angeht. Seit Teeniezeiten haben wir es immer mal wieder miteinander versucht. Wir wollten beide unbedingt, dass es funktioniert, weil wir irgendwie das Gefühl hatten, es *müsse* funktionieren. Bis vor ein paar Monaten waren wir wieder zusammen, aber dann habe ich mich getrennt.« Er bricht kurz ab. »Endgültig diesmal.«

Ich blinzele. »Und trotzdem sind Sie zusammen hergekommen?«

Er grinst schief. »Sie liebt Champagner. Und wenn man so geübt ist im Sich-Trennen wie Gen und ich, und ohnehin notgedrungen sämtliche Feiertage miteinander verbringen muss, hat man irgendwann den nahtlosen Übergang vom Paar zu platonischen Freunden ohne unnötige Peinlichkeiten drauf.«

»Beeindruckend«, brumme ich. »Und wieso diesmal endgültig?«

Er bleibt stumm.

»Hm, okay, sagen Sie stopp, wenn ich der Wahrheit zu nahekomme«, sage ich und nippe an meinem Weinglas. Wir beide tun so, als würden wir die ausgestellten Kunstwerke betrachten, während ich die möglichen Haken ihrer Beziehung herunterrassele. »Sie sind schwul. Sie ist lesbisch. Sie mag Katzen. Sie mögen lieber Hunde. Gegensätzliche politische Ansichten. Einer von Ihnen beiden mag Ananas auf der Pizza, und der andere findet Obst auf Pizza eine Beleidigung der Geschmacksknospen. Sie möchte im Sommer nach East Hampton, Sie lieber nach Southampton. Sie sind pornosüchtig. Ihnen gefallen unterschiedliche Geschirrserien. Sie schläft zu Walgesängen ein, aber Sie mögen es lieber still, mit einem Nachtlicht. Es gibt da eine andere …«

Seine Augen zucken zu mir, nur für einen Augenblick, aber unübersehbar.

»Aha«, murmele ich ganz beiläufig und versuche zu ignorieren, dass mein Herz bei dem Gedanken, dass er Single ist, gerade noch jubilierend in den Himmel gestiegen ist, nur um gleich darauf auf dem Boden zu zerschellen. »Schwierig.«

»Es ist eigentlich ganz anders«, sagt er gereizt.

Fragend schaue ich ihn an.

»Es ist einfach …« Mit einem leisen Lachen atmet er aus. »Kompliziert. Und ich weiß selbst nicht, wieso ich Ihnen das überhaupt erzähle.«

»Vielleicht, weil Sie wissen, dass Sie für mich ohnehin das Letzte sind und Sie mir erzählen können, was Sie wollen? Sie können in meinem Ansehen ohnehin nicht mehr tiefer sinken«, sage ich und klimpere mit den Wimpern.

Er verdreht die Augen, dann dreht er sich zu mir um. »Und Sie?«, fragt er mit einem Seitenblick zu mir. »In einer Beziehung?«

»Sozusagen«, entgegne ich und muss an Sir denken. Dann lächele ich und wiederhole seine Worte. »Es ist kompliziert.«

Einen Augenblick lang glaube ich, er will mein Lächeln erwidern, und es ist fast, als verstünden wir uns, wie ich mich lange nicht mehr verstanden gefühlt habe. Von den Chats mit Sir einmal abgesehen.

Bilde ich mir das nur ein?, möchte ich ihn am liebsten fragen.

»Was?«, hakt er nach, als hätte er meine unausgesprochene Frage gehört.

Um mir ein bisschen Mumm anzutrinken, nippe ich noch mal am Champagner und beschließe, all meinen Mut zusammenzunehmen. »Der Tag, an dem wir uns kennengelernt haben. Haben Sie da …« Aber ach, mich verlässt der Mut, und ich beiße mir auf die Lippen und starre wieder angestrengt auf meine Schuhspitzen. »Haben Sie da gespürt, wie …«

Durchdringend sieht er mich an. »Was? Habe ich was gespürt?«

Ich schlucke, und als von hinten May plötzlich meinen Namen in ihrer unverwechselbaren Feldwebelstimme brüllt, zucke ich vor Schreck zusammen. Mir rutscht das Herz in die Hose. Ich will mich schon umdrehen und fragen, was los ist, aber Sebastian hält mich mit seinem Blick gefangen, als würde er mir wortlos etwas sagen wollen …

»Gracie?«, ruft May noch einmal, etwas freundlicher diesmal.

Widerstrebend drehe ich mich um und sehe May und

Robyn neben einem schlaksigen Kerl mit langer Nase stehen. Von Twitter weiß ich, dass das dieser Sommelier-Blogger sein muss, den ich bezirzen sollte, wenn ich möchte, dass er eine nette Kritik über unseren Laden schreibt.

Nie habe ich meine Pflichten als Geschäftsführerin von Bubbles & More mehr verabscheut als in diesem Augenblick, aber wie immer tue ich, was getan werden muss.

Ich atme tief durch und wende mich von Sebastian ab. »Entschuldigen Sie mich bitte.«

Er nickt, und ich spüre im Weggehen seine Blicke auf meinem Rücken.

Wir reden an diesem Abend kein Wort mehr miteinander, aber immer, wenn mein Blick ihn sucht, und er sucht ihn oft, steht er da, neben Genevieve, und nickt seinem jeweiligen Gegenüber freundlich zu.

Und immer, jedes Mal, scheint er meinen Blick zu spüren, denn seine Augen suchen meine. Nur ganz kurz treffen sich unsere Blicke – wenige Sekunden vielleicht.

Aber die Schmetterlinge flattern noch viel, viel länger in meinem Bauch.

An Sir, aufgebracht,
haben Sie je etwas gewollt, das Sie nicht haben konnten – das Sie nicht wollen sollten? Aber je mehr man es sich aus dem Kopf zu schlagen versucht, desto stärker will man es?
Lady

Werte Lady,
und wie. Ich hoffe sehr, Sie bekommen, was Sie wollen und was Sie nicht haben können – wenigstens einer von uns sollte das.
Der Ihre, vergehend vor Verlangen,
Sir

An Sir,
Verlangen, wonach?
Lady

Elf

Sir antwortet nicht auf meine letzte Nachricht, aber ich muss unablässig an seine denken.

Der Ihre, *vergehend vor Verlangen.*

Vergehend!

Meine Gedanken, die vorher allein um Sebastian kreisten, drehen sich nun auch wieder um Sir, einer so unerreichbar wie der andere, und ich bin hin- und hergerissen, sehnsüchtig und, nun ja, vor Verlangen *vergehend.*

Drei Tage nach der Weinprobe und Sirs letzter Nachricht, kann ich mein unerträgliches Gejammer irgendwann selbst nicht mehr ertragen. Kurzentschlossen stürze ich mich in die Arbeit an meinen Bildern, um sie beide zu vergessen.

Ich weiß nicht mehr, wann genau ich die Liebe zur Malerei entdeckt habe. Malen hat für mich immer schon dazugehört, war ein Teil meines Lebens, solange ich zurückdenken kann. Hobby und Berufung zugleich. Fingerfarbe. Tonpapier. Wasserfarben. Ich war für alles zu begeistern, und ich war in allem gut.

Na ja, so gut man mit Fingerfarbe halt sein kann.

Meine Liebe zur Kunst wuchs mit jedem Jahr, das verging. Im achten Schuljahr kam eine Studentin der örtlichen Kunstschule in unsere Klasse, um uns beizubringen, wie man Stillleben zeichnet. Die meisten meiner Mitschüler waren einfach nur froh über eine Stunde Kunst statt Sozialkunde. Aber ich war plötzlich regelrecht angefixt von Obstkörbchen. Die Schattierung auf dem Apfel habe ich so oft wieder ausradiert, dass die nette Kunststudentin – Juliet hieß sie – mir ein neues Blatt Papier geben musste. Sie blieb anschließend noch ein bisschen länger und erklärte mir, wie man den Strichen allein durch den Winkel, in dem man den Bleistift hält, mehr Tiefe verleihen kann.

Am lebhaftesten erinnere ich mich allerdings an meine erste Begegnung mit der Aquarell-Malerei. *Mein Ding.* Es war an einem Sonntagnachmittag. Ich war siebzehn, und Caleb und ich hatten Dad den ganzen Morgen geholfen, die Flaschen im Laden abzustauben, bevor mittags die ersten Kunden kamen. Den restlichen Tag hatten wir frei, denn damals hatte er May schon eingestellt.

Wir waren gerade auf dem Heimweg durch den Central Park – durch den ich nur tagsüber laufen durfte, und auch nur, wenn mein jüngerer, aber viel größerer Bruder Caleb dabei war. Caleb steckte gerade in einer ziemlich seltsamen und immens intensiven Ultimate-Frisbee-Phase, und als er irgendwo auf einer Wiese ein paar Spieler die Scheibe werfen sah, flehte er mich an, kurz mitspielen zu dürfen.

Ich hatte bis zum Ende der Sommerferien noch Unmengen an Lektüre zu lesen, also setzte ich mich auf eine Parkbank, um mich tapfer weiter durch *Früchte des Zorns* zu arbeiten. Aber gegen den Malkurs, der nur ein paar Schritte entfernt unter freiem Himmel stattfand, hatte Steinbeck einfach keine Chance.

Ein kleines Grüppchen aus zehn Erwachsenen hatte sich vor einer der unverwechselbaren Brücken des Central Park aufgebaut, während sich ein drahtiger Mann mit dickem buschigem Bart zwischen ihnen hindurchschlängelte und die Teilnehmer mit unverblümter Kritik und geblafftem Lob ermutigte.

Aquarellfarben kannte ich schon, aber selbst damit gemalt hatte ich nur einmal, irgendwann im fünften Schuljahr. Mit billigen Farben und Pinseln wie Stroh, auf einfachem alten Computerpapier. Den ganzen Zauber der Aquarellmalerei konnte ich damals noch gar nicht erfassen. Aber während ich dort auf der Parkbank saß und dem Kurs zusah, faszinierte es mich mehr und mehr, wie ein und dasselbe Motiv bei unterschiedlichen Künstlern so grundverschieden aussehen konnte. Unauffällig rückte ich noch etwas näher heran und sah, wie unberechenbar die Farben ineinanderliefen und sich miteinander vermischten, oder auch nicht. Wie weich die Farben bei denen wirkten, die großzügig mit dem Wasser umgingen, und wie strahlend bei denen, die damit ein wenig geizten.

Eine schlecht gelaunte Frau, allen Ernstes mit einer Baskenmütze auf dem Kopf, beschwerte sich lauthals und sehr vernehmlich, der Kurs habe sie vierzig Dollar gekostet, und sah mich dabei schief von der Seite an.

Verlegen zog ich das blaue Fossil-Portemonnaie aus der Tasche, das Dad mir zu Weihnachten geschenkt hatte. Der Lehrer warf einen Blick auf die beiden Fünfer und Einer darin – mein gesamtes Taschengeld –, aber statt bedauernd abzulehnen, weil mir achtundzwanzig Dollar fehlten, zwinkerte er mir nur verschwörerisch zu und borgte mir Farben und Pinsel.

Eine andere Kursteilnehmerin, wesentlich netter als die erste, versorgte mich mit Papier und einer klappbaren Staffelei, die sie eigentlich für eine Freundin mitgebracht hatte, die es dann aber doch nicht geschafft hatte.

Ich will nicht behaupten, mein Brückenbild wäre besser gewesen als die anderen – es war ein Fortgeschrittenenkurs, und ich war ganz eindeutig eine blutige Anfängerin –, aber das war ganz egal. Schließlich hatte mich nicht das Motiv gerufen, sondern die Technik. Zuzusehen, wie die Kursteilnehmer mit den Farben experimentierten, war nichts dagegen, es selbst auszuprobieren.

Als ich schließlich wieder aufschaute, war meine Brücke dank Versuch und Irrtum nur mehr ein Farbenwirbel, und die meisten anderen Kursteilnehmer waren längst fort. Mit Tränen in den Augen gab ich dem Kursleiter seine Farben zurück, wohl wissend, dass er mir etwas viel Bleibenderes geschenkt hatte als das bloße Material, das, wie ich viel später herausfinden sollte, Profiqualität hatte und unverschämt teuer gewesen sein musste.

Calebs Frisbee-Spiel war längst vorüber, und obwohl es sicher das Allerletzte war, was er als hibbeliger Fünfzehnjähriger an seinem freien Sonntagnachmittag machen wollte, hatte sein Bruderinstinkt ihm wohl geflüstert, wie wichtig das hier gerade war, und so hatte er geduldig ausgeharrt. Wahrscheinlich wusste er nur zu gut, wie grausam es für mich gewesen wäre, mich aus dem Kurs herauszureißen und nach Hause zu schleifen.

Auf dem Heimweg meinte er zu mir, ich hätte ausgesehen wie besessen, »und ein kleines bisschen psycho«.

Am nächsten Nachmittag, ich saß gerade auf der Couch und quälte mich durch Steinbeck, kam Caleb von einem Freund nach Hause und schmiss mir umstandslos eine Plastiktüte in den Schoß. Dann verschwand er wortlos im Badezimmer, während ich die Tüte ausleerte.

Mein Bruder hatte mir einen Aquarellmalkasten gekauft, blaue Kunststoffpinsel und einen Skizzenblock mit dickem Papier. Nichts Besonderes, aber ich wusste, dass er eigentlich auf ein neues Videospiel gespart hatte – und nun das Geld für Malutensilien ausgegeben hatte.

Heulend fiel ich ihm um den Hals, bis er schließlich drohte, alles wieder zurückzubringen, wenn ich nicht sofort damit aufhörte. Noch nie habe ich meinen Bruder so heiß und innig geliebt wie in diesem Augenblick.

Dad war allerdings nicht ganz so begeistert. Nicht dass er etwas dagegen hatte, dass ich malte – sämtliche Utensilien, die ich auf meinen Wunschzettel schrieb, lagen jedes Jahr zuverlässig unterm Weihnachtsbaum – aber die »Bastelzeit« musste stets zurückstehen hinter den Hausaufgaben (okay) und meinen Verpflichtungen bei Bubbles (damals nicht ganz so okay).

Dad hielt große Stücke auf das Motto »Lebe deinen Traum«. Solange es *sein* Traum war. Irgendwann heiratete Lily und zog aus, und Caleb hatte nur noch Mädchen, Sport und Schule im Kopf und half bloß sporadisch an den Wochenenden im Laden aus. Ich hatte eigentlich auch genug um die Ohren. Freunde. Ab und an einen Freund.

Schule. Aber das alles schien meinen Vater herzlich wenig zu beeindrucken. Er verfügte frei über meine Zeit, wann immer er Hilfe im Laden brauchte. Und ich hatte ein viel zu schlechtes Gewissen, ihn einfach so im Stich zu lassen.

Ich müsste lügen, wenn ich behaupten wollte, dass ich damals als Teenie manchmal nicht stinksauer gewesen bin, weil Caleb tun und lassen konnte, was er wollte, und Lily sich mit Alec aus dem Staub gemacht hatte, während ich im Laden festsaß. Aber irgendwie gefiel es mir auch, dass Dad mich seine rechte Hand nannte. Es gefiel mir, dass ich den Laden bald besser kannte als die neunmalkluge, allwissende Lily. Es gefiel mir, Mays erklärter Liebling zu sein, und Dads heimlicher.

Aber noch viel besser als all das gefielen mir die freien Nachmittage, an denen ich unbeschwert malen konnte.

Tage wie heute, wo Robyn und Josh den Laden alleine schmeißen, weil dienstags kaum was los ist. Tage, an denen ich nichts Besseres zu tun habe, als die fiesen Tupperdosen ganz hinten im Kühlschrank zu entsorgen (irgendwann, bestimmt!) und an meinem neuesten Bild zu arbeiten.

Irgendwie mag ich dieses ganz besonders. Es hat so schöne klarere Linien. Ein Whiskeyglas. Eine bernsteingoldene Flüssigkeit – Whiskey, vermutlich, auch wenn ich den nicht trinke. Im Hintergrund, wie bei fast allen meinen Bildern, New York, aber New York durch eine Fensterscheibe gesehen – die Fensterscheibe eines Apartments. Das Apartment eines Mannes.

Ich habe auch vorher schon Männer gemalt, aber immer nur als Teil eines Paares – händchenhaltend durch den

Central Park schlendernd, eine Champagnerflasche in der freien Hand, sie mit zwei Sektgläsern in ihrer. Und auf besonderen Wunsch habe ich auch schon das ein oder andere Brautpaar gemalt, genauso wie eine Valentinsserie, die wegging wie warme Semmeln.

Aber jetzt habe ich zum ersten Mal nur einen Mann gemalt, ganz allein. Keine Ahnung, ob sich so etwas verkauft – meine Kundinnen sind fast ausschließlich Frauen, oder aber Männer, die die Bilder für Frauen kaufen. Aber es macht mir Spaß, die Herausforderung anzugehen, ihm eine Attraktivität zu verpassen, die an George Clooney erinnert, gepaart mit ein bisschen Dean-Martin-Charme und dem Ernst von Clint Eastwood.

Ich setze die Kopfhörer auf, entscheide mich für Queen, und »Bohemian Rapsody« dröhnt in meine Ohren.

Eine Stunde später, mit einem Krampf in der Hand und am Ende meiner Playlist angekommen, schaue ich auf und sehe eine Frau in meiner Küche stehen, die eben, als ich angefangen habe zu malen, noch nicht da war.

Mein Herz setzt kurz aus, fängt sich aber gleich wieder. Inzwischen habe ich mich daran gewöhnt, dass Keva manchmal wie aus dem Nichts auftaucht. Aber sie würde mich auch nie, ohne dass ich ihr das je erklären musste, bei der Arbeit stören. Oft ist es der himmlische Duft, der mich aus den Wolken auf den Boden der Tatsachen holt, und ich mich frage, wieso mir der nicht schon viel früher in die Nase gestiegen ist. In meiner ganzen Wohnung riecht es wie im Butter-Paradies.

»Hey, Süße«, ruft sie lässig über die Schulter, während

sie mit einer Hand irgendwas am Herd werkelt und sich mit der anderen ein Glas Wein einschenkt. Sie hält die Flasche hoch. »Chianti?«

»Warum nicht?« Ich hole mir ein Glas aus dem Schrank, und sie gießt ein, ohne einen Tropfen zu verschütten und ohne den Blick auch nur für einen Augenblick von den gegrillten Käsesandwiches zu nehmen.

Mein Blick geht durch meine Küche. So weit das Auge reicht, überall gegrillte Käsesandwiches, mit etwa einem halben Dutzend verschiedener Brot- und Käsesorten.

»PMS-Gelüste?«

»Fast«, lacht sie und prüft mit einem Pfannenwender – ihrem eigenen, nicht meinem, sie hasst alle meine Küchengerätschaften leidenschaftlich – die Knusprigkeit eines, wie es scheint, Rosinenbrots.

»Last-Minute-Babyparty. Die Frau eines Lokalpolitikers hat wohl schon die ganze Schwangerschaft ein extremes Verlangen nach gegrillten Käsesandwiches, also haben sie sich eine Bar mit sechs verschiedenen Variationen gewünscht. Ich habe sie von zehn runtergehandelt, aber was wir letztendlich servieren, muss ich mir selbst ausdenken. Und da Grady heute Abend ein Date hat, bleibt alles an mir hängen. Was mir allerdings nur recht ist. Er hat doch allen Ernstes *Cashew*-Käse vorgeschlagen.«

»Horror«, erkläre ich solidarisch, während ich das halbe Dutzend Sandwiches auf meiner Arbeitsplatte mustere. »Kann was davon weg?«

»Such dir eins aus, aber sei ganz ehrlich, gut sind sie nämlich alle, und irgendwann muss ich mich festlegen.

Aber denk nicht mal im Traum daran, den geräucherten Gouda mit dem in Bacon-Fett gegrillten Sauerteigbrot rauszukicken. Der bleibt. Ach ja, und du musst dir das Ganze unendlich besser vorstellen, mit selbst gemachtem Brot, das gerade oben bei mir geht. Darum bin ich auch hier.« Sie wedelt mit dem Pfannenwender in meine Richtung. »Die Temperatur bei mir oben ist *genau* richtig für die Hefe, daran will ich nicht pfuschen.«

Die Sandwiches sehen alle mehr oder minder gleich aus, also greife ich zum nächstbesten und beiße ein Eckchen ab. Genüsslich stöhnend schließe ich die Augen. Der Käse ist cremig und ein kleines bisschen stinkig, und Süße und Bitterkeit verschmelzen zu einer harmonischen Einheit.

»Taleggio, Endivien und karamellisierte Zwiebeln«, verkündet sie und schiebt das Haarband mit der Hand, in der sie den Wein hält, nach hinten.

»Normalerweise würde ich kein grünes Blättchen in der Nähe meines Käsesandwichs dulden«, sage ich und wische mir mit dem Handrücken über den Mund. »Aber diese leichte Bitternote passt perfekt. Das kommt in die engere Auswahl.«

Ich greife zum nächsten Sandwich, das mich sehr an die erinnert, wie es sie früher freitags in der Schule gab, bloß eine Million Mal besser. Verdutzt begutachte ich das Sandwich. »Ich wusste gar nicht, dass amerikanischer Käse so schmecken kann.«

»Der ist ja auch selbst gemacht«, erklärt sie.

»Bitte, heirate mich.« Ich beiße noch mal in das Sandwich, trinke einen großen Schluck Wein zum Nachspülen und schaue meine liebe Freundin verzückt an. »Glücklich bis ans Ende unserer Tage, nur wir beide und dieser Käse.«

»Von mir aus gerne«, meint sie und begutachtet die Unterseite des Sandwiches, das gerade in der Pfanne liegt, um dann rasch die Herdplatte abzuschalten. »Nur fehlt dir leider ein entscheidendes Körperteil, auf das ich wirklich nur *sehr* ungern verzichten würde. Sollte ich aber weiterhin Verabredungen haben wie die von gestern Abend, komme ich gerne auf dein Angebot zurück.«

»Ich dachte, du konntest es kaum erwarten.« Fix überfliege ich die weiteren Sandwich-Optionen und entscheide mich für eins mit Apfel und Brie, glaube ich.

»Konnte ich auch nicht. Nur meinte er, ich sehe aus wie Beyoncé.«

»Und?«, frage ich mit dem Mund voll krümeligem Glück. »Das nenne ich doch mal ein Kompliment.«

»Schatzi, wenn ein Mann dir gleich beim ersten Date erzählt, du siehst aus wie Queen Bey, noch ehe die Bruscetta auf dem Tisch stehen, und dir dabei auf die Brüste glotzt, will er bloß einen One-Night-Stand, weiter nichts. *Örgs*«, sagt sie und hebt abwehrend die Hände. »Da erübrigt sich jegliche Diskussion.«

Sie nimmt eins der Sandwiches, die ich schon probiert habe, und beißt herzhaft hinein, dann weist sie mit dem Sandwich auf mein Bild. »Du warst eben völlig weggetreten – du hast nicht mal gemerkt, wie ich bei der zweiten Runde die Butter habe anbrennen lassen.«

Ich lasse kurz die Schultern kreisen und wische mir die fettigen Finger am schmutzigen Malerkittel ab. »Ja, ich wollte mal was Neues ausprobieren. Maskuliner. Ein bisschen cooler. Gar nicht so einfach, die Linienführung richtig hinzubekommen. Zuerst war es zu verwaschen, dann zu dunkel, aber jetzt gefällt es mir eigentlich ganz gut.«

»Ich finde es großartig. Bezaubernd, wie all deine Sachen, aber auch ein bisschen sexy. Und seine Augen erst.« Sie erschaudert verzückt. »Stell dir mal vor, solche Augen gäbe es wirklich. Du müsstest mich ständig kalt abbrausen.«

Die Augen? Stirnrunzelnd geht mein Blick zu dem Bild, und sofort lasse ich das Sandwich, das ich gerade in der Hand halte, wieder auf den Teller fallen. Mir ist der Appetit vergangen.

Ich habe ihm wasserblaue Augen gemalt.

So viel dazu, beim Malen die Männer zu vergessen.

An Sir, schamlos nachbohrend,
ich weiß, Sie sind unfreiwillig auf dieser App gelandet, aber ich frage mich – warum hat Ihr Freund ausgerechnet auf *dieser* App ein Profil für Sie angelegt? Die beliebteste ist es jedenfalls nicht – und mit jemandem gematched zu werden, den/die man noch nie gesehen hat, ist nicht jedermanns/fraus Sache.
Lady

Werte Lady,
gute Frage. Bräutigam und Verlobter des fraglichen Junggesellenabschieds hatten sich über just diese App kennengelernt. Und nichts für ungut, aber mir kam das ziemlich komisch vor. Altmodisch, wie ich nun mal bin, konnte ich mir einfach nicht vorstellen, sich übers Internet zu verlieben, schon gar nicht in einen Menschen, den man noch nie gesehen hat.
Ein Profil für mich zu erstellen war vermutlich die Rache für meine unverhohlenen Zweifel.
Der Ihre, der hoffentlich Ihre Neugier gestillt hat,
Sir

An Sir,
da werden wir uns wohl ausnahmsweise nicht einig. Ich bin mindestens genauso altmodisch, und gerade deshalb finde ich es umso schöner, wenn zwei verwandte Seelen

allein durch Worte zueinander finden. Wobei man auch Ihr Argument für das bessere halten könnte, immerhin führen Sie eine erfolgreiche Beziehung mit einem realen Menschen, den Sie im echten Leben kennengelernt haben. Ich dagegen werde wohl nie die wahre Liebe finden, weder mit dieser verflixten App noch sonst wo.
Lady

Werte Lady,
mein Vorteil ist bei Weitem nicht so groß, wie Sie anzunehmen scheinen. Die Beziehung, auf die Sie anspielen, ist längst vorüber. Und dass Sie bisher kein Glück bei der Suche nach der Liebe hatten, finde ich persönlich äußerst bedauerlich.
Sir

Zwölf

Mein Leben mag ein einziges Chaos sein, aber beruflich lief es noch nie besser. Oder hektischer. Nicht allzu lange nach der Champagnerprobe (von Robyns Bloggerfreund liebevoll als »Abend mit herrlich nostalgischem Charme« beschrieben) kam mir die Idee zu einer wöchentlichen Verlosung. Kunden können ihre Visitenkarte dalassen oder Namen und Telefonnummer aufschreiben und haben die Chance, ein kleines Präsentkörbchen zu gewinnen.

Wir haben eine »Traubenraterunde« zur Happy Hour eingeführt, bei der wir ein Fläschchen öffnen und unsere Kunden die Rebsorte raten lassen, wofür es kleine Preise zu gewinnen gibt.

Selbst Robyn hat sich von der Begeisterung anstecken lassen und plant einen Champagner-Quiz-Abend. Aber Lilys Idee von einem Kochkurs war es letztendlich, die die meiste Planung erfordert hat und auf die ich mich am meisten freue.

Wir haben uns überlegt, den ersten Abend ausschließlich für Paare zu reservieren, in der Hoffnung, uns damit den Markt für neue Date-Night-Ideen zu erschließen. Nie im Leben hätte ich das alles ohne die Hilfe meiner besten Freundin und Nachbarin, die rein zufällig für ein renommiertes Cateringunternehmen arbeitet, ganz allein stemmen können. Ohne Keva und Grady, die mir großzügigerweise ihre Geräte – und ihre Zeit – kostenlos zur Verfügung stellen, wäre es ein finanzielles Desaster geworden.

So muss Bubbles bloß seine Angestellten bezahlen – mit May, Josh und Robyn ist das ganze Team angetreten – und die Lebensmittel, die, sagen wir es so, *nicht gerade billig* waren.

Aber das waren die Tickets auch nicht. Was mir zunächst ziemliche Bauchschmerzen bereitet hat. Um die Kosten für Lebensmittel und Champagner zu decken *und* noch ein bisschen Gewinn zu machen, mussten wir dreihundert Dollar pro Person verlangen.

May hat sich um die Reservierungen gekümmert und hat nicht nur alle zwölf verfügbaren Plätze vergeben können, sondern musste sogar eine Warteliste anlegen mit Leuten, denen wir unbedingt Bescheid geben sollen, falls doch noch jemand abspringt, was bisher allerdings nicht passiert ist.

Es ist ein kleines Wunder, und ein noch viel größeres Wunder ist, dass Keva und Robyn, die auf den ersten Blick so gegensätzlich scheinen wie Feuer und Wasser, während der Planung von Menü und Weinbegleitung Insta-Freundinnen geworden sind.

Zehn Minuten vor Beginn des Kochkurses will ich mich gerade noch mal vergewissern, dass an sämtlichen Kochstationen die richtigen Gläser stehen, als ich aus den Augenwinkeln sehe, wie Keva, die direkt vor Robyn steht, die Hand mit irgendwas darin hebt und vor ihrem Gesicht herumfuchtelt.

»O nein, meine Liebe«, wehrt Robyn mit energischem

Kopfschütteln ab und fasst Keva fest am Handgelenk. »Gracie, sag ihr, dass das nicht geht.«

Bei genauerem Hinsehen erkenne ich, was Keva da in der Hand hat: ihr Markenzeichen, den knallroten Lippenstift von Dior.

»Sag ihr, sie *muss*«, widerspricht Keva. »Ich kann den Anblick von diesem Leichenbraun nicht mehr ertragen.«

»Das ist Schwarzkirsche in matt«, verteidigt Robyn stur ihren Lieblingslippenstift.

»Ich sag dir, was das ist: furchtbar!«, gibt Keva zurück. »Los, Gracie, sag's ihr.«

Ich werde ganz bestimmt nichts dergleichen tun, obwohl ich ihr recht geben muss. Robyns Schwarzkirsche tut wirklich nichts für sie.

»Lass gut sein, Keva. Und außerdem, wie oft habe ich dich schon *angefleht*, deinen Lippenstift ausprobieren zu dürfen, und ihr drängst du ihn regelrecht auf?«

»Schätzchen, nein. Für dich ist der nichts«, erklärt Keva mir, ohne den Blick von Robyns Lippen zu lösen, als wolle sie sie mit einer Blitzattacke überrumpeln.

Robyn nickt zustimmend. »Aber so gar nicht. Der würde dich viel zu blass machen.«

»Ernsthaft?«, frage ich. »Ich habe dich gerade gegen Kevas Lippenstifthänseleien verteidigt.«

»Probier's doch einfach mal«, fleht Keva, ohne Robyn aus den Augen zu lassen. »Wenn es dir nicht gefällt, ich habe Abschminktücher in der Handtasche, und du siehst im Handumdrehen wieder aus wie eine Leiche aus den Neunzigern.«

Mit skeptischer Miene und zusammengekniffenen Augen mustert Robyn das schlanke schwarze Flüssiglippenstiftfläschchen, dann seufzt sie und streckt die Hand danach aus. »Also gut.«

»Nein, nein.« Keva schlägt ihre Hand weg und stellt sich vor sie, packt Robyns Kinn und zwingt ihre Lippen in einen Schmollmund. Dann pinselt sie ihr den roten Lippenstift drauf und tritt zufrieden einen Schritt zurück.

Ich blinzele ungläubig. Plötzlich ist Robyn nicht mehr wiederzuerkennen.

Keva legt den Kopf schief. »Was meinst du, Gracie? Ein bisschen zu orange, aber mir gefällt's.«

»Du siehst so ...« *So lebendig aus. So nett. So hübsch.* »Der steht dir wirklich gut«, versichere ich Robyn.

Zweifelnd sieht sie mich an, dann öffnet sie das Puderdöschen, das Keva ihr in die Hand drückt, und mustert ohne eine Miene zu verziehen ihr Spiegelbild. Nach kurzer Prüfung klappt sie das Döschen entschieden zusammen und gibt es zurück. »Ich find's gut.«

»Ist es auch«, meint Keva achselzuckend.

»Wie schön, dass wir das geklärt hätten«, sage ich. »Wenn wir uns jetzt wieder unserer eigentlichen Aufgabe widmen könnten. Die Gäste werden jeden Augenblick hier eintrudeln ...«

»Hm, hm.« Keva hebt den Zeigefinger. »Schon vergessen, was ich dir gesagt habe? Nur kein Stress. Ich habe schon Hunderte Kochkurse gegeben, so ein putziges kleines Drei-Gänge-Menü ist ein Sonntagsspaziergang. Und Rob hat das mit den Weinen voll im Griff. Der englische

Schaumwein, den es zu den Krabbenküchlein gibt, ist einfach der Hammer. Aber jetzt« – sie wackelt mit dem Zeigefinger – »muss ich noch mal meinen Opener proben.«

»Du hast einen Opener?«

»Ich bin Entertainerin.«

Robyn nickt zustimmend, und ich schüttele nur den Kopf, weil ich nicht weiß, ob ich mich über diesen unerwarteten Schulterschluss nun freuen oder ärgern soll.

Langsam trudeln die ersten Paare ein, still und ein wenig unsicher zuerst, aber es dauert nicht lange, bis es deutlich lebhafter und lauter wird, weil Robyns Begrüßungsschluck zu wirken beginnt und die Paare sich an ihre Plätze begeben.

Die Kochausstattung haben wir zwar kostenfrei leihen können, der Aufbau war aber alles andere als ein Sonntagsspaziergang. Um sechs fahrbare Kochstationen samt Induktionsplatten und Schneidebrettern irgendwie unterzubringen, mussten wir mehrere Regale verschieben und einiges an Ware vorübergehend in die Grotte räumen. Aber für einen alteingesessenen Laden in Manhattan ist Bubbles verhältnismäßig geräumig, und so haben wir mit ein bisschen Fantasie nicht nur sechs Arbeitsplätze nebeneinander aufreihen, sondern auch noch so viel Platz dazwischen lassen können, dass jedes Pärchen einen ganz eigenen Bereich nur für sich hat.

Ein echt cooles Date, wenn Sie mich fragen. Wobei, wer bin ich schon, das zu beurteilen, schließlich hatte ich schon ewig keine Verabredung mehr.

Und außerdem? Sir ist Single.

Ich wiederhole. Sir. Ist. Single.

Ich bin hin- und hergerissen zwischen Glückseligkeit und Enttäuschung, weil er bisher noch keinerlei Andeutungen gemacht hat, dass aus unsere Freundschaft mehr werden könnte.

Und dann wäre da noch der ärgerliche Umstand, dass ich darüber fast erleichtert bin, denn irgendwie will mir ein gewisser Geschäftsmann mit wasserblauen Augen einfach nicht mehr aus dem Kopf gehen.

»Alles gut?«, frage ich May, die sich darum kümmert, die Gäste auf dem Geschäfts-iPad einzuchecken. Sie trägt heute Ohrringe, die aussehen wie Weingummi-Würmer, einer rot-gelb, der andere grün-gelb.

»Alles gut. Aber an Station sechs haben wir wohl nur halbe Besetzung«, sagt sie und weist rüber zur Kunstecke. Meine Aquarelle sind sorgfältig in Plastikfolie gewickelt und vorsichtshalber ganz oben ins Regal geräumt.

»Halbe Besetzung?«, frage ich.

»Die andere Hälfte ist nicht gekommen.«

»Ach.« Das tut mir ein bisschen leid für die verbliebene Hälfte. »Das ist aber … traurig.«

»Stimmt«, sagt sie und schiebt mich sehr bestimmt vor sich her. »Und darum braucht der arme Kerl auch dringend ein bisschen nette Gesellschaft.«

»Auf keinen Fall«, widerspreche ich und versuche mich zu wehren. »Unmöglich, das geht nicht. Ich muss mich doch um die Gäste kümmern …«

»Unsinn. Keva hat alles unter Kontrolle, Robyn hält ihr den Rücken frei, und Josh und ich sind auch noch da.

Außerdem sitzt Lily auf Abruf bereit. Sollten wir dich brauchen, sagen wir Bescheid.«

Und damit dirigiert sie mich an den Tisch, nimmt eine der schlichten schwarzen Schürzen, die Keva mitgebracht hat, und drückt sie mir entschieden in die Hand. »Viel Spaß«, säuselt sie und zwinkert mir zu.

Seufzend drehe ich mich zu dem zahlenden Gast um, der sein Glück sicher kaum fassen kann, den ganzen Abend mit der Ladeninhaberin kochen zu dürfen.

Er wendet sich um, und plötzlich scheint die Welt ein bisschen heller.

Sebastians Miene verrät nichts, als er mich von oben herab mustert. »Miss Cooper.«

»Mr Andrews.« Ich schlucke. »Wo ist denn Ihre Begleitung? Sind Sie heute Abend etwa mit der mysteriösen Dame verabredet?«

Ich muss gestehen, ich *sterbe* vor Neugier über diese mysteriöse, *komplizierte* Frau, die für die Trennung von Genevieve verantwortlich ist.

Er zieht die Schultern hoch. »Ich bin heute Abend allein hier.«

Ich warte ab, ob er das noch etwas weiter ausführen wird, tut er aber nicht. Mit zusammengekniffenen Augen starre ich ihn an. »Mr Andrews. Was wollen Sie hier?«

»Lernen, was man am besten zu Champagner serviert?«

Meine Augen werden noch schmaler. »Zuerst die Verkostung. Jetzt das. Sie spionieren mir nach. In der Hoffnung, mich scheitern zu sehen, damit Sie blitzschnell zuschlagen können, sobald sich eine günstige Gelegenheit ergibt.«

»Genau«, erwidert er nachsichtig. »Dreihundert Dollar für einen einzigen Abend hinzublättern ist wahrlich ein brillantes Beispiel effektiver Finanzsabotage.«

Josh tritt zu uns an die Kochstation und bringt das Tablett mit dem sehnsüchtig erwarteten Sekt. Anscheinend sind wir die Letzten auf seiner Runde, es stehen nämlich nur noch zwei Gläser auf dem Tablett, das er mit Bedacht vor sich her balanciert – er hat den ganzen Nachmittag mit Plastikbechern und Wasser geübt –, und Sebastian nimmt sie beide, um mir, noch ehe ich etwas dagegen einwenden kann, das zweite in die Hand zu drücken.

»Ein deutscher Riesling-Sekt.« Josh spricht das ihm bis zu Robyns Coaching gestern unbekannte Wort besonders sorgfältig aus. »Ein spritziger, erfrischender Sekt mit vergleichsweise niedrigem Alkoholgehalt, Bosc-Birne in der Kopfnote und cremigen Vanillearomen im Abgang, ein ganz typischer Vertreter seiner Art.«

Ich muss mir ein Grinsen verkneifen, wie perfekt er Robyns Spickzettel auswendig gelernt hat. »Danke, Josh.« Ich will ihm das Glas wieder aufs Tablett zurückstellen, aber mein schüchterner Mitarbeiter hat bereits eilends den Rückzug zu May angetreten.

Sebastian trinkt ein Schlückchen. »Hm, gut.«

»Natürlich ist der gut. Wir kennen uns schließlich aus mit erfolgreicher Unternehmensführung.«

Wobei ich sehr subtil das »erfolgreich« betone, nur damit Sebastian weiß, dass Bubbles & More sich nicht so einfach in die Knie zwingen lässt.

Da ich das Glas schon mal in der Hand habe, nippe ich

kurz daran und mustere Sebastian, der eigenartig entspannt wirkt als einziger Single in diesem Raum voller Paare.

»Und warum haben Sie die andere nicht mitgebracht?«, frage ich.

»Wie meinen?«

»Bei der Weinprobe erwähnten Sie, Sie und Genevieve hätten sich einer anderen Frau wegen getrennt.«

Sein Blick geht in sein Glas. »Habe ich das?«

»Ich …« *Hat er doch, oder?* »Ja?«

»Ich sehe hier nur Sie und mich, Miss Cooper.«

Der Erinnerung hätte es nicht bedurft. Immer wenn dieser Mann in meiner Nähe ist, scheint alles um mich herum zu verblassen, und mein Kopf ist voll mit schnulzigen Frank-Sinatra-Songs. Aktuell dudelt »I'm a Fool To Want You« im Hintergrund.

Wie wahr, Frank, wie wahr. Ich bin eine Idiotin.

Zum Glück schallt dann Kevas laute, dröhnende Stimme durch den Raum, die zuerst sich und Robyn kurz vorstellt und dann den weiteren Ablauf des Abends erläutert.

Auf keinen Fall möchte ich sie unterbrechen oder irgendwie ungewollte Aufmerksamkeit auf mich ziehen, also trete ich ein bisschen zurück und drücke mich in die Ecke, und als Sebastian dann die Schürze, die ich auf den Tisch gelegt hatte, nimmt und mir mit einem herausfordernden Blitzen in den Augen am ausgestreckten Zeigefinger hinhält, schaue ich ihn nur verdattert an.

Dann aber stelle ich kurzentschlossen mein Sektglas auf die Kochstation und reiße ihm die schwarze Schürze regelrecht aus der Hand, wobei ich versuche, sein süffisantes

Grinsen zu ignorieren, während ich ungeschickt hinter meinem Rücken an den Trägern herumfummele. Plötzlich streift eine Hand meine. Seine Hand.

Stocksteif bleibe ich stehen, während Sebastian mir schnell und geschickt eine Schleife bindet. Ich drehe mich ganz leicht zu ihm um und will schon ein leises Danke murmeln, als ich seine Finger an meiner Taille spüre. Mir stockt der Atem. Sein Finger fährt sachte unter das Band – vermutlich, um es zu entwirren – und verharrt dann einen Augenblick länger als nötig. Ich spüre die Wärme, sogar durch den dünnen Pulli. Ich muss den Sekt wohl hastiger heruntergestürzt haben als gedacht, denn plötzlich wird mir schwindelig.

Seine Hand verschwindet, und er räuspert sich ganz leise, nimmt das Sektglas und konzentriert sich dann auf Keva, die gerade beim ersten Gang ist – Räucherlachs-Blini, was, wie sie sagt, bloß der Zehn-Dollar-Name für winzige Pfannkuchen ist, was ihr einige Lacher beschert – während Josh und May fast unbemerkt herumgehen, um die Körbchen mit den benötigten Zutaten zu verteilen.

»Okay, jetzt mal im Ernst. Warum sind Sie wirklich hier?«, frage ich Sebastian, sobald Keva uns die ersten Anweisungen gegeben hat, um endlich loslegen zu können. »Suchen Sie akute Brandgefahren? Verstöße gegen die Ausschanklizenz?«

»Ich mag Schaumweine, und ich möchte gerne kochen lernen«, sagt er, angelt ein Glas Kapern aus dem Körbchen und betrachtet es eingehend.

»Sie können nicht kochen?«

»Nicht so richtig. Und Sie?«

»Nein«, gestehe ich. »Na ja, ein bisschen. Früher mussten mein Bruder, meine Schwester und ich jeweils an einem Abend in der Woche für alle kochen. Meine Schwester hat sich dafür tatsächlich meist ein Kochbuch geschnappt und überraschend genießbare Ergebnisse erzielt, aber bei meinem Bruder und mir hat es bloß für Nudeln mit Soße aus dem Glas gereicht.«

»Was war denn Ihre Spezialität?« Er reicht mir die Packung Räucherlachs.

»Mein Hackauflauf mit der ›Hamburger Helper‹- Tütengewürzmischung war unschlagbar, und die Dosenpasta von Chef Boyardee erst – ein Gedicht. Und Ihre?«

»Lieferdienst. Ich bin wirklich richtig gut im Essenbestellen«, antwortet er.

Ich muss grinsen. Er auch.

Sobald wir uns sämtliche Zutaten zurechtgelegt haben, geht Keva mit uns die nächsten Zubereitungsschritte durch und fordert diejenigen, die keine so gute Sicht auf ihren Arbeitsplatz haben, auf, ein bisschen näher zu treten und sich alles ganz genau anzuschauen. Eine Aufforderung, der Sebastian und ich nur zu gerne nachkommen. Keva würfelt die roten Zwiebeln und den Lachs, reibt ein bisschen Zitronenschale, rührt den Blini-Teig an … Bei ihr sieht das alles kinderleicht aus.

Zwanzig Minuten später schaut Sebastian von der Metallschüssel auf, in der er eifrig herumrührt, und inspiziert mein Schneidebrett. »Sieht aus, als hätten Sie gerade etwas seziert, und das auch noch ziemlich stümperhaft.«

»Tja, na ja.« Ich stelle mich auf die Zehenspitzen und spähe in seine Rührschüssel. »Erinnert mich irgendwie an Hirnmasse. Waren in Kevas Teig auch so viele Blasen?«

Unsere Blicke treffen sich ganz kurz. »Seitenwechsel«, rufen wir fast gleichzeitig, während er mir die Schüssel reicht und dann hinter mich tritt, um meinen Platz einzunehmen.

Zehn verkicherte Minuten später nippen wir am Deutz Millésime, den Robyn ausgewählt hat, und stehen vor der Preisrichterin aller Preisrichter. Keva hat vor unserer Kochstation Stellung bezogen, die Hände in die Hüften gestemmt, und starrt auf unsere angerichteten Teller. Bisher hat sie keinen Pieps gesagt.

Sebastian und ich sehen uns aus den Augenwinkeln an, und er beißt sich auf die Lippen, als müsse er sich das Lachen verkneifen. Mir gelingt das nicht ganz so gut, und so pruste ich glucksend heraus beim Anblick des, ich kann es nicht anders nennen, Massakers, das wir da angerichtet haben. Irgendwie haben wir es geschafft, dass der Pfannkuchen gleichzeitig verbrannt und innen noch komplett roh ist. Der Lachs ist zu einer unappetitlichen Matsche verhackstückt worden, und mit dem Zitronenabrieb hat Sebastian es ein *klitzekleines* bisschen übertrieben, weshalb der ganze Teller mit einer feinen knallgelben Raspelschicht überzogen ist, die verdächtig nach Schimmel aussieht.

Keva schaut auf und schüttelt den Kopf. »Hast du in all den Jahren wirklich gar nichts von mir gelernt?«

»Okay, jetzt mach aber mal halblang«, sage ich und versuche, nicht laut zu lachen. »Zugegeben, es sieht nicht besonders schön aus. Aber du sagst doch selbst immer: Es ist nicht so wichtig, wie Essen aussieht, Hauptsache, es schmeckt.«

»Ich bin Profiköchin. So was würde ich nie im Leben sagen«, entgegnet sie. »Aber weißt du was? Wie wäre es, wenn du diese originelle Theorie gleich einem Praxistest unterziehst?«

Sie gibt uns beiden je eine Gabel und sieht uns mit hochgezogenen Augenbrauen an. Sebastian und ich nehmen zögerlich das Besteck entgegen. »Du zuerst«, raunt er mir zu.

»Feigling«, knurre ich, spieße ein Häppchen auf und führe die Gabel zum Mund.

»Grundgütiger.«

»Gut?«, fragt er und nimmt selbst einen Bissen. Er beginnt zu kauen und hört dann unvermittelt wieder auf. »Grundgütiger«, stöhnt er.

Irgendwie gelingt es mir, den ersten Bissen zu kauen und zu schlucken, aber mehr bekomme ich beim besten Willen nicht runter, und ich versuche es auch gar nicht. Sebastian genauso wenig. Alles ist komplett versalzen von den Kapern (wir haben ein paar mehr verwendet als im Rezept angegeben), eigenartig kross wegen der Zitronenkerne, die uns versehentlich mit hineingeflutscht sind, und insgesamt einfach *viel* zu matschig.

Keva schüttelt nur den Kopf und geht mit verdatterter Miene weiter.

»Neues Spiel, neues Glück«, sage ich und trinke einen großen Schluck Wasser. »Beim nächsten Mal wird alles besser.«

»Schlimmer kann's ja auch kaum werden«, entgegnet er und trinkt sein Wasserglas in einem Zug leer.

Robyn sagt ein paar Sätze zum nächsten Schaumwein – der englische Sekt, von dem Keva vorhin so geschwärmt hat –, und dann warten wir, während sie und Josh herumgehen und die Gläser füllen, ehe es mit den Krabbenküchlein weitergeht.

»Meeresfrüchte finde ich mutig«, meint er. »Habt ihr keine Angst, dass es hier im Laden morgen stinkt wie beim Fischhändler?«

»Keva hat mir glaubhaft versichert, nur alte Meeresfrüchte würden nach Fisch müffeln, und dass die frischen Meeresfrüchte, die sie mitgebracht hat, ganz bestimmt nicht stinken. Wir müssen nur dran denken, nachher brav den Müll rauszutragen.«

»Und das glauben Sie ihr?«

»Na ja, ich habe meine Zweifel.« Ich nehme mir einen Cracker, das einzig Essbare auf unserem Tisch. »Aber sollte der Laden wegen des Fischgestanks pleitegehen, dann muss sich unser Vermieter damit herumschlagen. Ach nein, Moment – Sie lassen ihn ja ohnehin abreißen.«

Den ganzen Abend ist die Stimmung fröhlich und gelöst gewesen, aber als er das hört, wird es deutlich frostiger, und ich bereue meinen unbedachten Seitenhieb auf der Stelle. Einerseits darf ich nicht vergessen, dass er der Feind ist und überhaupt nur deshalb hier. Aber andererseits … ich verbringe hier gerade einen sehr netten Abend mit ihm. Viel zu nett, eigentlich.

»Wie wäre es mit einem Waffenstillstand?«, schlägt er vor. »Nur für heute Abend. Keine geschäftlichen Themen.«

»Einverstanden«, erwidere ich dankbar.

»Also«, meint er mit einem jungenhaften Grinsen. »Dann darf ich jetzt wohl ein paar indiskrete persönliche Fragen stellen. Wie steht es denn mit Ihrem Herrn? Oder ist es eine Dame?«

»Herr. Und es ist …« Ich lächele ein wenig verträumt, während ich versuche, das eigenartige Gefühlswirrwarr zu beschreiben, das mich immer dann befällt, wenn ich an Sir denke. Die Schmetterlinge. Die altmodische Romantik. Das Kribbeln im Bauch bei jeder neuen Nachricht.

Die Enttäuschung, dass das mit uns nicht echt ist.

»Ah«, meint Sebastian. Seine Stimme klingt etwas barsch, und ich schaue ihn fragend an.

»So ist das also«, meint er.

»Wie?«

»Verliebt wie ein dummes Reh.«

»*Dumm?*«, wiederhole ich streng und ziemlich empört.

»Nicht dumm«, korrigiert er sich rasch. »Es ist nur nicht zu übersehen, was er Ihnen bedeutet. Es muss Ihnen wirklich viel an ihm liegen.«

»Ja. Das stimmt.«

»Letztes Mal sagten Sie, es sei kompliziert. Was genau ist denn so kompliziert? Empfindet er nicht dasselbe für Sie?«

Angesäuert schaue ich ihn an. »Wie *nett*, dass Ihnen ausgerechnet *das* als Erstes in den Kopf kommt. Aber ehrlich gesagt … weiß ich nicht, was er für mich empfindet.«

»Fragen Sie ihn doch einfach«, meint er und hält Robyn das Glas zum Nachschenken hin. Ich tue es ihm gleich und versuche, Robyns unverhohlen neugierige Blicke zu ignorieren. Sie mustert uns, dann geht sie weiter.

»Ach, echt? Sie meinen, ich könnte ihn einfach fragen?«, entgegne ich sarkastisch, ohne eine Miene zu verziehen.

»Ich meine doch nur, Männer sind schließlich nicht unbedingt für ihre Gefühlskompetenz in derartigen Dingen bekannt.«

»Stimmt. Sollte ich wohl. Aber ich weiß auch nicht …« Verwirrt ziehe ich die Nase kraus. »Wie sind wir eigentlich auf dieses Thema gekommen? So ausführlich habe ich noch mit niemandem darüber geredet.«

»Was wissen Sie nicht?«, hakt er nach, um sich dann umzudrehen und den Teller beiseitezuschieben, damit er sich gegen die Kochstation lehnen und mich anschauen kann.

»Was, wenn ich enttäuscht werde?«, stammele ich hastig, um es endlich mal laut auszusprechen. Ausgerechnet vor ihm. Nicht vor Rachel oder Keva oder Lily oder May, nein, vor Sebastian Andrews.

»Wie meinen Sie das?«

Ich atme geräuschvoll aus und muss kurz überlegen. »Schwer zu erklären. Aber ich glaube, ich habe diesen Mann in meinem Kopf so maßlos überhöht, dass ich mich nicht traue, endlich ernst zu machen, aus Angst, die Wirklichkeit könne meinem idealisierten Traumbild womöglich nicht standhalten.« Ich ziehe den Kopf ein. »Und jetzt halten Sie mich sicher für völlig übergeschnappt.«

»Überhaupt nicht«, erwidert er leise und schaut in sein Glas. »Ich glaube, ich verstehe Sie besser, als Sie ahnen.«

»Also gut, ich habe auch noch eine andere Angst«, gestehe ich, weil der Sekt mir plötzlich zu Kopf steigt.

»Halten Sie sich fest, jetzt kommt's ganz dicke mit der albernen Teenie-Schwärmerei, aber … was, wenn er mich nicht halb so toll findet wie ich ihn?«

Sebastian nickt bedächtig. »Verstehe ich. Und das hat rein gar nichts mit albernen Teenie-Schwärmereien zu tun. Das ist *menschlich*. Wer hört schon gerne, dass seine oder ihre Gefühle nicht erwidert werden?«

Unsere Blicke treffen sich ganz kurz, und es fühlt sich irgendwie … bedeutsam an.

Rasch wenden wir uns wieder ab.

»Und wie haben Sie und Mr Kompliziert sich kennengelernt?«, fragt er, während er sich von Josh das Körbchen mit den Zutaten für die Krabbenküchlein geben lässt. »Blind Date? Gemeinsame Bekannte? Dating-App?«

Ach, wissen Sie, wir haben uns noch gar nicht kennengelernt.

Ich mag vor diesem Mann schon so einiges ausgeplaudert haben, das ich bisher noch niemand anderem gesagt habe, aber langsam reicht's, und *dieses* peinliche Detail behalte ich dann doch lieber für mich.

»Komisch, oder?«, murmele ich nachdenklich, während wir Panko-Paniermehl, Eier und Krabbenfleisch aus dem Körbchen nehmen. »Bis vor ein paar Wochen hätte ich noch geschworen, dass es da draußen für jeden von uns nur einen einzigen perfekten Menschen gibt und dass er mich früher oder später finden wird, wie Aladdin seine Prinzessin Jasmin. Oder ich ihn, wie die kleine Meerjungfrau ihren Prinzen.«

Er zieht die Augenbrauen hoch. »Sie meinen, Sie wollen

Ihrem Seelenverwandten bei einem Schiffbruch das Leben retten?«

Ich muss grinsen. »Mr Andrews? Ihre Disney-Kenntnisse beeindrucken mich.«

»Ich bemühe mich.« Er nimmt eine Zitrone ins Visier, und ich hoffe, er wird sie nicht genauso massakrieren wie die vorhin. Wasserblaue Augen richten sich wieder auf mich. »Und, haben Sie ihn gefunden? Oder er Sie?«

»Tja, was soll ich sagen – es fühlt sich ganz danach an. Aber was, wenn ich mich irre?« Ich nehme eine rote Paprika und rieche gedankenverloren daran, dann drehe ich mich zu ihm um. »Hatten Sie schon mal das Gefühl, ganz ohne die Spur eines Zweifels für jemanden bestimmt zu sein, aber einfach keinen Schimmer zu haben, wie zum Kuckuck man es anstellen soll, mit dieser Person zusammenzukommen?«

»Tatsächlich. Ja. Zweimal«, gesteht er. »Und Sie?«

»Ja.« Meine Stimme ist ganz leise geworden, kaum mehr als ein Flüstern. »Zweimal.«

Seine Augen verdunkeln sich, vielleicht aus Unmut oder … *Eifersucht*?

Keva fängt an, die Kunst der Krabbenküchleinzubereitung zu erläutern, und ich wende mich rasch von Sebastian ab und gehe nach vorne an ihren Arbeitsplatz, um nichts zu verpassen.

Zum einen, weil ich für jede Hilfe dankbar bin.

Zum anderen, weil Sebastian Andrews nie erfahren darf, dass ich auf einem Gehweg in Manhattan einen Wimpernschlag lang dachte, *er* sei dieser jemand.

Dreizehn

Sebastian und ich starren fassungslos auf unser gotterbärmliches Erdbeerparfait.

»Sagte sie nicht, das ginge kinderleicht?«, fragt Sebastian ein bisschen vorwurfsvoll.

»Ich glaube, sie meinte, schlimmer als die Krabbenküchlein kann es nicht werden«, entgegne ich.

Er reicht mir einen Löffel. »Diesmal gleichzeitig?«

Widerstrebend nehme ich ihm den Löffel ab. »Muss das wirklich sein?«

»Es sind doch bloß Beeren in Orangenmatsche und Schlagsahne mit Mandelaroma. Wie schlimm kann es schon sein?«

Seufzend hebe ich den Löffel.

»Eins …«, beginnt er, während wir gleichzeitig die Löffel ins Parfait-Glas eintauchen. »Zwei …«

Wir heben die Kostprobe zum Mund.

»Drei …«

Schlimm. Schlimm, schlimm, schlimm, schlimmer, am schlimmsten. *So* schlimm kann es sein.

Er gibt mir mein Wasserglas und greift gleichzeitig nach seinem. »Allmächtiger.«

»Ja, und nur, falls ihr euch nicht sicher seid, ihr bekommt

beide ein Ungenügend«, ruft Keva über die Schulter nach hinten, während sie vollbeladen mit Küchenutensilien zur Tür marschiert.

Sebastian wirkt etwas angefasst. »Noch nie in meinem ganzen Leben habe ich bei irgendwas so dermaßen versagt.«

»Ich schon«, entgegne ich fröhlich und ein bisschen zu beschwingt vom Schaumwein, wobei ich auf der Hut bin, bloß nicht zu viel zu trinken. In der Nähe dieses Mannes sollte man immer auf der Hut sein.

»Ach ja, wann denn?«, fragt er neugierig.

»Psychologie. Gleich im ersten Semester. Lange Geschichte, aber um es kurz zu machen: Sie werden es verkraften.«

Sebastian und ich sind eindeutig die mit Abstand untalentiertesten Kursteilnehmer. Die meisten anderen sind auch längst weg. Grady hat den Cateringtruck vorgefahren, und bis auf die beiden letzten sind sämtliche Kochstationen schon rausgerollt und verladen worden. Trotzdem bleibt noch jede Menge zu tun, ehe der Laden morgen wieder öffnet, also fange ich an, die Sektgläser an unserem Arbeitsplatz einzusammeln. Die haben wir eigens ausgeliehen und brauchen sie bloß abzuspülen und wieder in die Kisten zu packen.

Da erscheint Robyn plötzlich wie aus dem Nichts neben mir und nimmt mir die Gläser aus der Hand. »Ich mache das schon.«

Blinzelnd glotze ich sie an. In den zwei Jahren, die sie nun schon hier arbeitet, hat sie noch nie von sich aus angeboten, irgendwelche der niederen Tätigkeiten zu verrichten, die tagtäglich im Laden anfallen.

»Der Lippenstift steht dir wirklich ausnehmend gut«, sage ich und meine damit nicht nur, wie die Farbe ihr Gesicht strahlen lässt.

»Danke!«, entgegnet sie gut gelaunt. »Keva findet ihn ein kleines bisschen zu warm für meinen Teint, darum gehen wir am Samstag zusammen shoppen und besorgen einen mit etwas mehr Blaueinschlag. Und warum hast du mir nicht gesagt, dass sie den Somm aus dem Blago drüben in der Third kennt? Er ist heiß, er ist Single, und Keva hat mir hoch und heilig versprochen, ein Date mit ihm zu arrangieren.«

Ich kann sie nur ungläubig blinzelnd anstarren, während ich mich frage, wo die Robyn, die ich seit nunmehr fast fünf Jahren kenne – und, seien wir ehrlich, nicht besonders liebe – wohl hin ist?

Komisch auch, dass Sebastian immer noch da ist, der Einzige der Anwesenden, der nicht im Laden arbeitet. Aber irgendwie kommt es mir gar nicht komisch vor. Vielleicht, weil er gewissermaßen unser Vermieter ist? Aber müsste es das nicht *noch* komischer machen?

Ich merke, wie Robyn unauffällig zwischen mir und Sebastian hin und her schaut, und kann förmlich ihre Gedanken lesen. Als ich das misslungene Erdbeerparfait abräumen will, stellt sie sich mir einfach in den Weg. »Wieso machst du nicht Schluss für heute, Boss? Du hattest schließlich den ganzen Tag alle Hände voll zu tun mit den Vorbereitungen.«

»Hatten wir doch alle«, gebe ich zurück.

»Ja, aber du hast dich um die ganze Planung gekümmert und die Organisation und hast deswegen schlaflose Nächte gehabt.«

»Ich hatte gar keine schlaflosen Nächte!«, protestiere ich, obwohl sie recht hat. Ich hatte unzählige schlaflose Nächte, weil mir alles, was wir hier im Laden tun, so unendlich wichtig erscheint. Ein Missgeschick, ein schlechter Verkaufstag, eine schleppende Woche …

Aber am schlimmsten sind die Momente, in denen ich mich frage, ob es wirklich so schlimm wäre, wenn der Laden pleiteginge, oder nicht vielleicht doch ein Segen.

Schmutziges Geschirr in beiden Händen marschiert Robyn nach vorne, und ich schaue rüber zu Sebastian. Er hat die Schürze schon ausgezogen, und erst da merke ich, dass ich meine noch trage. Ich zerre am Taillenband und hebe die Arme, um mir das Ding über den Kopf zu ziehen, und stoße dann einen spitzen kleinen Schmerzensschrei aus, als ich mir unvermeidlich die feinen Härchen im Nacken auszupfe.

Wortlos tritt Sebastian hinter mich. »Sie haben sich verheddert«, raunt er leise. »Augenblick.«

Er streicht mir die Haare von hinten über die Schulter nach vorne, um sehen zu können, was er macht. Mit warmen Fingern streicht er über die empfindliche Haut in meinem Nacken, und ich bleibe stocksteif stehen. Er berührt mich ganz leicht mit den Fingerspitzen, während er mit dem Band kämpft, und ich spüre seine Körperwärme in diesem ohnehin schon viel zu warmen Raum.

»Bitte schön«, sagt er schließlich und zieht mir die Schürze über den Kopf. Diesmal ohne Ziepen.

»Danke«, sage ich und weiche ein wenig seinem Blick aus. »Anscheinend kann ich nicht einmal mit Schürzen richtig umgehen, aber gut, dass Sie da so geschickt sind.«

»Völlige Talentverschwendung, wenn man sich das Ergebnis so ansieht«, entgegnet er mit Blick auf das schmelzende Parfait, das aussieht wie ein schäumendes Experiment aus dem Chemielabor, bei dem alles schiefgegangen ist.

»Ich hoffe bloß, bei den anderen hat es besser geklappt«, sage ich ein wenig bedrückt. »Furchtbarer Gedanke, den Leuten dreihundert Dollar für ungenießbares Essen abzuknöpfen.«

»Wir beide waren ziemlich sicher die Einzigen, die es geschafft haben, drei von drei Gängen zu vermurksen. Die anderen haben sich dem Anschein nach alle köstlich amüsiert und sind satt und zufrieden nach Hause gegangen.«

»Meinen Sie wirklich?« Ich schaue zu ihm auf und versuche mir einzureden, dass seine Meinung mir aus rein beruflichen Gründen wichtig ist, aber mein Herzklopfen sagt etwas ganz anderes.

Er zuckt die Achseln. »Klar. Ja. Ich glaube, es war keiner mehr hungrig.«

»Keiner außer Ihnen.«

Der Anflug eines Lächelns. »Ich muss gestehen, ein bisschen hungrig bin ich schon.«

»Ist das die diplomatische Umschreibung für kurz vor dem Hungertod stehend? So geht es mir nämlich.« Ich ziehe das Cracker-Körbchen heran und spähe hoffnungsvoll hinein, doch darin herrscht gähnende Leere. Außer dem Burrito, den ich verdrückt habe, bevor wir hier mit den Vorbereitungen angefangen haben, habe ich den ganzen Tag noch nichts gegessen.

Zum Kochen hatte Sebastian die Hemdsärmel hochgekrempelt – und nein, der Anblick seiner durchtrainierten Unterarme hat ganz bestimmt nichts mit der auffälligen Häufung von Küchen-Malheuren zu tun, wie kommen Sie denn darauf? – und nun streift er sie wieder herunter und knöpft die Manschetten zu, eine ganz lässige männliche Geste, bei der mir ein bisschen anders wird.

»Na dann, tun Sie was. Besorgen Sie uns was zu futtern«, meint er völlig unverblümt, während er nach seinem Jackett greift, das er in sicherer Entfernung zu unseren Koch-Desastern über eine Stuhllehne gehängt hatte.

»Wie bitte?«, frage ich, noch immer etwas abgelenkt, während er sich das Jackett überstreift. Irgendwann im Laufe des Abends hatte er die Krawatte gelockert, nur ein bisschen, und den obersten Hemdknopf aufgemacht. Ich warte darauf, dass er ihn wieder schließt und den Krawattenknoten zurechtrückt, aber er tut weder das eine noch das andere. Vor mir steht ein deutlich entspannterer Mr Andrews als sonst.

Vor mir steht *Sebastian*, denke ich bei mir.

»Besorgen Sie uns was zu futtern«, wiederholt er mit einem angedeuteten Grinsen. »Sie sollten mir was bieten für mein Geld.«

»Sie haben *ganz ausgezeichneten* Champagner bekommen. Über den Tisch gezogen haben wir Sie sicher nicht.«

»Stimmt. Aber angemeldet habe ich mich zu einem Kochkurs. Ich glaube, auf der Webseite stand zu lesen, dieser beinhalte ein Drei-Gänge-Menü.« Er greift nach seinem Handy. »Ich kann auch gerne noch mal nachsehen …«

»Liebe Güte, schon gut, ich erstatte Ihnen fünfzig Prozent. Und das ist mehr als kulant, schließlich waren die Getränke ja einwandfrei, und das war der deutlich teurere Teil des Abends.«

Seine Augen, die eben noch blitzten, verfinstern sich. »Schon gut. Ich will mein Geld nicht zurück.«

»Was denn dann …«

Jetzt schließt er den obersten Hemdknopf doch. Rückt die Krawatte zurecht. »Danke für den interessanten Abend, Miss Cooper.«

Mir wird das Herz ganz schwer. Kurz habe ich einen Blick hinter die Fassade des zugeknöpften Mr Andrews erhaschen können, einen Blick auf Sebastian, den Menschen. Aber jetzt ist er wieder Mr Andrews.

Ohne einen Blick zurück marschiert er zur Tür, wo er kurz stehen bleibt, um Keva und Grady vorbeizulassen, die gerade wieder hereinkommen. Dann verschwindet er hinaus in die Nacht.

Ein Schlag gegen die Brust, und als ich an mir herunterblicke, sehe ich meine Handtasche und Mays magentarote Fingernägel. »Gracie. Wir machen das hier schon. Los jetzt, raus mit dir, und besorge dem armen Jungen was zu essen.«

Dazu gäbe es eine Menge zu sagen. Dass der Kochkurs meine Idee war und ich folglich hier aufräumen sollte.

Dass *sie* alle nach Hause gehen sollten, während ich mich um den Rest kümmere.

Dass man Sebastian wohl kaum als Jungen bezeichnen kann.

Dass er durchaus dazu in der Lage ist, sich selbst etwas zu essen zu besorgen.

Dass ich mir um Sebastian überhaupt keine Gedanken machen sollte, *Punkt.*

Aber ich sage nichts von alledem, sondern falle ihr nur kurz um den Hals vor Dankbarkeit, und dann stehe ich auch schon draußen auf der Central Park South und blicke nach links und nach rechts und überlege, dass er um diese Uhrzeit wohl nicht noch mal ins Büro gegangen ist und ich keine Ahnung habe, ob er auf der East oder der West Side wohnt.

Ein Glück, dass es wochentags um diese Zeit eher ruhig auf den Straßen ist, so fällt mein Blick schnell auf breite Schultern, die in Richtung Broadway verschwinden. Er macht große Schritte, und ich muss mich beeilen, um ihn nicht aus den Augen zu verlieren. Aber ohne zu rennen werde ich ihn nicht einholen können, und in klackernden Sandalen würde ich nicht einmal im Traum daran denken.

»Mr Andrews!«

Er dreht sich nicht um. Bleibt nicht einmal stehen.

»Sebastian!«

Abrupt hält er an und dreht sich ganz langsam zu mir um, wartet, dass ich zu ihm aufschließe. Von oben herab mustert er mich mit fragendem, vielleicht auch misstrauischem Blick aus wasserblauen Augen.

Ich lächele. »Die Restaurants, in die Sie vermutlich immer gehen, sprengen leider mein Budget. Wie wäre es stattdessen mit Gyros?« Ich neige den Kopf zu den vielen Imbissständen, die im Kreis um den Columbus Square stehen.

Und mit einem Mal geschieht etwas mit seinem Gesicht. Es wirkt plötzlich warm und freundlich, und das verschlägt mir fast den Atem.

Um mir nichts anmerken zu lassen, plappere ich unverdrossen weiter. »Zwar ein bisschen überteuert, weil ein Touristen-Hotspot, aber Gyros ist einfach unschlagbar, wenn es darum geht, überschüssigen Schampus aufzusaugen.«

»Sprechen Sie aus Erfahrung?«, fragt er interessiert, als wir in schweigendem Einverständnis auf den Imbisswagen zusteuern.

»Ich bin im Champagner-Geschäft geboren und aufgewachsen, man könnte also sagen, ich kenne mich aus mit Katerprävention.«

Er sieht mich kurz an. »Haben Sie nie etwas anderes machen wollen, als das Familienunternehmen zu übernehmen?«

Ich lächele. »Doch, schon. Sie nicht?«

»Doch, schon.«

Ich schaue kurz zu ihm rüber und wende mich dann rasch wieder ab. »Astronaut? Arzt? Feuerwehrmann?«

»Jockey.«

Ich muss lachen und mustere ihn von Kopf bis Fuß, was bei seiner Größe eine ganze Weile dauert. »Ernsthaft?«

»Ich war elf, und meine Eltern hatten von einem Geschäftspartner teure Tickets für eine Loge beim Kentucky Derby geschenkt bekommen. Vorher hatte ich kaum je im Leben ein Pferd zu Gesicht bekommen, aber ich war sofort Feuer und Flamme und der felsenfesten Überzeugung, es könne keinen cooleren Job geben, als auf dem Rücken eines Pferdes über eine matschige Rennbahn zu fliegen.«

»Und wie lange hielt dieser Traum?«, frage ich, als wir uns hinter ein paar Teenagern in der Schlange vor dem Truck einreihen.

»Länger, als man meinen sollte. Meine Mom hat zwar versucht, mir schonend beizubringen, dass Jockeys meist von eher zierlicher Statur sind und mir meine Gene gehörig dazwischenfunken könnten, aber ich habe mich davon nicht beeindrucken lassen und fleißig recherchiert. Der durchschnittliche Jockey ist etwa eins siebenundfünfzig groß, und ungefähr da lag ich damals. Doch dann …«

»Sind Sie in die Höhe geschossen?«, frage ich.

Er nickt. »Und wie. Quasi über Nacht wurden aus eins fünfzig plötzlich eins achtzig.«

»Bedauernswert.«

»Ein bisschen. Im zweiten Studienjahr habe ich es dann in die Uni-Basketballmannschaft geschafft, das war immerhin ein kleiner Trost.«

»Und dass die ehemaligen Privatschulmädels, die euch Jungs jahrelang um Haupteslänge überragt hatten, sehr angetan waren von diesem unvermittelten Wachstumsschub, hat sicher auch nicht geschadet.«

Er grinst schief, streitet es aber nicht ab. »Nein, geschadet hat das nicht.«

Sebastian und ich sind an der Reihe und treten nach vorne an den Wagen. Er überfliegt die Speisekarte, dann sieht er mich an. »Ich nehme dasselbe wie Sie.«

»Mit scharfer Soße oder ohne?«

»Mit, aber bitte nicht übertreiben.«

»Dann sind Sie also keiner von denen, die immer extra scharf bestellen, nur um allen zu zeigen, was für ein harter Hund Sie sind?«

»So was gibt's?«

»Aber ja. Die meisten meiner Exfreunde waren so«, entgegne ich und lächele dem Mann hinter dem Tresen zu. »Hey, Omer.«

»Gracie! Lange nicht gesehen. Alles gut bei dir?«

»Alles bestens! Viel um die Ohren, aber ich kann nicht klagen. Wie steht's bei dir so?«

»Auch gut, tolle Tage, tolle Nächte. Könnte schlimmer sein. Wie immer?«

»Ja, zweimal, bitte. Und zwei Wasser.«

Sebastian will schon das Portemonnaie zücken, aber ich lege ihm eine Hand auf den Arm und versuche zu ignorieren, wie mein Herz bei dieser beiläufigen Berührung zu flattern beginnt. »Sie haben gesagt, ich soll Ihnen was zu futtern besorgen. Dann lassen Sie mich das jetzt auch übernehmen.«

Im Geiste mache ich mich schon mal auf Gegenwehr gefasst. Aber ich will das jetzt unbedingt, will ihm beweisen, dass ich keine kleine, sich leidlich abstrampelnde Ladenbesitzerin bin, sondern eine gestandene Geschäftsfrau, die sich etwas aufgebaut hat. Das ist mir wichtig.

Er nickt ganz langsam.

Omer gibt mir mein Wechselgeld, und ich lasse alles in den Plastikbecher mit dem Trinkgeld fallen. Dann angele ich rasch zwei Wasserflaschen aus dem Eiskühler vor dem Wagen und mache Platz, damit das Pärchen hinter uns bestellen kann, während wir auf unser Essen warten. Sebastian tut es mir nach.

Er macht seine Wasserflasche auf, trinkt einen Schluck und schraubt sie wieder zu.

»Was wollten Sie denn mal werden?«

Kurz war ich von einem Saxofonisten abgelenkt, der eine ganz annehmbare Version von »It Had To Be You« spielt, und drehe mich ruckartig wieder zu ihm um. »Was?«

»Na, ehe Sie Schampus-Shop-Besitzerin geworden sind. Was wollten Sie da werden?«

»Ach so. Künstlerin.«

Sebastian sagt nichts dazu, aber auch er scheint abgelenkt von dem Saxofonspieler. Erstaunt sehe ich zu, wie er mir die Wasserflasche in die Hand drückt und einen Zwanziger aus der Brieftasche zieht, den er in den Instrumentenkoffer wirft. Ein einsamer Zwanzig-Dollar-Schein inmitten von Einern und ein paar Fünfern. Der Mann unterbricht kurz sein Spiel, um Sebastian mit einem lückenhaften Lächeln zu bedenken. »Danke.«

Sebastian nickt, dann dreht er sich mit verschmitztem Grinsen zu mir um. »Was sagt man dazu? Noch ein Zwanziger.«

»Wo soll das bloß hinführen? Bald kann ich keine Zwanzig-Dollar-Scheine mehr sehen, ohne an Sie zu denken«, platze ich heraus und würde mir im selben Augenblick am liebsten auf die Zunge beißen.

Sebastian verzieht das Gesicht, als er das hört, aber was immer man darin sehen konnte, ist gleich wieder verflogen. Und dann winkt Omer mich auch schon zu sich, weil unser Essen fertig ist. Die Tore des Central Park stehen bis Mitternacht offen, aber es wird abends schon entschieden kühler, weshalb nach Einbruch der Dunkelheit deutlich weniger Menschen im Park unterwegs sind als im Hochsommer. Wir steuern auf eine Bank zu und setzen uns. Keine Zeit mehr für Small Talk, mein Hunger ist zu groß. Beim ersten Bissen verdrehe ich genussvoll die Augen.

»Gut, oder?«, nuschele ich mit vollem Mund und schaue rüber zu Sebastian, der gerade zum vierten Mal ansetzt, herzhaft in sein Gyros zu beißen. Doch dann setzt er es ab und schaut es nur stirnrunzelnd an. »Und warum haben Sie es nicht gemacht?«

»Warum habe ich was nicht gemacht?«

»Künstlerin werden.« Er beißt wieder hinein.

Ich zucke die Achseln. »Vermutlich aus dem Grund, warum die meisten Achtzehnjährigen aus dem Mittleren Westen, die nach Hollywood gehen, um Schauspieler zu werden, keinen Oscar gewinnen. Mancher Traum muss für immer ein Traum bleiben.«

»Und was machen Sie so als Künstlerin?«

»Dies und das«, entgegne ich ausweichend, um einen weiteren Feenbildchen-Zwischenfall zu vermeiden, wo es gerade so nett ist mit ihm.

»Haben Sie es denn mal versucht? Damit Ihre Brötchen zu verdienen?«

»Haben *Sie* es je versucht?«

»Rennreiter zu werden?«

Ich lächele. »Nein. Irgendwas anderes zu werden als – wie lautet noch mal Ihre Berufsbezeichnung? Vizepräsident für Stadtübernahmen?«

Er zuckt ganz leicht zusammen. »Stadtentwicklung. Vizepräsident für Stadtentwicklung.«

»Kommt aufs selbe raus«, brumme ich und wische mir scharfe Soße vom Handrücken. Aus den Augenwinkeln sehe ich, wie er entnervt das Gesicht verzieht und erst tief ausatmet, ehe er weiterisst.

Eine Weile sitzen wir schweigend nebeneinander und kauen. Nicht unbedingt ein angespanntes Schweigen, aber auch kein behagliches. Als wüssten wir beide nur zu gut, dass wir ständig auf dem schmalen Grat zwischen brüchigem Waffenstillstand und drohendem offenem Kriegsausbruch balancieren.

Als er schließlich wieder etwas sagt, scheint er entschlossen zu einer vorläufigen Waffenruhe, denn er klingt deutlich entspannter als sonst. »Das habe ich viel zu lange nicht mehr gemacht.«

»Was denn? Essen? Park? Parkbank?«, frage ich neugierig.

»Alles. Vor allem ungezwungene Spontaneität.«

»Sie wirken schon sehr … durchstrukturiert.«

»Wären Sie das nicht auch?«, fragt er, fast mehr sich selbst. »Wenn man Ihnen schon als Kind, wenn auch meist im Scherz, ständig gesagt hätte, dass Sie faktisch versprochen sind, seit Sie in der Wiege lagen? Wenn zu Weihnachten jedes Jahr ein Princeton-Pullover unter dem Baum gelegen hätte, lange ehe Sie auch nur einen Gedanken ans College verschwendet haben? Wenn es längst beschlossene Sache gewesen wäre, dass Sie einmal das Familienunternehmen leiten sollen?«

»Und auf welcher Uni waren Sie?«

»Princeton.«

Darüber muss ich erst einmal nachdenken, während ich auf dem letzten Bissen meines Gyros herumkaue. Noch beim Essen zerknülle ich die Folie und weiß, Omer ist, im Gegensatz zu Keva, stolz auf mich. Ich bin eine gute Esserin, wenn schon keine gute Köchin.

»Ich habe sie zwar nur einmal kurz gesehen«, setze ich neugierig an, »aber Ihre Eltern wirkten eigentlich ganz cool. Entspannt. Das mit Princeton können Sie nicht mehr rückgängig machen, aber Sie könnten die andere heiraten – die Komplizierte. Und Rennpferde ausbilden, denn den Traum vom Jockey werden Sie wohl, so leid es mir tut, aufgeben müssen. Sie sind eindeutig zu groß.«

Worauf auch er sein Stück Alufolie zusammenknüllt und es dann gedankenverloren in den Fingern dreht. »Vielleicht.«

»Wollen Sie wissen, was ich denke?« Ich drehe mich zu ihm um und ziehe die Beine unter mich, dann stütze ich den Ellbogen auf die Rückenlehne der Bank, damit ich mir diesen komplizierten Mann etwas genauer anschauen kann.

»Eigenartigerweise ja.«

Das *eigenartigerweise* stört mich nicht weiter. Ich weiß,

wie das gemeint ist. Wir sind keine Freunde. Auf beruflicher Ebene sind wir sogar ausgemachte Gegner. Aber irgendetwas verbindet uns, und das seltsame Gefühl, ihn schon vor unserer ersten Begegnung gekannt zu haben, verstärkt sich nur, je näher wir uns kommen. Zu irgendwas muss diese unerklärliche Verbundenheit doch nütze sein.

»Ich glaube, es ist einfacher, das zu tun, was unsere Eltern von uns erwarten. Einfacher, weil in gewisser Weise bequemer. Denn verfolgt man nicht den eigenen Traum, sondern den von jemand anderem. Und erleidet man damit Schiffbruch, ist es nicht ganz so schlimm. Zugegeben, man kämpft vielleicht nicht so sehr, aber es tut dafür auch nicht weh, weil man im Grunde nichts zu verlieren hat.«

Er zerdrückt den Folienball in der linken Hand, dann lehnt er sich zurück, und als er die Beine ausstreckt, streift sein rechter Ellbogen ganz leicht meinen. »Nein, das sehe ich anders.«

»Ach?« Das wundert mich. Ich war selbst schwer beeindruckt von meiner tiefgründigen Erkenntnis.

Er schüttelt den Kopf und sieht mich an. »Nein. Würden die Träume der anderen, die Pläne, die andere für uns haben, uns nicht so motivieren, würden Sie dann so verbissen um Bubbles & More kämpfen?«

Ruckartig schaue ich auf, ein bisschen verstimmt, dass er das anspricht und damit unsere Waffenruhe stört. »Das ist etwas ganz anderes.«

»Ach?« Er dreht sich zu mir um, den Kopf in die Hand gestützt, fast, als spiegelte er mich. »Also, wäre Bubbles *kein* Familienunternehmen, würden Sie mein Angebot trotzdem ausschlagen? Sich weigern, mich überhaupt anzuhören? Sich weigern, es auch nur in Erwägung zu ziehen, obwohl es womöglich besser wäre? Für Ihre Angestellten? Und für Sie selbst?«

»Ohne Ihnen zu nahe treten zu wollen, Mr Andrews, aber was das Beste für mich ist, davon haben Sie überhaupt keine Ahnung.«

Er runzelt nachdenklich die Stirn und hebt den Kopf ein wenig. Sein Finger, der neben meinen auf der Bank liegt, kommt ein Stück näher. Gerade so viel, dass es auch Zufall sein könnte. Doch dann streift er mit der Spitze des kleinen Fingers meinen Finger, leicht wie ein Lufthauch.

»Nein«, murmelt er leise. »Vermutlich nicht.«

Vergehend vor Verlangen.

Das ist das Erste, was mir in den Sinn kommt, und sofort muss ich an Sir denken. Ich sitze hier mit einem Mann und denke dabei an einen anderen. Zum ersten Mal in meinem Leben habe ich Gefühle für zwei Männer gleichzeitig, von denen ich doch keinen haben kann. Das ist unglaublich frustrierend.

Unvermittelt springe ich auf. »Es ist schon spät. Ich muss nach Hause.«

Sebastian versucht nicht, mich umzustimmen. »Ja, natürlich«, sagt er und steht auf.

Schweigend spazieren wir zum Parkeingang. »Wo wohnen Sie denn? Ich kann Sie gern noch nach Hause begleiten.«

Ich lächele. »Das ist nett, aber ich finde den Weg schon allein.«

Er verzieht kein bisschen die sture Miene.

Ich verdrehe die Augen, muss aber lächeln. »Hell's Kitchen. Fifty-Fourth, zwischen Ninth und Tenth. Sie müssen ganz sicher nicht in meine Richtung.«

»Muss ich nicht. Ich bringe Sie gern nach Hause. Aber erst …« Er weist auf einen der Verkaufsstände. »Ein Eis.«

»Wissen Sie was, ich glaube, das haben Sie sich bloß ausgedacht, diesen Erwartungsdruck Ihrer Eltern«, scherze ich. »Sie haben immer das bekommen, was Sie wollten.«

»Sie würden sich wundern«, murmelt er und deutet dann auf die ausgehängte Eiskarte. »Was nehmen Sie? Ich lade Sie ein.«

Da sage ich sicher nicht Nein. Ich studiere die Karte. Kein Pistazieneis, aber ich wäre auch mit irgendwas Schokoladigem zufrieden. Oder vielleicht ganz einfach Vanille, in Schokolade *getaucht* und mit Erdnüsschen bestreut. Oder …

Mein Blick bleibt ganz unten rechts an der Karte hängen. Dort findet sich eine komplett eigene Kategorie gefrorener Süßspeisen, deren nähere Bekanntschaft ich bisher bewusst gemieden habe, so ganz ohne Schokolade, ohne Nüsse, ohne Geschmack …

Wer an einem heißen Sommertag in der Großstadt noch nie ein Zitronensorbet gegessen hat, der hat nicht gelebt …

Es ist zwar kein heißer Sommertag in der Großstadt, aber …

Ich deute mit dem Zeigefinger darauf. »Ich nehme eins davon.«

Worauf er mich so lange und so durchdringend anstarrt,

als sei meine Wahl eine unentschuldbare Beleidigung, die ihn in der Seele schmerzt. Was ich durchaus verstehen könnte, denn eine Beleidigung ist das allemal. Zitronensorbet? Wirklich?

An die ungeduldige Frau gewandt, die auf unsere Bestellung wartet, sagt er: »Zwei Zitronensorbetbecher, bitte.«

Was mich irgendwie wurmt. Zitronensorbet ist mein Ding mit Sir, und ich will nicht im selben Atemzug an Sebastian Andrews und an Sir denken.

Und noch weniger gefällt mir, dass er mir, als er sieht, wie ich in der kühlen Abendluft schaudere, fürsorglich das Jackett um die Schultern legt, und ich plötzlich gar nicht mehr an Sir denken muss.

Vierzehn

Es ist schon eine Weile her, seit ich das letzte Mal einen Mädelsabend hatte. Aber manchmal ist es eben genau das, was man braucht.

Ich habe die üblichen Verdächtigen eingeladen: Lily, Rachel und Keva. Und dazu unerwarteten Zuwachs:

Robyn.

In letzter Zeit geht mir unsere leicht reizbare Sommelière deutlich weniger auf den Keks als sonst. Die pingelige Korrektheit, mit der sie mich sonst, nun ja, *in den Wahnsinn getrieben* hat, erweist sich nun als unschätzbarer Gewinn für den Laden. Und mir geht auf, dass ich sie womöglich vollkommen falsch eingeschätzt habe: Robyn ist keine herablassende neunmalkluge Besserwisserin, nein, sie gehört ganz einfach zu den glücklichen Menschen, die ihre Berufung (Schaumweine) gefunden und zu ihrem Beruf gemacht haben.

Meist war es Robyn, die in den vergangenen Wochen Überstunden geschoben hat, um sich mit mir den Kopf darüber zu zerbrechen, wie wir mehr Umsatz generieren könnten. Robyn, die Kellereien und Weinhändler für die Proben am Freitagabend zu begeistern versucht. Robyn, die sich um die Bestandsführung kümmert.

Und ich weiß nicht, ob es an ihrem erfolgreichen Shopping-Ausflug mit Keva liegt, dem wir ihren neuen Lippenstift zu verdanken haben, oder woran sonst, aber im Kundenkontakt hat sie sich über Nacht in eine Granate verwandelt. Statt wie vorher wild mit ihrem Spezialwissen um sich zu werfen, als erwartete sie, ein goldenes Fleißkärtchen zu bekommen, ist ihr inzwischen nichts wichtiger, als unsere Kunden mit einem Wein nach Hause zu schicken, der sie umhaut.

Sogar zu ihren Kollegen ist sie deutlich netter, und als sie mir letzte Woche verlegen gestanden hat, neue Freunde zu finden sei nicht gerade ihre Stärke, und mich um ein paar gute Tipps bat, hat es mir fast das Herz gebrochen. Die Erinnerung an das Gesicht, das sie gemacht hat – halb schockiert, halb entzückt –, als ich sie zu unserem Mädelsabend eingeladen habe, lässt es mich auch ein *klein wenig* leichter ertragen, dass sie nun in meinem Wohnzimmer sitzt und einen ausufernden Vortrag über das Geschmacksprofil von Wodka hält.

Lily, die gerade in der Küche steht und Babymöhrchen und Ranch-Dip auf ihren Teller häuft, sieht mich und verzieht das Gesicht zu einer Grimasse, als Robyn bestimmt zum zehnten Mal »Kornalkohol« sagt, aber sie muss trotzdem grinsen.

»*Himmel*«, fällt Keva Robyn ins Wort, um dann den Cocktailshaker umstandslos in Robyns Glas zu leeren. »Ich quassele ja auch gerne über meinen Job, aber irgendwann muss auch mal Schluss sein. Essen ist Essen, und Wodka ist auch bloß Schnaps.« Sie deutet auf Robyn. »Also, austrinken und Klappe halten.«

Robyn, die im Schneidersitz auf dem Boden im Wohnzimmer hockt, blinzelt verdutzt. Dann zuckt sie die Achseln und trinkt ein Schlückchen von ihrem Cocktail. »Wenn du meinst.«

»Bin ich froh, dass ich heute Nachmittag abgepumpt habe und was trinken kann«, meint Rachel und knotet die Haare zu einem unordentlichen Dutt oben auf dem Kopf zusammen. »Hätte ich geahnt, wie unfassbar lecker Cosmos sind. Ich dachte, die sind bloß eine Erfindung aus *Sex and the City*, ein Running Gag.«

»Lass dir von jemandem, der auf dem Höhepunkt ihrer Beliebtheit aufgewachsen ist, sagen: Man kann es damit auch übertreiben«, wirft Lily ein, die mit einem Glas Weißwein ins Wohnzimmer zurückkommt.

Die anderen Mädels schlürfen fröhlich ihre Cosmopolitans. Die waren meine Idee. Bilder mit rosafarbenen Cocktails verkaufen sich immer wie von selbst, und hin und wieder überkommt mich selbst die Lust auf so etwas.

Lily tunkt einen Kartoffelchip in die Ranch-Soße, die eigentlich für die bisher unangetasteten Karotten gedacht war, steckt ihn sich in den Mund und wischt sich das Salz von den Fingern. Dann streckt sie begierig die Hände nach Rachel aus. »Los jetzt. Ich will *alle* Babyfotos sehen.«

»Ach herrje«, meint Rachel und nimmt das Handy, das gleich neben ihr auf der Couch liegt. »Ich weiß gar nicht, ob ich überhaupt … *weniger als fünf Millionen habe.*«

Rachels geteiltes Familienalbum kenne ich schon und habe die besten Fotos längst gesehen, aber Robyn und Keva drängen sich hingerissen um Lily, während sie durch die Fotos scrollt, und alle drei quieken verzückt über Babyspeck und Grübchen. Rachel sieht mich an und verdreht die Augen, strahlt dabei aber über das ganze Gesicht.

Lilys Lächeln ist fröhlich und kommt von Herzen, aber in ihren Augen sieht man einen Hauch von Wehmut. Es muss für sie ein bittersüßer Moment sein – Rachel hat drei Kinder, Lily nicht einmal eins.

Robyn seufzt tief. »Hach. Ich will auch so was.«

»Ich auch«, ruft Keva. »In, na ja, vielleicht dreißig Jahren. Entweder die Wissenschaft ist bis dahin so weit, dass auch reifere Frauen Kinder kriegen können, wenn endlich der richtige Moment gekommen ist, oder aber Roboter tragen die Babys für uns aus.«

Ich zucke zusammen. Keva ahnt nichts von Lilys Empfängnisproblemen und meint es nicht böse, aber meine Schwester tut mir so leid. Mit dem Fuß taste ich unter dem Tisch nach Lilys Beinen und streichele mit meinem weich bestrumpften Fuß über ihren. Meine Schwester lächelt zurück und wackelt beruhigend mit den Zehen. *Schon okay.* Wie früher, wenn wir alle beim Familienfilmabend vor dem Fernseher saßen und eine von uns beiden merkte, dass die andere traurig wurde, weil sie Mom so vermisste.

»Keva, wenn du einen Baby-Roboter findest, sag Bescheid«, meint Lily.

Keva salutiert, und Robyn sieht zu mir.

»Und du, Gracie?«, fragt sie. »Willst du mal Kinder?«

»Du machst Witze!«, mischt Lily sich ein. »Das will ich doch *schwer* hoffen. Ich weiß nämlich zufällig, dass Gracie ihre perfekte Familie schon lange, ehe sie Brüste bekommen hat, bis ins Letzte durchgeplant hatte.«

Lachend stibitze ich ihr eine Karotte vom Teller. »Stimmt wirklich. Ein Junge, Griffin, der Mädchenname meiner Mutter. Und ein Mädchen, Ella.«

»Nach …«

»Cinderella«, antwortet Lily für mich. »Ihr könnt froh sein, dass ich ihr *Snow* ausgeredet habe, nach Snow White.«

»Märchenfan?«, fragt Robyn neugierig.

»Bloß ein bisschen romantisch«, sage ich und ignoriere das zweistimmige Schnauben von Rachel und Lily, die mich lange und gut genug kennen, um zu wissen, was für eine schamlose Untertreibung das ist.

»Und was ist mit Griffins und Ellas Dad?«, will Robyn wissen. »Halt, stopp, Moment, nein, das weiß ich selbst. Groß, dunkelhaarig und gut aussehend, eventuell mit weißem Pferd, vielleicht auch ohne? Oh, oder blond, wie Thor?«

Keva, Rachel und Lily antworten im Chor für mich. »Mittelgroß, Musiker, schulterlange Haare, freundliche braune Augen, schiefes Lächeln und kleines Bäuchlein.«

Ich trinke ein Schlückchen von meinem Cosmopolitan und lache mit. »Man braucht sich nicht dafür zu schämen, gewisse Ansprüche zu haben. Irgendwo muss er sein.«

»Moment«, meint Robyn. »Es gibt ihn also gar nicht? Nur in deiner Fantasie?«

Ich muss an Sir denken. »Doch, es gibt ihn.«

Ziemlich sicher.

»Hm«, brummt Keva nachdenklich. »Aber lässt du da

gar nicht mit dir reden? Ich meine, was Mr Rights Augenfarbe angeht?«

Warnend funkele ich sie an.

Sie grinst bloß ungeniert zurück. »Ich meine ja nur, ganz sicher, dass die braun sind? Oder nicht vielleicht doch strahlend wasserblau?«

»Oooh, habe ich was verpasst?«, quietscht Rachel dazwischen und beugt sich wissbegierig nach vorne.

Robyn fächert sich Luft zu. »Sebastian Andrews. Businesstyp, und verdammt heiß noch dazu. Hat eine ausgeprägte Schwäche für Gracie. Zweimal ist er schon unangemeldet bei uns reingeschneit. Und beide Male konnte er die sexy blauen Augen nicht von ihr lassen.«

Lily und ich wechseln einen Blick – außer meinen Geschwistern weiß niemand, dass Sebastian es auf Bubbles & More abgesehen hat.

Und ob er Interessen hat, die darüber hinausgehen …? Daran möchte ich lieber nicht denken. Angestrengt versuche ich den Gedanken an Sebastians Jackett um meine Schultern aus dem Kopf zu bekommen. An dieses Gefühl von Geborgenheit und an seinen Duft.

Oder daran, dass er sich zwar von Genevieve getrennt hat, es aber noch eine andere geheimnisvolle Frau in seinem Leben gibt.

Die ich hasse.

»Und was ist mit dem Typ von MysteryMate?«, fragt Rachel.

»Bitte, was?«, fragen Robyn und meine Schwester wie aus einem Mund.

Indigniert schaue ich zu Rachel, aber sie grinst nur schief. »Entschuldige. Zu viele Cosmos, zu wenig Mittagessen.«

Meine Schwester zielt unter dem Tisch nach meinem Bein und tritt mir unsanft vors Schienbein. »Was redet sie denn da?«

»Ach, ich habe bloß jemanden über eine Dating-App kennengelernt«, antworte ich bemüht beiläufig.

»Den du noch *nicht* kennengelernt hast«, korrigiert Keva mich. »Aber in den du bis über beide Ohren verschossen bist.«

»Augenblick«, kommandiert Lily und hebt die Hand. »Willst du damit sagen, die romantischen Aussichten meiner Schwester erschöpfen sich in einem Finanzhai, der unser Familienunternehmen eiskalt massakrieren will, und einem Typen, dem sie noch nie begegnet ist?«

Seufzend füge ich mich in mein Schicksal und erzähle den anderen rasch von Sebastian und Bubbles und der Geschichte mit Sir.

»Grundgütiger, Gracie.« Robyn klingt ehrlich entsetzt. »Dieser Sebastian umkreist dich wie ein Aasgeier in der Hoffnung, dass der Laden früher oder später pleitegeht, um dann erbarmungslos zuzuschlagen. Und dann lässt du dich auch noch von einem *Catfisher* ködern.«

»Mal im Ernst«, stimmt Lily ihr zu. »Er könnte ein neunzehnjähriger Teenie sein, der bei seiner Mutter wohnt. Oder ein achtundvierzigjähriger, der noch dort wohnt.«

»Oder gar kein *er*«, meint Rachel. »Was, wenn es eine Frau ist, die dich eiskalt an der Nase herumführt?«

»Hält denn gar niemand mehr zu mir?«, frage ich verzweifelt.

»Doch, ich«, ruft Keva sofort. »Ich habe dich noch nie so glücklich gesehen wie mit deinem Brieffreund.« Sie stockt kurz. »Wobei, jetzt, wo ich drüber nachdenke, beim Kochen mit Sebastian hast du auch über das ganze Gesicht gestrahlt.«

»Und für wen sind wir jetzt?«, erkundigt sich Robyn verunsichert und schaut in die Runde.

»Für keinen von beiden«, erkläre ich. »Sebastian und ich sind bloß …« *Rivalen? Freunde? Hätte sein können, aber hat nicht sollen sein?* »Er ist vergeben«, sage ich schließlich, weil ich einfach nicht weiß, wie ich meine widerstreitenden Gefühle für ihn erklären soll. Oder meine Verärgerung, weil er für einen Mann, der vorgeblich eine andere Frau im Kopf hat, verdammt ungeniert flirtet.

Aber eigentlich muss ich mich auch an die eigene Nase fassen. Ich habe Gefühle für zwei Männer und kann doch keinen von beiden haben.

Außer Sir. Vielleicht.

Das hier, geht mir in diesem Augenblick auf. Genau *dafür* sind Mädelsabende gut.

Ich warte, bis Keva die Gläser wieder aufgefüllt hat, dann setze ich alle über Sirs Status als frischgebackener Single in Kenntnis.

»Tja, es führt kein Weg dran vorbei, du musst dich mit ihm treffen«, erklärt Keva.

»Musst du«, pflichtet Lily ihr zu meinem Erstaunen bei.

»Echt jetzt?«, fragt Rachel meine Schwester. »Damit hätte ich gar nicht gerechnet.«

Lily zuckt die Achseln. »Ich meine, Gracie, wenn er vorschlägt, dass du nachts um elf nach Long Island in sein Haus kommen und ein paar große Müllsäcke mitbringen sollst, dann ja, *Abbruch*. Aber wenn du vernünftig bist und dich mit ihm an einem gut beleuchteten, öffentlichen Ort triffst, mit Publikumsverkehr, und das Gespräch nicht damit beginnst, ihm deine Sozialversicherungsnummer aufzusagen …«

»Stimmt«, pflichtet nun auch Robyn den beiden bei. »Eigentlich genau wie bei jeder anderen Dating-App auch.«

»Nur dass sie nicht weiß, wie er aussieht«, muss Rachel jedoch, skeptisch wie immer, noch mal betonen.

»Also wie bei einem hundsgewöhnlichen Blind Date«, meint Keva.

»Weiß nicht«, entgegnet Rachel, nimmt sich eins von Kevas Pilz-Crostini und knabbert nachdenklich daran herum. »Ich bin mehr für den anderen. Der klingt echt sexy.«

»Aber Sir könnte auch echt sexy sein. Und sie wird es nie erfahren, wenn sie sich nicht endlich persönlich mit ihm trifft«, gibt Keva zu bedenken.

»Okay, ich glaube, es reicht jetzt«, sage ich und mache einen Cut mit den Händen. »Keiner von beiden ist der Richtige für mich. Sebastian ist nicht zu haben, und selbst wenn, würde er das Interesse an Bubbles verlieren, sobald er erfährt, dass wir nicht verkaufen und er seinen Wolkenkratzer woandershin klotzen muss. Und Sir hat noch nicht die leiseste Andeutung gemacht, den nächsten logischen Schritt gehen zu wollen.«

»Hast du denn je angedeutet, dass *du* das gerne möchtest?«, hakt Lily behutsam nach. »Ich kenne dich, wenn es um Männer geht, Gracie. Immer bist du bei allen gleich der gute Kumpel, und die Männer denken dann, du willst gar nichts anderes.«

»Stimmt nicht!«, protestiere ich. »Niemand wünscht sich sehnlicher einen Mann an meiner Seite als ich selbst, das wisst ihr ganz genau.«

»Vielleicht ist genau das dein Problem«, meint Robyn. »Du hast dir im Kopf alles schon so perfekt ausgemalt, dass du Angst hast, die Wirklichkeit könne dem womöglich nicht standhalten. Also hältst du lieber alle potenziellen Kandidaten auf Abstand. Und darum fühlst du dich vermutlich auch zu einem Mann hingezogen, den du gar nicht kennst. Um ungestört in deinen Tagträumen schwelgen zu können.«

»Das ist …«

Robyn kennt mich von all meinen Freundinnen, die heute hier sind, am allerwenigsten. Umso ärgerlicher, dass es ihr eben bemerkenswert gut gelungen ist, mein gesamtes Liebesleben in wenigen Sätzen zusammenzufassen.

Dabei war ich doch immer so stolz darauf, gewisse Ansprüche zu haben …

Aber was, wenn die Wirklichkeit anders aussieht?

Was, wenn ich einfach panische Angst davor habe, enttäuscht zu werden?

Werte Lady,

ich weiß, unsere Beziehung, oder wie man es auch nennen mag, unterliegt keinerlei Erwartungen, also hoffe ich inständig, Ihnen jetzt nicht zu nahe zu treten, aber … Geht es Ihnen gut? Ich habe schon eine ganze Weile nichts mehr von Ihnen gehört und wollte nur sagen, ich bin immer für Sie da.

Der Ihre, leicht besorgt,

Sir

Fünfzehn

Je höher man fliegt, desto tiefer fällt man.

Den Satz habe ich noch nie so richtig verstanden. Aber wenn es einem dann passiert? Dann kapiert man es.

Ich habe alles durchgerechnet. Vorwärts und rückwärts. Einmal, zweimal, viele Male. Und habe wieder und wieder gebetet, es möge etwas anderes dabei herauskommen. Doch jedes Mal erscheint die Wirklichkeit kälter und endgültiger.

Bestimmt muss ich irgendwo einen Fehler gemacht, etwas übersehen haben.

Ich rufe meinen Schwager an.

Es sagt alles darüber, wie großartig Alec ist, dass er, obwohl es bei ihm und Lily gerade alles andere als gut läuft, obwohl es zwei Uhr nachmittags an einem Werktag ist, augenblicklich bereit ist, sich mit mir bei Starbucks zu treffen und meine Buchführung durchzugehen.

Ich muss mir große Mühe geben, ihn nicht ununterbrochen mit schreckgeweiteten Augen anzustarren, während er sich auf die Tabellen in meinem Laptop konzentriert, und versuche stattdessen, meinen Pumpkin Spice Frappuccino zu genießen. Ich muss mir mein Geld gut einteilen, darum ist Starbucks nicht oft drin, auf keinen Fall jeden Tag, streng genommen nicht mal einmal die Woche. Schickimicki-Getränke wie dieser Frappuccino sind ein unerschwinglicher Luxus, den ich mir nur zum Geburtstag oder zu anderen besonderen Feierlichkeiten gönne. Heute gibt es nichts zu feiern, aber da Alec mich eingeladen hat, konnte ich einfach nicht widerstehen.

Irgendwas Gutes muss dieser Tag schließlich haben, und wenn es bloß ein aufgeschäumtes Kaltgetränk ist, das ein bisschen nach Herbst schmeckt. Besser als nichts.

Alec ist ein stiller, ernster Typ. Er lässt sich Zeit. Trinkt bedächtig seinen Tee. Rückt die Brille zurecht.

Schließlich schaut er auf.

Und ich weiß es.

Ich weiß es.

Ich habe es immer schon gewusst.

Ich schiebe meinen Plastikbecher auf dem Tisch von mir weg und starre auf den verwischten Wasserring, den er auf dem Holztisch hinterlassen hat. »Bubbles wird es nicht schaffen.«

»Vielleicht schon. Eigentlich wirft der Laden Gewinn ab.« Er sagt das ganz ruhig und leise, wofür ich ihm sehr dankbar bin. Ich brauche weder aufmunternde Worte noch eine Standpauke. »Aber den positiven Effekt, den du und Lily und Caleb euch erhofft habt, kann ich nicht erkennen.«

Ich mache die Augen zu und atme tief aus.

»Du solltest stolz auf dich sein, Gracie«, sagt er und klappt den Laptop zu. »Als du nach Howies Tod den Laden übernommen hast, dachte ich, der hält sich kein Jahr mehr.

Dein Dad war clever und hat all sein Herzblut ins Geschäft gesteckt, nur leider ist er nicht früh genug mit der Zeit gegangen. Du hast das Steuer gerade noch mal herumgerissen.«

»Ich habe den Kurs korrigiert«, widerspreche ich. »Das Steuer herumgerissen habe ich nicht. Nicht weit genug jedenfalls.« Ich lege die Fingerspitzen an die Stirn und schließe die Augen. »Was mache ich denn jetzt, Alec?«, frage ich ganz leise und schaue auf in seine braunen Augen.

Als Teenager war mein Schwager still und ein bisschen unnahbar, aber unglaublich liebenswürdig, wenn man ihn näher kannte. Das Unnahbare hat er längst abgelegt, die Liebenswürdigkeit nicht. Auf ihn ist immer Verlass.

Er greift zu seiner Teetasse und starrt einen Moment schweigend hinein, dann seufzt er und nimmt meinen zuckrigen Pumpkin-Spice-Drink. Er nippt daran, dann betrachtet er ihn eingehend von allen Seiten. »Ich weiß nicht, ob ich das Zeug mag oder nicht.«

»Man gewöhnt sich daran. Viel zu schnell, wenn du mich fragst«, lache ich, während er mir den Becher wieder zuschiebt und noch einen Schluck Tee trinkt.

»Du machst, was du willst, Gracie.«

Ich ziehe eine Grimasse, doch er schüttelt nur ganz leicht den Kopf.

»Ich meine das nicht in Bezug auf den Laden. Ich meine dein Leben.«

Die Frage trifft mich bis ins Mark. Um von meinem inneren Gefühlschaos abzulenken, strecke ich die Hand nach ihm aus und stupse ihn brüderlich gegen den Oberarm. »Na, hör sich einer das an! Sprichst du zufällig aus eigener Erfahrung, oder hast du in letzter Zeit zu viel Oprah geschaut?«

Er lächelt, aber über seinen Augen liegt ein tiefer Schatten, als er wieder in die Tasse schaut. »Sagen wir mal so, du bist nicht die Einzige, deren Leben gerade nicht ganz so läuft, wie du es dir vorgestellt hattest.«

Augenblicklich komme ich mir vor wie die mieseste Schwägerin der ganzen Welt und lege tröstend eine Hand auf seine. »Ich hätte dich schon viel früher fragen sollen. Wie geht es dir?«

Ein Blick aus braunen Hundeaugen, so gequält, dass es mir in der Seele wehtut. »Hast du schon mit deiner Schwester gesprochen?«

Zustimmend ziehe ich eine Schulter hoch. Es ist ein schmaler Grat zwischen Hilfsbereitschaft und Einmischung, und ich möchte Lilys Vertrauen nicht enttäuschen.

Alec fährt sich mit einer Hand über das Gesicht. »Wie es mir geht? Hm. Ich bin frustriert. Ich weiß nicht, was in ihrem Kopf vorgeht. Ich habe keinen Schimmer, was sie eigentlich will. Soll ich Adoptionsanträge mit nach Hause bringen oder noch einen anderen Reproduktionsmediziner auftun …?«

»Was willst *du* denn?«, drehe ich die Frage einfach um.

Er atmet tief aus. »Ich möchte eine Familie. Ich will, dass meine Frau weiß, sie ist meine Familie, selbst wenn wir womöglich für immer zu zweit bleiben. Ich möchte ihr so viele Babys schenken, wie sie will, wie auch immer ich das anstellen soll …«

Hilfesuchend schaut Alec mich an.

Ich lege die Hände um meinen feuchten, kalten Plastikbecher und drehe ihn zwischen den Handflächen, während ich zusehe, wie der grüne Strohhalm vor und zurück wirbelt, und mir dabei vorstelle, wie ich auf dem schmalen Grat balanciere, ohne mich zu weit zu einer Seite zu lehnen.

»Hast du ihr das mal gesagt? Weiß sie, wie du das siehst?«

Blinzelnd schaut er mich an. »Sie weiß, dass ich sie liebe.«

Ach, Männer. So herzig. So ahnungslos.

»Ganz bestimmt«, versichere ich und lächele ihm beruhigend zu. »Aber weiß sie auch, dass sie dir genügt? Du weißt doch, wie Lily ist. Noch nie im Leben hat sie irgendetwas nicht geschafft. Und ich frage mich, ob sie sich nicht sehr verloren vorkommen muss mit der Einsicht, dass sie auf natürlichem Wege womöglich keine Kinder wird haben können. Ich frage mich, ob sie nicht vielleicht einfach nur wissen muss, dass du immer für sie da bist.«

Einen Moment ist er ganz still. »Du meinst also, ich soll lieber nicht so oft auf Geschäftsreise gehen?«

Ich lächele, und Alec nickt. *Kapiert.*

Er weist auf mein Getränk. »Bekomme ich noch einen Schluck?«

Ich schiebe ihm den Becher zu, und er zieht kräftig am Strohhalm, verzieht das Gesicht, betrachtet den Becher. Trinkt noch einen Schluck. »Ja. Ja, doch, ich mag's. Aber zurück zu dir. Willst du den Rest deines Lebens im Laden stehen? Denn wenn ja, dann helfe ich dir, so gut ich kann.

Die Bilanzen sehen zwar bescheiden aus, aber vielleicht ist das gerade bloß eine kleine Durststrecke.«

Schweigend starre ich auf meine Daumennägel mit dem abgesplitterten rosa Nagellack, den ich schon vor mindestens drei Tagen hätte entfernen sollen.

»Ich weiß, was ich *nicht* will«, sage ich schließlich ohne aufzuschauen.

»Das ist doch schon mal was. Lass hören.«

»Ich will mein Versprechen nicht brechen, das ich Dad gegeben habe. Und ich will Lily und Caleb nicht enttäuschen.«

»Und das genügt dir?«

Er fragt das ganz sachte, neugierig, aber ich bringe es nicht über mich, ihm zu antworten, nicht laut jedenfalls. Ich *will* ihm nicht antworten.

Denn irgendwo, ganz tief drinnen, höre ich die gewisperte Antwort. *Nein. Das genügt nicht.* Ich will mutig sein und meinem Herzen folgen.

Ich will unerschrocken sein. Kühn.

Glücklich.

Ich hole tief Luft, aufgekratzt und erschrocken, als mir schließlich aufgeht, was ich zu tun habe.

An Sir, mich weit aus dem Fenster lehnend, verzeihen Sie die lange Funkstille. Mir ist leider der alltägliche Wahnsinn dazwischengekommen. Stellen Sie sich auch ab und an die ganz großen Fragen, nur um dann einsehen zu müssen, dass Sie keine eindeutigen Antworten darauf haben? Was für ein Mensch möchte ich sein? Was für ein Leben will ich führen? Mit wem möchte ich dieses Leben teilen?
Ich halte mich für einen empathischen Menschen, zumindest gebe ich mir Mühe, aber ich bin auch ein ziemlicher Angsthase. Viel zu vernarrt in den Traum, um ihn Wirklichkeit werden zu lassen.
Ich mag mein Leben – keine Frage. Aber ich habe einsehen müssen, dass ich es mehr für die Menschen um mich herum lebe als für mich selbst. Um ihre Erwartungen zu erfüllen, keinen Staub aufzuwirbeln, niemanden zu enttäuschen. Ich fühle mich wie eine Ratte im Käfig. Aber wie gelingt einem der Mittelweg – sich selbst treu zu bleiben, ohne dabei egoistisch zu sein?
Eigentlich dachte ich, wenigstens einen Teil meines Lebens so zu leben, wie es mir gefällt: mein Liebesleben. Und ja, vielleicht gehe ich damit einen Schritt zu weit, aber auch hier glaube ich, irgendwie vom rechten Weg abgekommen zu sein. Ich lebe allein, woran

ich nicht ganz unschuldig bin. Und nun frage ich mich, habe ich vielleicht Gelegenheiten versäumt, Chancen verpasst, Verbindungen abgebrochen oder gar nicht erst zugelassen?
Aber genug geredet. Das hier ist bei Weitem die längste Nachricht, die ich Ihnen je geschrieben habe, und entschuldigen Sie bitte, wenn ich damit kaputt mache, was auch immer zwischen uns ist. Nichts von alledem habe ich je irgendwem in meinem »echten« Leben anvertraut, und darum lassen Sie mich noch Folgendes sagen:
Das Leben fühlt sich für mich am echtesten an, wenn wir uns schreiben, wenn ich Ihren Namen in meinem Maileingang lese. Ich weiß nicht, wie Sie heißen. Wie Sie aussehen. Wie alt Sie sind. Aber ich habe das Gefühl, Sie zu kennen. Und dass Sie mich auch kennen, vielleicht besser als jeder andere.
Sollte ich Sie damit verschreckt haben, nur noch eins: Wenn ich einmal alt und runzelig bin, schlaff und grau, werde ich an diese Zeit zurückdenken, und Sie, mein lieber Freund, werden in meiner Erinnerung strahlen wie ein heller Stern.
Lady

Werte Lady,
ich weiß gar nicht, wo ich anfangen soll.
Vermutlich damit, dass Sie mich, wie Sie sehen, mitnichten verschreckt haben. Und Sie haben auch nichts kaputt gemacht. Ich bin hier. Und vielleicht finden Sie das nun eigenartig, aber ich versichere Ihnen, ich bin immer für Sie da, wann und wie auch immer Sie mich gerade brauchen. Für mich sind Sie echt. Für mich sind Sie wichtig. Es ist mir eine Ehre, mich Ihren Vertrauten nennen zu dürfen. Was Sie sagen hat Hand und Fuß, und ich kann es, Hand aufs Herz, auch bestens nachvollziehen.
Wie neulich schon erwähnt, habe ich kürzlich – längst überfällig – eine Beziehung beendet, die ich im Grunde genommen nur noch geführt habe, um niemanden zu verletzen. So gesehen eigentlich *egoistisch*, Schluss zu machen, weil ich damit etliche Menschen tief enttäuscht habe. Aber ich weiß auch, wir kreisen nicht endlos um die Sonne. Seit ich Sie »kenne«, weiß ich, ich möchte an so vielen Tagen wie irgend möglich dieses Gefühl haben, wie in dem Augenblick, wenn Ihr Name im Maileingang erscheint.
Der Ihre, im Zweifel, ob *ich* nun alles zerstört habe?
SIr

An Sir, mit Kloß im Hals,
Sie haben nichts kaputt gemacht. Nein, das, was auch immer wir haben, ist dadurch nur noch ein bisschen kostbarer geworden. Was mich zu der Frage bringt:
Wie wäre es mit einem Treffen?
Lady

Sechzehn

Er antwortet nicht. Nicht am selben Tag. Nicht am nächsten.

Drei Tage später habe ich noch immer nichts von Sir gehört.

Ich versuche mir einzureden, es sei mir egal. Weil es mir egal sein *sollte*. Wieder und wieder sage ich mir, dass ein Mensch, den ich nicht einmal kenne, keine solche Macht über mich haben dürfte.

Aber es war wirklich alles so gemeint, wie ich es in meiner letzten Nachricht geschrieben habe. Ich *kenne* ihn. Es mag albern sein, romantisch, vielleicht auch vollkommen verrückt. Aber tief in meinem Herzen weiß ich, ich habe ihm Seiten von mir offenbart, die sonst noch niemand zu sehen bekommen hat. Und ich hatte gedacht, ihm ginge es genauso.

Was es nicht unbedingt leichter macht, dass er mich jetzt so abblitzen lässt.

Genau eine Woche nach meinem Treffen mit Alec bei Starbucks öffnet er mir um kurz nach acht die Tür und lässt mich in seine und Lilys gemeinsame Wohnung. »Hey«, sagt er und drückt mir einen flüchtigen Kuss auf die Wange. »Hereinspaziert. Lily kümmert sich gerade noch um die Snacks.«

»Hey, Gracie!«, ruft sie aus der Küche.

»Wo ist May?«, frage ich, schlüpfe aus dem Mantel und gebe ihn Alec.

»Sie musste leider absagen«, antwortet Lily. »Sie liegt mit Magen-Darm flach. Was sie mir überaus detailreicher geschildert hat, als mir lieb war. Aber sie besteht darauf, dass wir den gesamten Familien-Chat für sie aufnehmen und ihr anschließend zuschicken, damit sie nur nichts vom neuesten Klatsch verpasst. Ihre Worte.«

»Was zu trinken, G?«, fragt Alec und geht zum Kühlschrank.

»Wasser – mit Sprudel, wenn's geht.«

»Mit Zitrone oder pur?«

»Mit Zitrone.«

»Lily?«, fragt Alec, ohne seine Frau anzuschauen, während er das Sprudelwasser für mich aus dem Kühlschrank holt.

»Ich trinke ein Glas von dem Merlot von gestern Abend, danke.«

Die ganze Zeit weichen sie einander aus, und ich muss mir ein Seufzen verkneifen. Vielleicht hat es ja auch sein Gutes, dass ich bald mehr als genug Zeit haben werde – den beiden zu helfen, ihre kaputte Ehe zu kitten, könnte sich als Vollzeitjob entpuppen.

Ich nehme mir eine Scheibe Baguette mit dieser leckeren knoblauchlastigen Pilzgeschichte drauf, die ich schon von unserem Mädelsabend kenne – Lily hat sich das Rezept von Keva geben lassen.

Alec reicht Lily ein Glas Wein und mir ein hohes Glas mit Sprudelwasser und kunstvoll drapierter Zitronenschalendeko. »Fancy!«

»Nur vom Feinsten bei Chez Wyndman«, sagt er und verbeugt sich wie ein Butler, um sich dann an den Häppchen zu bedienen.

Lily kämpft währenddessen mit der Plastikverpackung der Cocktailservietten, die sie am Sonntag mitgenommen hat, als sie nach dem Brunch mit einer Freundin kurz bei Bubbles vorbeigeschaut hat. Die Servietten sind einfach entzückend. Umgeben von Herbstlaub schlendern zwei junge Frauen Arm in Arm durch den Central Park. Gut, dass ich die bestellt habe. Wobei ich mich als Künstlerin gleich gefragt habe, was ich anders gemacht hätte, hätte ich dieses Bild gemalt. Der einen Frau einen schicken Schal verpasst, der anderen ein Paar Stiefeletten vielleicht. Ein Hündchen an der Leine, das einem Blatt nachjagt …

Alec schaut kurz rüber zu seiner Frau, dann nimmt er ein Crostini und weist nickend hinüber ins andere Zimmer. »Ich bin dann im Büro, falls ihr mich braucht. Grüße an Caleb.«

Ruckartig schaut Lily auf, und zum ersten Mal, seit ich hier bin, scheint sie ihren Mann wirklich zu sehen. »Wie, ich dachte du bleibst und chattest mit?«

Alec, der sich das Crostini gerade halb in den Mund geschoben hat, bleibt im Türrahmen stehen und schaut sie an. »Ich dachte, das ist ein Familien-Chat.«

Sie stutzt kaum merklich. »Du gehörst doch zur Familie.« *Es sei denn, du möchtest das nicht.*

»Nicht zur Familie Cooper«, entgegnet er leise. *Es sei denn, du möchtest das.*

Ich kaue auf meinen Pilzen herum und muss mich

zusammenreißen, um nicht entnervt die Augen zu verdrehen. Wäre das ein Zeichentrickfilm, dann würde ich sie jetzt freundlich lächelnd mit den Köpfen zusammenstoßen, um ihnen ein bisschen Verstand einzubläuen.

»Hierher. Und sitz«, sage ich zu Alec und klappe schon mal Lilys Laptop auf. »Du gehörst zu Bubbles *und* zur Familie. Du musst unbedingt dabei sein.«

Ich sitze mittig auf dem Sofa, aber als ich sehe, wie die beiden sich links und rechts von mir platzieren wollen, rutsche ich schleunigst ein bisschen nach links. Nun müssen sie nebeneinandersitzen. Lily mustert mich mit zusammengekniffenen Augen, als sei sie sich nicht ganz sicher, ob ich irgendwas im Schilde führe, aber ich tue, als sei ich damit beschäftigt, den Chat einzurichten.

Lily nimmt in der Mitte des Sofas Platz und Alec neben ihr. Im nächsten Moment kommt schon die Videoverbindung zustande, und Calebs strahlendes Gesicht erscheint auf dem Monitor.

»Gott sei Dank!«, ruft Caleb erleichtert, als er Alec sieht. »Männliche Verstärkung.«

»Ähm, also, wenn du mich fragst, *Gott sei Dank* bist du diese fiesen Kinnflusen losgeworden«, meint Lily.

Er reibt sich das nackte Kinn. »Findest du? Mir fehlen sie ein bisschen.«

»Sah aus wie Unkraut«, pflichte ich meiner Schwester bei. »Oder wie verirrte Schamhaare.«

»Und dann wundern sie sich, warum ich so weit weggezogen bin«, brummt Caleb gekränkt und sieht dann zu Alec. »Alter, wie geht's dir? Lange nicht gesehen.«

»Gut, gut«, antwortet Alec. »Und selbst?«

»Auch. Hab gerade einen neuen Kunden akquiriert, unfassbare Nervensäge, aber die Kohle stimmt. Und eine neue Freundin habe ich auch.«

»*Was?*«, quieken Lily und ich wie im Chor.

»Wieso weiß ich nichts davon?«, herrsche ich ihn an. »Die Freundin muss echt brandneu sein, wir beide haben nämlich vor zwei Tagen noch miteinander telefoniert, und da hast du sie mit keinem Ton erwähnt.«

Er kratzt sich am Ohr. »Wir kennen uns schon ein paar Wochen. Ich habe dir nichts davon gesagt, weil du sonst gleich wieder damit anfängst.«

»Anfangen, womit?«, frage ich und funkele ihn finster an.

»Du weißt schon. Du fragst, ob ich ihre Eltern schon kennengelernt habe, wann ich mit ihr nach New York komme, damit ihr sie alle kennenlernen könnt, ob sie eine kleine intime Hochzeitsfeier möchte oder ob ihr euch schon mal erkundigen sollt, wann St. Patrick frei wäre …«

Nickend sieht Lily mich an. »Stimmt, genau das machst du. Als Alec und ich damals zusammengekommen sind, warst du *neun*, und du hast ihm gleich bei seinem zweiten Besuch bei uns ein Bild gezeigt, das du selbst gemalt hattest. Von meinem Brautkleid.«

Alec beugt sich nach vorne und schaut mich an. »Aber ein echt tolles Bild«, grinst er und reckt den Daumen.

»Und mein Brautkleid hatte tatsächlich frappierende Ähnlichkeit mit diesem Bild«, muss Lily zugeben. »Das Ding ist bloß, du neigst dazu, es ein bisschen zu übertreiben …«

»Ich nenne es ›die aggressiv gute Fee‹«, meint Caleb.

»Okay, aber stimmt es, oder hatte ich recht?«, frage ich und weise wackelnd mit dem Zeigefinger auf Alec und Lily. »Schließlich habt ihr am Ende geheiratet«, sage ich zu Caleb. »Als du mit Missy zusammen warst, habe ich euch nicht gedrängt, weil ich ganz genau wusste, dass sie nicht die Richtige für dich ist. Und Lily, bevor du Alec kennengelernt hast, wollte da dieser komische Dan nicht mal mit dir anbandeln, und ich habe dir gleich gesagt, den Kerl kannst du knicken?«

»Hast du.«

»Und hast du auf mich gehört?«

»Ich wiederhole mich, aber du warst *neun.*«

Ich ziehe die Augenbrauen hoch, und sie seufzt. »Nein. Ich habe nicht auf dich gehört.«

»Und was ist dann passiert?«

»Er hat mich zu einer Party mitgenommen und den ganzen Abend mit seiner Ex rumgemacht.«

Ich hebe die Hände. »Ich hab's gewusst.«

Wieder schaut Alec zu Caleb auf den Monitor. »Ich nehme an, das heißt nein. Deine Schwestern werden deine Neue so bald nicht kennenlernen?«

»*Jaaaaaa*, nein, ich will sie ja nicht gleich verschrecken, weil Lily sich bei erster Gelegenheit nach ihrer Kreditwürdigkeit erkundigt und Gracie sie mit Beispielfotos von Hochzeitstorten bombardiert.«

Lily sieht mich an. »Unsere schwesterlichen Qualitäten werden einfach nicht wertgeschätzt.«

»Das kannst du laut sagen.« Ich schaue wieder rüber zu

Caleb. »Darf ich wenigstens mal ein Foto von ihr sehen? Ist sie hübsch? Bringt sie dich zum Lachen? Darf ich Schwesterherz zu ihr sagen? Welche Farbe wünscht sie sich für ihren Weihnachtsstrumpf über dem Kamin?«

»Oje«, seufzt Caleb. »Ich hoffe, mein WiFi macht nicht schlapp. Echt *ätzend*, wenn Albträume sich bis ins kleinste Detail bewahrheiten …«

»Aber …«

»Vielleicht gönnen wir dem armen Caleb mal eine kurze Verschnaufpause, und Gracie erklärt uns, warum sie den Familienrat einberufen hat?«, schlägt Alec vor.

Lily und Caleb sehen mich an, erwartungsvoll und ein bisschen gespannt. Nur zu verständlich. In den vergangenen Wochen bin ich zu einer schmerzlichen Selbsterkenntnis gelangt: Kaum etwas in meinem Leben geht auf meine eigene Initiative zurück. Ich bin das Cooper-Kind, das Ankündigungen und Entscheidungen der *anderen* Familienmitglieder hinnimmt und umsetzt. Aber das wird sich jetzt ändern.

Ich atme tief durch. »Ich finde, wir sollten den Laden schließen.«

Eine ganze Weile bleibt es still, dann fragt Lily: »Ernsthaft?« und Caleb: »Wie, was?«

»Wieso denn das so plötzlich?«, will meine Schwester wissen. »All die Mühe, die Zeit, die wir investiert haben, mit der neuen Webseite, den Kochkursen …«

»Ich weiß eure Hilfe wirklich sehr zu schätzen«, unterbreche ich sie. »Und ich bin froh, dass wir es versucht haben. Wenn wir den Laden jetzt nicht dichtmachen, fürchte ich fast, dass uns in spätestens einem Jahr keine andere Wahl mehr bleibt. Und dann bekommen wir sicher nicht noch einmal so ein großzügiges Angebot von der Andrews Corporation.«

»Wir kennen das Angebot doch nicht mal«, wendet Caleb ein. »Ich dachte, du hast ihm gesagt, er soll sich zum Teufel scheren.«

Noch mal tief durchatmen. »Na ja, tatsächlich kennen wir das Angebot schon. Sylvia ist ja immer noch als Anwältin für uns tätig, also habe ich sie gebeten, sich mit dem Anwalt der Gegenseite in Verbindung zu setzen und sich sämtliche Details des Deals durchgeben zu lassen. Kurz darauf rief sie mich dann an und meinte, als Anwältin *und* langjährige Freundin der Familie könne sie mir nur raten, wenn wir mit dem Gedanken spielen, den Laden zu schließen, sollten wir es jetzt tun. Etwas Besseres könnten wir uns gar nicht wünschen.«

»Hat das was mit diesem Sebastian Andrews zu tun?«, will Lily wissen. »Verdammt! Darum lungert der ständig hier herum. Um dich einzulullen, damit du ihn nicht mehr als den Endgegner siehst.«

»Das hat überhaupt nichts mit Sebastian zu tun. Den habe ich seit Wochen nicht mehr gesehen. Seit dem Kochkurs, wenn du es genau wissen willst.«

Und genau deswegen bin ich längst zu demselben Schluss gekommen wie Lily – dass er bloß versucht hat, mich um den Finger zu wickeln. Nicht aus Interesse an mir, sondern um mir das wohlige Gefühl zu vermitteln, das Angebot, das sie uns gemacht haben, komme nicht vom Erzfeind, sondern von … einem Freund. Aber das behalte ich lieber für mich.

Sollte es tatsächlich so gewesen sein, dann muss er wohl ein schlechtes Gewissen bekommen haben, denn im Laden ist er seitdem nicht wieder aufgetaucht. Und wahrscheinlich ist das auch besser so. Aus diesem Grund habe ich die gesamte Kommunikation von Bubbles & More über unsere Anwältin laufen lassen. Im tiefsten Inneren weiß ich längst, dass es die richtige Entscheidung ist. Aber das heißt noch lange nicht, dass es mir nicht in der Seele wehtut, es nicht geschafft zu haben, Bubbles in Erinnerung an meinen Vater am Leben zu erhalten – und dass ich den Laden nie so lieben gelernt habe, wie meine Eltern ihn geliebt haben.

Und in einem abgelegenen Winkel meines Herzens, dem Teil, der den Tauben vorsingt, will ich nicht, dass meine Erinnerung an Sebastian Andrews sich mit dieser schmerzlichen Erkenntnis mischt.

Caleb trinkt noch ein Schlückchen Sprudel, starrt einen Augenblick auf die Dose, als wundere er sich, sie dort stehen zu sehen, dann stellt er sie beiseite und schaut wieder in die Kamera. »Okay, ich sage es einfach geradeheraus. Das ist eine Rolle rückwärts, das Gegenteil von dem, was wir noch vor einem Monat verabredet haben. Wenn Alec sich die Bilanzen vielleicht noch mal anschaut …«

»Habe ich schon«, fällt Alec ihm ins Wort. »Gracie hat völlig recht, was die finanzielle Lage des Ladens angeht.«

Und dabei nimmt er die Hand seiner Frau, und Lily schaut kurz auf und versucht, die Tränen herunterzuschlucken. Selbst in dieser bedrückten Stimmung geht mir das

Herz auf, als ich diesen stummen Ausdruck ehelicher Verbundenheit sehe, allerliebst und zutiefst beneidenswert.

Als meine Schwester sich wieder zum Bildschirm umdreht, hat sie ein kämpferisches Blitzen in den Augen. »Das müssen Caleb und ich auf unsere Kappe nehmen. Wir haben dich nicht ausreichend unterstützt, Gracie. Und als wir dann endlich mitangepackt haben, war es längst zu spät und hat hinten und vorne nicht gereicht. Damit ist jetzt Schluss. Caleb, die neue Website sieht mega aus – bestimmt kannst du doch auch noch einen Online-Shop einrichten, oder? Wir müssen uns schlaumachen, wie hoch die Versandkosten in die verschiedenen Bundesstaaten sind – wir könnten das ganze Land mit Schampus beliefern, nicht bloß Midtown. Das wird nicht billig, aber wir könnten einen Kredit aufnehmen, wir könnten neue Mitarbeiter einstellen …«

»Lil«, unterbreche ich sie sanft, nehme ihre freie Hand, die nicht in Alecs liegt, und drücke sie sanft. Ich warte, bis sie mich wieder ansieht, und dann spreche ich endlich laut aus, was mir schon seit Wochen auf dem Herzen und auf der Zunge liegt. Vielleicht auch schon länger. »Ich möchte das nicht.«

Sie blinzelt verdutzt. »Wie meinst du das?«

»Ich weiß natürlich, dass es nicht meine alleinige Entscheidung sein kann, den Laden zu schließen. Wenn ihr beiden ihn weiterführen möchtet, gebe ich herzlich gerne das Ruder ab, aber ich muss raus. Ich *will* raus.«

»Aber du liebst Bubbles doch so«, wendet Caleb ein. »Das war immer euer Ding, deins und Dads …«

»Es war *Dads* Ding«, korrigiere ich ihn, freundlich, aber

bestimmt. »Mein Ding war es nie. Ich habe bloß mit angepackt, weil es für Dad eine Herzenssache war, den Laden am Laufen zu halten. Und weil ich einsehen musste, wenn ich es nicht mache, macht es keiner.«

»Aber Gracie, warum hast du denn nichts gesagt?« Meine Schwester sieht mich ganz entgeistert an.

»Ich hätte es euch sagen sollen«, erwidere ich. »Wobei ich mir das bisher selbst nicht eingestehen wollte. Euch trifft keine Schuld. Euch beide nicht.« Ich schaue Caleb an. »Aber ich kann nicht so weitermachen und mein Leben für Dad leben, oder für euch beide. Ich muss mein eigenes Leben führen, nur für mich.«

»Dein gutes Recht«, meint Caleb leise. »Und trotzdem komme ich mir vor wie ein Arsch, weil ich mich so angestellt habe und den Laden auf Biegen und Brechen am Laufen halten wollte und dabei selbst keinen Finger krumm gemacht habe.«

»Geht mir genauso«, pflichtet Lily ihm bei. Sie atmet tief durch und hält dann kurz die Luft an. »Ein guter Deal, ganz sicher?«, fragt sie und sieht mich an.

»Wirklich fair«, versichere ich. »Mit einer Abfindungsvereinbarung für unsere Angestellten, was mir am wichtigsten ist.«

Sie nickt. »Okay. Ich vertraue dir.«

»Ich auch«, sagt Caleb, dann sieht er mich an und grinst. »Aber ich platze vor Neugier … was willst du denn jetzt machen?«

»Keine Ahnung«, antworte ich ganz ehrlich. »Aber die Abfindung verschafft mir ein bisschen Bedenkzeit.«

Alle nicken, aber ein anhaltendes Schweigen liegt in der Luft. Nicht betreten, nicht angespannt. Ein wenig bedrückt vielleicht, weil wir alle erst einmal begreifen müssen, was das für uns bedeutet. Ich hatte geglaubt, meinen Frieden mit Dads Tod gemacht zu haben. Aber nun kommt es mir fast vor, als müsse ich mich noch einmal von ihm verabschieden.

Lily bricht als Erste das Schweigen. »Dann ist das also beschlossene Sache?«

»Sag mir nur, wo ich unterschreiben soll«, meint Caleb, und dann wird sein Lächeln ganz schief. »Herrje. Das ist echt traurig, oder? Das Ende einer Ära.«

»Nein, nein, nein«, widerspricht Lily energisch und wedelt mit den Händen. »So fangen wir erst gar nicht an. Es ist die richtige Entscheidung, und tief in unserem Herzen wissen wir das alle.«

Sie hat recht. Ich weiß es wirklich. Und so löchere meinen Bruder, wann ich endlich seine neue Freundin kennenlernen werde, und lasse mich von meiner Familie mit Pizza und Wein von der beunruhigenden Tatsache ablenken, dass ich demnächst arbeitslos sein werde.

Ich lächele. Ich lache.

Und als ich mich schließlich verabschiede, fühle ich mich so federleicht wie schon lange nicht mehr.

Doch als ich später in die U-Bahn steige, sehe ich eine neue Nachricht von Sir.

Werte Lady,
zunächst muss ich um Entschuldigung bitten, weil meine Antwort so lange hat auf sich warten lassen. Sie bedeuten mir so viel, und darum wollte ich Ihren Vorschlag zunächst gründlich überdenken.
Ein verführerischer Gedanke. Sie können sich gar nicht vorstellen, wie verführerisch. Wie lange ich mich schon frage, wie Sie wohl aussehen, wie es wäre, Ihre Stimme zu hören, Ihr Gesicht zu sehen, während wir über Gott und die Welt reden.
Aber mit dem allergrößten Bedauern – wenn Sie mir sonst schon nichts glauben, *bitte* glauben Sie mir, wie sehr ich es bedauere – muss ich Ihren Vorschlag leider ablehnen. Nicht für immer, nur für den Augenblick. Jetzt ist gerade nicht der richtige Moment, eine neue Variable in mein Leben zu bringen.
Bitte, verstehen Sie mich. Bitte.
Ich hoffe, wir können bleiben, was wir waren. Wenn nicht, wenn Sie etwas anderes suchen, etwas mehr … dann kann ich das nur zu gut verstehen.
Der Ihre, in tiefstem Bedauern,
SIr

An Sir, zur Beruhigung,
bitte, machen Sie sich deswegen keine Gedanken. Natürlich können wir bleiben, was wir waren! Augenblick, ich mache rasch den Anfang. Ein wichtiges Thema, und ich kann kaum fassen, dass wir noch nie darüber gesprochen haben: Reality-TV. Gibt es etwas Besseres? Die Dramatik? Die Spannung? Der trashige Voyeurismus …
Lady

Werte Lady,
GRUNDGÜTIGER.
Der Ihre, heftig widersprechend,
Sir

Siebzehn

Es ist nicht so, dass ich völlig am Ende bin. Das würde bedeuten, im Pyjama auf der Couch zu sitzen und eine Packung Pistazieneis nach der anderen in mich hineinzustopfen, ohne BH und mit strähnigen Haaren, die schon seit geraumer Zeit kein Shampoo mehr gesehen haben.

Es geht mir gut. Ganz bestimmt. Mein Hirn hat da überhaupt keine Zweifel.

Sir ist bloß irgendein Typ, dessen Gesicht ich noch nie gesehen habe. Sebastian irgendein Geschäftsmann, dessen vorgeheucheltes Interesse bloß dem Geschäft galt. Keiner von beiden gehörte je mir, also kann ich sie auch nicht verloren haben.

Aber warum tut es dann so weh?

In der Liebe bin ich krachend gescheitert, aber immerhin bleibt mir ein schwacher Trost: Im Job bin ich zwar genauso gescheitert, aber wenigstens war es da meine eigene Entscheidung. Mit jedem langjährigen Stammkunden, von dem ich mich verabschiede, mit jedem Rabattschild, das ich aufhänge, mit jeder Kiste Champagner, die ich sorgfältig verpacke für einen der Händler, die unsere Restbestände aufkaufen, werde ich mir sicherer, dass es die richtige Entscheidung ist.

Beängstigend. Und traurig. Aber ich weiß, dass es so sein soll – für mich und mein Leben.

Lächelnd reiche ich einem Pärchen Anfang vierzig eine steife weiße Papiertüte. Die Frau feiert gerade ihr erstes Jahr ohne Krebs, und die beiden freuen sich wahnsinnig, als ich sie auf ein besonderes Schnäppchen aufmerksam mache. Etliche unserer direkten Konkurrenten haben uns ganze und halbe Kisten abgekauft, aber bei den Einzelflaschen setze ich aufs »Alles muss raus!«-Prinzip.

Dad oben im Himmel ist deswegen bestimmt stinksauer. Er selbst war zwar ein ausgemachter Schnäppchenjäger – nichts ging ihm über einen preisgünstigen Chianti –, aber den Champagnerladen sahen er und Mom immer im exklusiven Luxusbereich angesiedelt. *Cartier hat schließlich auch keine Rabattaktionen, oder, Gracie?*

Ich hatte Cartier noch nie von innen gesehen und habe es bis heute nicht, darum kann ich mich dazu nicht äußern. Aber eins weiß ich ganz genau: Das Lächeln im Gesicht des Paares, als ich ihnen den Wein zur Feier des ersten krebsfreien Jahrs präsentiere. Die Tränen in den Augen der frischgebackenen Großmutter, die ihr erstes Enkelkind mit Champagner begießen will und tatsächlich etwas findet, das ihr schmales Budget nicht sprengt. *Das* ist es mir wert, ganz gleich, wie hoch der Verlust für mich auch sein mag. Und es verrät mir etwas, das ich längst hätte einsehen müssen: Dass ich lieber ein guter Mensch sein will als eine gute Geschäftsfrau.

Natürlich habe ich leicht reden, jetzt, mit dem weichen finanziellen Polster der Andrews Corporation im Rücken.

Nicht dass ich nie wieder arbeiten müsste. Aber zum ersten Mal *überhaupt* gibt es ein bisschen Spielraum in meinem Budget. Keine schlaflosen Nächte mehr, weil ich mir den Kopf zerbreche, wie ich die Miete für meine Wohnung und den Laden zusammenkratzen soll. Kein Murmeltiertag-artiger Unmut, sieben Tage die Woche arbeiten zu müssen, weil ich es mir nicht leisten kann, einen zusätzlichen Mitarbeiter einzustellen. Keine endlosen Grübeleien, wie ich die Angestellten, die wir schon haben, überhaupt bezahlen soll.

Das ist tatsächlich das Schlimmste an der ganzen Sache gewesen, mal abgesehen davon, dass dies das Ende des Vermächtnisses meines Vaters markiert: May, Josh und Robyn schonend beizubringen, dass sie zwar sechs Monatsgehälter ausgezahlt bekommen, sich aber leider nach einem neuen Job umsehen müssen. Wie gelassen und verständnisvoll sie die Nachricht aufgenommen haben, war ein Lichtblick in diesem ansonsten eher düsteren Kapitel meines Lebens.

Vor allem May hat meine Entscheidung begrüßt. *Höchste Zeit, endlich nach vorne zu schauen. In jeder Hinsicht.*

Und ich weiß, sie meint, dass ich Dad endlich loslassen soll. Nur meinetwegen kommt sie immer noch tagtäglich in den Laden. Ein bisschen tut sie es vielleicht auch ihrer selbst willen – um sich meinem Vater nahe zu fühlen. Und das möchte ich nicht. Die Erinnerung an meinen Vater wachhalten? Ja, das ganz bestimmt. Ich weiß, dass sie ihn immer lieben wird. Aber ich wünsche mir, dass sie ihr Glück findet. Ein neues Glück mit jemand anderem.

Robyn wirkte enttäuscht, aber nicht überrascht. Im

Gegenteil, sie hatte sich schon gedacht, dass der Laden über kurz oder lang schließen wird, und sich bereits nach etwas anderem umgesehen. Darüber bin ich heilfroh. Robyn ist klug und begabt, und ich bin mir ganz sicher, irgendwo wird irgendwer ihr außergewöhnliches Talent zu schätzen wissen.

Eigenartig, aber am meisten Bammel hatte ich davor, es Josh zu sagen. Ich fühlte mich furchtbar, weil er sich doch solche Mühe gegeben hat, alles über Wein, alles über den Laden zu lernen … am Ende war es umsonst.

Nicht umsonst, Boss. Ich war Teil von etwas Gutem. Ich bereue nichts.

Ach, welch Ironie. Dass ausgerechnet der Angestellte, der erst am kürzesten zu Bubbles gehörte, es am treffendsten zusammengefasst hat. Teil von etwas Gutem.

Und dieses Gute haben wir gestern Abend mit einer großen Abschiedsfeier im Laden begossen. Nichts Großes, nichts Extravagantes. Nur unsere Angestellten, die Coopers, leider ohne Caleb, wobei er zeitweise per Facetime zugeschaltet war, ein paar Stammkunden und gute Freunde. Keva schaute mit Grady vorbei und brachte einen Brokkoli-Auflauf mit Kartoffelchips-Käse-Kruste vorbei, von dem sie behauptete, es sei das perfekte Essen für eine Gelegenheit wie diese. Und wie recht sie hatte.

Insgeheim hatte ich überlegt, ob Sebastian vielleicht auch hereinschneien würde, so wie früher.

Doch er ließ sich den ganzen Abend über nicht blicken, und letztlich ist es besser so – das sage ich mir zumindest.

Die Party war der Hammer – ein perfekter Abschied

nach den neununddreißig Jahren, in denen wir Midtown mit Champagner beliefert haben. Und es war die richtige Entscheidung, es an diesem Abend schon zu feiern, am Vorabend unseres letzten Geschäftstags, und nicht erst, nachdem wir die Türen für immer geschlossen haben. Denn so konnte ich heute – zum letzten Mal – noch mit dem Lachen unserer Gäste in den Ohren zur Arbeit kommen. Und versuchen, diesen Tag irgendwie mit einem Lächeln herumzubringen.

Und es irgendwie bis hierher zu schaffen. Bis zu diesem Moment.

Lily nimmt meine Hand und drückt sie fest, als wir nebeneinander vor dem Laden stehen und die Tür anstarren. Robyn und Josh haben für heute – nein, für immer – Feierabend gemacht. Hinter mir höre ich May, die in ihrer Handtasche nach dem Lippenstift kramt, kaum hörbar vor sich hin schimpfend. Alec ist auch irgendwo, wie immer ein Fels in der Brandung.

»Soll ich das machen?«, fragt Lily vorsichtig, als ich mich nicht vom Fleck rühre.

Ich schüttele den Kopf. »Nein, nein. Ich will nur …« Ich schließe ganz fest die Augen. »Wäre es okay … macht es dir etwas aus, mich allein zu lassen? Ich glaube, ich brauche einen Moment, nur für mich, im Laden.«

Wieder drückt sie meine Hand. »Klar doch.«

»Bestimmt? Es ist schließlich auch dein …«

»Nein«, widerspricht sie sanft. »Das ist schon lange nicht mehr mein Laden. Und er war es auch nie. Nicht so, wie es dein Laden war. Niemand sollte eine langjährige Beziehung vor Publikum beenden müssen.« Lily dreht sich zu May und Alec um. »Schluss für heute, Leute. Zeit zu gehen.«

Mit triumphaler Geste zieht May endlich den Lippenstift aus der Handtasche. »Moment, bin gleich so weit …«

Dann trägt sie reichlich grellmagenta Lippenstift auf, macht ein Kussgeräusch in meine Richtung und lässt den Lippenstift wieder in die Tasche fallen, wo er prompt zwischen all dem Krimskrams verschwindet – warum sie ihn nicht einfach in ein Seitenfach packt, keine Ahnung. Sie nimmt ihren knalllila Trenchcoat und die Tasche und kommt zu mir.

»Lass dir Zeit beim Abschied, und wenn du dich danach irgendwo ausheulen willst, weißt du ja, wo du mich findest.«

Ich nicke und lächele, weil ich meiner Stimme nicht traue. May nimmt mein Gesicht in beide Hände, ihre sonst so kämpferische Miene ungewohnt sanft. »Er wäre stolz auf dich«, flüstert sie mir zu. »Und deine Mama auch. Die beiden wollten, dass du *dein* Leben lebst.«

Mit Tränen in den Augen ringe ich mir ein weiteres Nicken ab, und sie zieht mich an sich und drückt mir einen Kuss auf die Stirn. »Denk dran. Komm vorbei, wann immer dir danach ist. Wir betrinken uns, bestellen Cheese Fries und schauen Katherine-Hepburn-Filme.«

Und dann dreht sie sich um und geht, und wie schon den ganzen Tag versuche ich nicht daran zu denken, dass sie nie wieder durch diese Tür treten wird.

Als Nächstes kommen Lily und Alec zu mir. Zusammen,

aber nicht gemeinsam. Doch mir fehlt gerade die Kraft, mir darüber Gedanken zu machen. Ich lasse mich von ihnen in die Arme schließen. Sehe, wie Lily Tränen in die Augen steigen, und hebe drohend den Zeigefinger.

»Bitte nicht. Alles, nur das nicht.«

»Stimmt, du hast recht.« Sie schnieft.

Alec nimmt mich noch mal fest in die Arme, dann drückt er mir einen Kuss auf die Wange. Er sagt nicht, dass er immer für mich da ist, aber das weiß ich auch so. Auf die beiden kann ich immer zählen.

Er hält Lily die Tür auf. Sie will schon nach draußen gehen, bleibt dann aber stehen und dreht sich um, und ihr Blick geht ein letztes Mal über die leeren Regalreihen. Die letzten Kisten, die ich noch packen muss. Alec und ich stehen reglos da, still und stumm, während sie sich verabschiedet. Nicht nur vom Laden, sondern von diesem Kapitel ihres Lebens – unseres Lebens –, das nun zu Ende geht.

Sie nickt kurz, wie zur Bestätigung, und tritt dann hinaus in die herbstliche Abendluft. Alec lächelt mir noch einmal zu, dann folgt er seiner Frau nach draußen. Durchs Fenster sehe ich, wie er zaghaft nach ihrer Hand greift. Ich sehe, wie sie verdattert hochschreckt, wie ihre Finger sich zwischen seine schieben.

Eine einfache, süße kleine Geste, wie ich sie bei den beiden schon abertausende Male gesehen habe, aber in letzter Zeit fast gar nicht mehr, darum geht sie mir umso mehr ans Herz. Und plötzlich kommen all die Gefühle, die ich so verzweifelt versuche in Schach zu halten, in mir hoch.

Es ist kein Heulen und Wehklagen, kein Schluchzen

und Schniefen. Aber die Tränen laufen, unablässig, unaufhaltsam, und ich merke es erst gar nicht. Erst, als die Tränen, die unten am Kinn hängen, mich kitzeln. Ich wische sie weg, aber sie laufen immer weiter.

Mit einem lautlosen Schluchzen trete ich an die Tür und nehme unser »Geöffnet«-Schild, das natürlich aussieht wie eine Sektflasche.

Ich atme tief durch. Ich drehe es um.

Sorry! Leider geschlossen!

Für immer.

Ein paar Sekunden schwingt das Sperrholz noch ganz sachte an seiner weißen Schnur hin und her, dann hält es inne. Genau wie ich. Festgefroren in diesem Augenblick.

Und mir geht auf, dass es ein Fehler war.

Ich will nicht allein sein.

Ich will nicht allein sein, aber ich will auch nicht mit May Käsefritten essen oder mit Keva und Rachel Mädelsgespräche führen. Ich will nicht mit meinem Bruder facetimen oder mit meiner Schwester über die guten alten Zeiten reden.

Ich schließe die Augen und gestatte mir, *ihn* zu wollen.

Ihn. Meinen Musiker mit den langen Haaren und den braunen Augen, der mich in den Arm nimmt und hält. Oder mich zum Lachen bringt. Oder mich von Dad erzählen lässt. Oder mir sagt, dass alles gut wird.

Aber irgendwas stimmt da nicht. Der Tagtraum, den ich so lange heraufbeschworen habe, das Gesicht meines Traummanns hat sich unmerklich verändert. Er ist ein bisschen größer, die Haare sind ein bisschen dunkler.

Und die Augen sind wasserblau statt braun.

»Verdammt.« Auf keinen Fall werde ich Sebastian in meine Gedanken lassen. Nicht jetzt. Nicht in diesem Augenblick. Das hier ist mein Moment, und ich weiß auch schon, wie ich ihn feiere. Ich drehe mich auf dem Absatz um und marschiere in die nun beinahe leere Grotte, um meine Flasche Krug herauszuholen. Ich sage *meine* Flasche, weil Dad jedem von uns eine Flasche Krug zum einundzwanzigsten Geburtstag geschenkt hat. Keinen Dom, wie sonst zum Geburtstag. Nein, ein Champagner für den *richtigen Moment*.

Lily hat ihren in ihrer Hochzeitsnacht geköpft. Caleb hat seinen spendiert, als die Cubs die World Series gewonnen haben, weil dieser durch und durch waschechte New Yorker unerklärlicherweise schon von Kindesbeinen an eingefleischter Fan eines Chicagoer Baseballteams war.

Meinen habe ich bis heute aufbewahrt. Eigentlich dachte ich, ich würde ihn zu einer ganz besonderen Gelegenheit öffnen, zu meiner Hochzeit oder zur Geburt meines ersten Kindes, aber gerade eben ist mir aufgegangen, dies hier ist der richtige Moment. Zur Feier des Tages. Zum Abschied.

Und einfach so, weil mir gerade danach ist, schreibe ich eine Nachricht an Sir.

An Sir – sind Sie da?

Ich stecke das Handy in die Gesäßtasche meiner Jeans, dann angele ich die Flasche aus dem Kühlschrank und ziehe die knallpinke Haftnotiz ab, auf der steht: *Gracies Flasche – Finger weg!*

Lächelnd fahre ich mit den Fingerspitzen über das Etikett und muss daran denke, wie mein Vater damals stolz verkündet hat, wie teuer die Flasche war. Ich drücke einen Kuss auf die Fingerspitzen, berühre das Etikett und wende dann den Blick nach oben. »Ich hab dich lieb, Dad.«

Es gibt keinen Donnerschlag als Antwort. Aber das ist okay. Wie May schon sagte, möchte ich gerne glauben, dass meine Eltern meine Entscheidung gutheißen würden.

Auch von Sir keine Antwort. Das schmerzt mich ein bisschen mehr.

Ich nehme zwei Sekttulpen heraus – meine Lieblingsgläser, die ich absichtlich noch nicht eingepackt habe. Ich brauche eigentlich nur eins, aber irgendwie kommt es mir weniger eigenartig vor, zumindest so zu tun, als käme noch jemand, als die Flasche ganz allein zu trinken.

Ich starre auf mein Handy und versuche es mit schierer Willenskraft zu zwingen, mir eine Benachrichtigung von MysteryMate anzuzeigen. Nichts.

Das Herz wird mir so schwer, als ginge es gleich unter, also stelle ich mir vor, wie ich ihm ein Seil zuwerfe und es wieder nach oben ziehe.

»Noch was in meinem Leben, das alles andere als märchenhaft ist«, murmele ich leise, nehme die Flasche und mache mich daran, den Drahtkorb zu lösen. Ich ziehe ihn zusammen mit der Folie ab. Dann schaue ich ein letztes Mal auf das Handy. Nach der Nachricht, die nicht da ist.

Nicht schlimm. *Überhaupt* nicht schlimm. Ich schließe die App und entscheide mich für eine andere männliche Begleitung. Eine verlässlichere. *Call Me Irresponsible* von

Micheal Bublé ist eins meiner Lieblingsalben, und das lege ich nun auf. Im Laden ist es so still und leer geworden, dass mein kleiner iPhone-Lautsprecher den ganzen Raum mit Bublés Bariton zu erfüllen scheint.

Bublé versichert mir, dass das Beste erst noch kommt, und ich glaube ihm. Aber wichtiger noch, ich nehme mir fest vor, die Dinge ab jetzt selbst in die Hand zu nehmen. Ich gehe wieder zur MysteryMate-App, doch diesmal scrolle ich durch neue Matches – was ich, wie ich zu meiner Schande gestehen muss, seit Monaten nicht mehr getan habe. Zwar habe ich dauernd davon geredet, endlich den Richtigen finden zu wollen, doch bisher habe ich mir dabei keine allzu große Mühe gegeben.

Ich nehme meine Flasche Krug und lege die Hände um den Hals, um den Korken zu lösen, wie ich es schon tausend Mal gemacht habe.

Aber das Plöppen klingt irgendwie komisch.

Das war kein Plöppen.

Stirnrunzelnd muss ich feststellen, dass es ein Klopfen war – ein knappes, amtliches Klopfen.

Lily. Wie ich mir immer gewünscht habe, wir beide wären durch ein magisches Band miteinander verbunden, wie Zwillinge in kitschigen Fernsehfilmen. Vielleicht geht dieser sehnliche Wunsch jetzt endlich in Erfüllung. Sie muss gespürt haben, dass ich lieber doch nicht allein sein möchte, und …

Ich bin schon auf halbem Weg zur Tür, als ich sogar im Dunkeln durch die Tür erkenne, dass das nicht Lily ist. Es ist überhaupt keine Frau.

Beim Anblick einer männlichen Silhouette vor der Tür, während ich mutterseelenallein im Laden bin, müsste mein Herz eigentlich schneller schlagen. Tut es auch.

Aber nicht aus Angst. Nein, ganz im Gegenteil.

Ich *kenne* diese Silhouette.

Ganz langsam, verunsichert, was ich davon halten soll, dass er unangemeldet hier aufkreuzt, gehe ich hin. Und mache, ohne zu einem Ergebnis gekommen zu sein, die Tür auf.

Und da steht Sebastian Andrews.

Achtzehn

»Was machen Sie denn hier?«

Verlegen fährt Sebastian sich mit der Hand über den Hinterkopf, den Blick fest auf den Boden geheftet. In der anderen Hand hält er eine billige weiße Plastiktüte.

Schließlich schaut er stirnrunzelnd auf. »Ich weiß es nicht.«

Lässig an den Türrahmen gelehnt frage ich: »Sie wissen nicht, was sie abends um halb elf vor einem Schampusladen machen, der gerade zum letzten Mal die Pforten schließt?« Ohne hinzuschauen, deute ich mit dem Daumen auf das Sektflaschenschild. »Wir haben geschlossen. Ein für alle Mal. Ach, wobei, Moment, das wissen Sie ja längst.«

Sebastian atmet tief aus. »Ich bin vermutlich der letzte Mensch auf Gottes weiter Erde, den Sie heute Abend sehen möchten. Wirklich unpassend, ausgerechnet jetzt hier aufzukreuzen. Ich wollte nur …«

Er reicht mir die Tüte. »Lammgyros. Für alle Fälle.«

»Für alle Fälle?«, frage ich, nehme die Tüte entgegen und kann kaum verbergen, wie verdattert ich bin.

Sebastian runzelt wieder die Stirn. »Ich weiß nicht, wie ich Ihnen das erklären soll. Aber ich hatte irgendwie das ganz bestimmte Gefühl …« Seine Augen suchen meine, und finden sie. »Dass Sie das gerade brauchen.«

Mir verrutscht das Lächeln. Da hatte ich doch eben noch dagestanden und mir inständig gewünscht, Sir würde wie durch Zauberei spüren, dass ich mit ihm reden will. Oder dass Lily plötzlich ein nie dagewesenes geschwisterliches Band entdeckt. Angefleht hatte ich das Universum, mir jemanden zu schicken, und der Mensch, der das gespürt hatte, war … ausgerechnet Sebastian Andrews?

»Wie dem auch sei«, meint er und räuspert sich verlegen. »Ich lasse Sie lieber mal wieder in Ruhe …« Sein Blick geht an mir vorbei in den verwaisten Laden. Erst jetzt scheint ihm die gähnende Leere aufzufallen, und ein Anflug von Bedauern zeigt sich in seinen Augen. Oder womöglich sein schlechtes Gewissen.

Wieder finden die wasserblauen Augen meine, und wieder habe ich dieses nervige Kribbeln im Bauch.

»Alles okay?«, fragt er vorsichtig.

Ich mache ein klägliches Gesicht und kratze mich an der Wange. »Ich sehe schrecklich aus, oder?«

»Meine Mutter würde mich umbringen, wenn ich diese Frage wahrheitsgemäß beantworte«, sagte er mit einem schiefen Lächeln. Er streckt die Hand nach meinem Gesicht aus. Dann verharrt sie plötzlich, und als ich nicht ausweiche, legt er den Daumen mitten auf meine Stirn, eine Geste, so unerwartet wie … zärtlich.

Er wischt mir mit dem Daumen über die Stirn, dann nimmt er die Hand fort und zeigt mir die Daumenkuppe, die grellpink verfärbt ist.

»Ach herrje«, murmele ich verlegen und rubbele mir mit dem Handrücken über die Stirn. »May und ihr Lippenstift. Vermutlich sind Sie nicht so altmodisch, dass sie ein Taschentuch in der Jacketttasche haben, oder?«

»Eigentlich doch. Nur habe ich das heute Morgen nebst Taschenuhr und Zylinder zu Hause auf der Kommode liegen gelassen.«

Ich kann mir ein leises Seufzen nicht verkneifen. »Wünschen Sie sich nicht auch manchmal zurück in die gute alte Zeit? Als Männer noch Gentlemen waren, und Frauen … na ja, wobei, wählen durften wir damals nicht, stimmt's?«

»Kommt drauf an. Führten Männer auch nach der Ratifizierung des neunzehnten Verfassungszusatzes noch Taschentücher und Taschenuhren mit sich? Ich würde zu gerne glauben, dass es so war.«

»Ich bin jetzt wirklich nicht in der Stimmung, Sie sympathisch zu finden«, kontere ich, aber nicht allzu hitzig.

Er lächelt, und fast bin ich versucht, sein Lächeln zu erwidern, obwohl ich unfassbar wütend bin. Auf ihn, weil er so unwiderstehlich ist, aber eine andere will. Auf mich, weil ich dieser Frau am liebsten die Augen auskratzen würde …

»Danke für das Essen«, sage ich und schüttele die Tüte. »Aber ich habe noch zu tun, ich sollte wieder reingehen, und auf Sie wartet doch bestimmt auch jemand.«

Das warme Strahlen in seinen Augen erlischt. Ich will mir einreden, es sei aus Ärger oder verletztem Stolz. Aber es sieht verdammt nach Kränkung aus.

Sebastian nickt einmal kurz und tritt einen Schritt

zurück. »Ah, ja. Man soll mir nicht nachsagen können, ich wüsste nicht, wann es Zeit ist zu gehen. Guten Abend, Miss Cooper.«

Er wendet sich ab, und in diesem Moment merke ich, wie falsch sich das anfühlt.

»Warten Sie«, rufe ich und greife nach seinem Ärmel. Er trägt keinen Mantel über dem Jackett, und der Griff an den festen Anzugstoff erinnert mich an den Abend, als er mich nach Hause begleitet und mir sein Jackett geborgt hat.

Die blauen Augen schauen erst auf meine Hand und dann in mein Gesicht. Fragend. Hoffend?

Ich trete einen Schritt beiseite und weise mit dem Kopf nach drinnen. *Kommen Sie schon rein.*

Er tritt ein in den leer geräumten Laden, und mit einem Mal kommt er mir nicht mehr ganz so leer vor.

Bublé singt inzwischen ein Lied über sich und Mrs Jones, und ich lege die weiße Tüte auf den Tresen.

Ohne sichtbare Regung sieht Sebastian sich in dem kahlen Raum um. Erst als er den Champagner sieht, scheint er zu stutzen. Die beiden Gläser. »Sie erwarten Besuch.«

»Irgendwie schon. Es ist kompliziert«, sage ich mit einem kleinen Lächeln.

»Aha.« Seine Stimme klingt fast ein bisschen schneidend. »Ihr Verehrer.«

»*Verehrer.* Ein schönes Wort.« Ich nehme die Champagnerflasche und drehe am Korken, der sich mit einem knallenden Plopp aus dem Flaschenhals löst, ein harmonischer Kontrapunkt zur beschwingten Musik. »Möglich, dass ich beim letzten Mal etwas untertrieben habe. Kompliziert beschreibt das mit meinem *Verehrer* nicht einmal ansatzweise.«

»Nicht?«, fragt er und bleibt mir gegenüber vor dem Tresen stehen. Ich gieße den Champagner ein, schaue kurz auf und erwarte eigentlich, dass ihm das Etikett auf der Flasche aufgefallen sein müsste, aber er sieht nur mich an.

Ich lasse die Frage in der Luft hängen. Gerade will ich nicht daran denken, dass Sir mir einen Korb gegeben hat. Ohnehin finde ich es eigenartig, dass ich kaum dazu in der Lage bin, an Sir zu denken, sobald Sebastian in der Nähe ist, oder an Sebastian, wenn Sir und ich uns schreiben. Fast ist es, als hätte mein Hirn eine eingebaute Sperre, um zu verhindern, dass ich die beiden Männer miteinander vergleiche.

Vielleicht weil mein Herz weiß, dass es dann wählen müsste.

Ich reiche Sebastian eins der vollen Gläser.

Er zögert. »Sie wollen jetzt wirklich Champagner trinken? Mit mir? Heute Abend?«

»Eine wirklich eigenartige Wendung des Schicksals, keine Frage«, sage ich und schaue mich im leeren Laden um. »Aber durchaus passend, finden Sie nicht?« Ich hebe mein Glas. »Auf Bubbles.«

Er prostet mir zu. »Auf Bubbles. Und auf den Neubeginn.«

Ich nicke und will schon trinken, als er hinzufügt: »Und das Unerwartete.«

Und dann schaut Sebastian mir in die Augen, und wir

stoßen miteinander an und trinken, ohne den Blick voneinander zu lösen. Der Champagner ist sensationell. Und das hat nichts mit den Schmetterlingen in meinem Bauch zu tun. Dem etwas trockenen Mund. Der flauschigen Wolkigkeit, wo eigentlich kühle Logik sein sollte.

»Phänomenal«, bemerkt er begeistert. Er nimmt die Champagnerflasche und blinzelt ungläubig. »Und sauteuer.«

Ich zucke die Achseln. »Meinen Kunden – ehemaligen Kunden – habe ich zwar immer gepredigt, jeden Tag zu feiern, aber ich selbst bin da ziemlich altmodisch. Diese Flasche habe ich für einen ganz besonderen Anlass aufbewahrt, und sei er noch so schaurig schön.«

»Und nun trinken Sie sie mit dem Mann, den sie am meisten hassen.«

Energisch schüttele ich den Kopf. »Ich hasse niemanden.«

»Heftige Abneigung?«, fragt er mit grimmigem Lächeln.

Ich atme aus. »Bubbles dichtzumachen wäre über kurz oder lang ohnehin unvermeidlich gewesen«, sage ich sanft. »Aber Ihre beharrlich eintrudelnden Briefe und Ihre Hartnäckigkeit haben mir wohl den entscheidenden Schubs zu diesem Schritt gegeben. Vielleicht, ehe ich selbst bereit dazu war. Womöglich sollte ich Ihnen sogar danken. Ich muss gestehen, ich weiß es noch nicht so recht.«

In seinen Augen blitzt so etwas wie ein schlechtes Gewissen auf. »Miss Cooper …«

Schnell schüttele ich den Kopf. »Ich möchte jetzt nicht übers Geschäft reden, Mr Andrews. Nicht heute Abend. Das ist Geschichte. Ich habe aus gutem Grund meine Anwältin alles regeln lassen.«

»Und der wäre?«

»Damit ich Sie nicht hassen muss«, entgegne ich und grinse ihm verschmitzt zu.

Er scheint erst verdattert, dann gluckst er leise vor Lachen. »Sie haben mich ja gleich bei unserem ersten Kennenlernen gewarnt, dass Sie alles, was Ihnen in den Sinn kommt, laut aussprechen.«

Nicht *alles*.

Ich ziehe mir einen Hocker heran und setze mich. Dann deute ich auf den anderen Hocker, doch er schüttelt nur den Kopf. Achselzuckend greife ich nach dem Lammgyros und muss insgeheim grinsen, als mir aufgeht, dass ich gerade dabei bin, billiges New Yorker Street Food, unverschämt teuren Champagner und Sebastian Andrews miteinander zu kombinieren.

Eine eigenartige Mischung, aber erstaunlich … rund.

»Wollen wir uns das teilen?«, frage ich beim Auswickeln.

»Ohne Messer schwierig.«

Ich beiße herzhaft hinein, dann reiche ich das Folienpäckchen an ihn weiter. Sebastian zögert kurz und scheint etwas verdutzt, als hätte er sich noch nie im Leben mit jemandem ein Gyros geteilt. Dann beißt er hinein – so hungrig, dass ich fast vermute, dass er heute noch nichts zu Abend gegessen hat, oder wenn, höchstens einen Salat – und gibt es mir wieder zurück.

Ich kann mich nicht an das letzte derart intime Abendessen erinnern, aber es fühlt sich ganz unverkrampft und selbstverständlich an.

»Also«, sage ich, beiße ins Gyros und wische mir das Kinn ab. »Wie geht's Ihnen so?«

Er nimmt das Gyros und starrt es an, als sehe er direkt hindurch. »Gut.«

Mit hochgezogenen Augenbrauen schaue ich ihn an. »Mm-hm.«

Weil er das Gyros noch immer reglos anstarrt, nehme ich es ihm aus der Hand und beiße hinein.

»Sie könnten es auch mal auf meine Art versuchen«, meine ich grinsend. »Ein bisschen mehr Geplapper, ein bisschen weniger stoische Gelassenheit.«

»Also schön«, meint er schließlich widerstrebend. »Sie haben mich gefragt, wie es mir geht. Ich bin hin- und hergerissen.«

»O Mann«, sage ich und proste ihm mit meinem Sektglas zu. »Davon kann ich ein Liedchen singen.«

Sebastian hat sich das mit dem Hinsetzen wohl anders überlegt, denn er kommt um den Tresen und zieht den zweiten Hocker heraus. Den schleift er über die Holzdielen auf die andere Seite und stellt ihn mir gegenüber an die Theke, setzt sich und nimmt mir das Gyros aus der Hand.

»Und weshalb sind Sie hin- und hergerissen?«, fragt er.

»So nicht. Sie haben angefangen. Sie sind zuerst dran.«

Er lässt sich Zeit, kaut und schluckt und scheint auf der Hut, als er mich schließlich wieder ansieht. »Wegen einer Frau.«

Ein eifersüchtiges Ziehen im Magen, das, wie ich mich selbst ermahne, vollkommen fehl am Platz ist.

Lächelnd zucke ich die Achseln. »Bei mir ist es ein Mann. Vielleicht können wir einander ja helfen.«

Seine Augen blitzen kurz, dann atmet er tief aus und nickt. »Ich mag sie. Ich denke öfter an sie, als ich sollte. Offen gestanden ertappe ich mich sogar dabei, dass ich ständig an sie denke. Doch jedes Mal, wenn ich kurz davor bin, den nächsten Schritt zu wagen, aufs Ganze zu gehen, hält mich irgendetwas davon ab. Als sei es nicht der richtige Moment. Können Sie das irgendwie nachvollziehen?«

»Leider ja«, bekenne ich kläglich und muss an Sirs letzte Nachricht denken. »Aber soll ich Ihnen etwas zum richtigen Moment im wahren Leben sagen?«

»Sie haben so ein Amazonenkriegerinnenfunkeln in den Augen. Ich weiß nicht so recht«, gesteht er skeptisch.

»Ich sage Ihnen, was ich davon halte«, plappere ich ungerührt weiter, zerknülle die Serviette und werfe sie in die Plastiktüte. »Ich glaube, Beziehungen ähneln in vielerlei Hinsicht Champagner. Dieses Fläschchen« – ich nehme es und gieße uns beiden noch ein bisschen nach – »ist unverschämt teuer. Mein Vater hat jedem von uns Cooper-Kindern eine Flasche davon geschenkt, aus dem jeweiligen Jahr, in dem wir geboren wurden, und uns gesagt, wir sollen sie für *den richtigen Moment* aufbewahren. Verlobung, Hochzeit. Feierlichkeiten. Baseball, wenn es nach meinem Bruder geht.« Ich fasse die Flasche am Hals und studiere das Etikett. »Aber mein Dad hat nicht gesagt, hebt sie für eine besondere Gelegenheit auf. Er hat gesagt, hebt sie für *den richtigen Moment auf.* Ein kleiner, aber feiner Unterschied, wie mir erst viel später aufgegangen ist.«

»Und das hier ist Ihr richtiger Moment? Hier? Mit mir?«, fragt er mit belegter Stimme.

»Sieht fast so aus. Und genau das will ich damit sagen.« Ich stelle die Flasche wieder hin und sehe ihn an. »Ich glaube nicht, dass man den richtigen Moment planen kann. Oder die perfekte Frau. Wenn Sie mich fragen, muss man den richtigen Moment manchmal vielleicht einfach selbst schaffen und darauf vertrauen, dass es die perfekte Frau ist.«

Er legt das Gyros beiseite – nur mehr ein zerfleddertes Gemetzel –, und keiner von uns beiden greift mehr danach. »Aber was, wenn sich dadurch, dass man sich für eine Tür entscheidet, eine andere unwiederbringlich schließt?«

»Das, Sir, nennt man *Leben.*«

Ich werde ganz starr vor Schreck, als mir aufgeht, was ich da gerade gesagt habe. *Sir.*

Sofort bekomme ich ein schlechtes Gewissen, fast, als hätte ich verraten, was mir am liebsten und teuersten ist. Und da ist noch etwas, das ich nicht recht erklären kann – ein flüchtiges Gefühl, als wäre mir gerade aufgegangen, was mir am liebsten und teuersten ist.

Doch das Gefühl ist wieder verflogen, noch ehe ich es fassen kann. Am eigenartigsten aber ist das Gesicht, das Sebastian macht, ein Spiegel meines Schreckens und meines eigenen Unbehagens. Unverständlich, eigentlich. Denn woher sollte er wissen, was dieses kleine Wörtchen mir bedeutet, wenn er nicht …

Perplex beginnt mein Hirn, sämtliche Details herunterzuratten, die ich von Sir kenne, und alles, was ich über

Sebastian weiß. Beide wohnen in Manhattan, was erst mal gar nichts heißt – in Manhattan wohnen Millionen Männer. Aber das ist noch nicht alles. Dass beide vergeben waren, als wir uns kennenlernten, aber nun wieder Single sind. Dass er damals abends im Park Zitronensorbet bestellt hat. Seine Schlagfertigkeit. Dass er plötzlich so nett sein kann. Und am verräterischsten, dass beide mich so um den Verstand bringen …

Das flüchtige Gefühl wundersamer Hoffnung verpufft gleich wieder, als mir ein wichtiges Detail wieder einfällt: Ich habe Sebastian Andrews Eltern kennengelernt – und Sirs Vater lebt nicht mehr.

Also *doch nicht* ein und derselbe. Wie enttäuscht ich bin, als ich mir das widerstrebend eingestehen muss. Dabei hätte es so einiges erklärt. Wie ich mich zu beiden auf so unerklärliche, unwiderstehliche Weise geradezu magisch angezogen fühlen konnte. Wie ich immer ein schlechtes Gewissen bekam, wenn ich mit dem einen über den anderen sprach. Aber vor allem hätte es das größte Problem von allen aus der Welt geschafft: Mich für einen von beiden entscheiden zu müssen. Was bedeuten würde, den anderen zu verlieren. Ein schier unerträglicher Gedanke.

Um meine Enttäuschung zu verbergen, dass es sich bei den beiden unmöglich um denselben Mann handeln kann, ringe ich mir ein Lächeln ab und rede weiter, als sei nichts geschehen.

»Wie dem auch sei«, sage ich leichthin. »Ich könnte mich auch irren. Aber ich frage mich schon, ob Beziehungen, vor allem die komplizierten, die, bei denen es sich lohnen würde, es zu versuchen ... ob die nicht manchmal wie ein guter Wein sind. Man sollte sie verdammt noch mal *einfach nur trinken.*«

Sebastian lächelt – ein *echtes* Lächeln, das seine sonst so harten Gesichtszüge ganz weich werden lässt. »Interessante Theorie von einer Weinexpertin.«

»*Ehemaligen* Weinexpertin. Aus der Geschichte bin ich raus, dank Ihnen.« Ich sage das ganz beiläufig und klimpere dabei ein bisschen mit den Wimpern.

»Raus aus der Geschichte?«, fragt er verblüfft. »Ich dachte, Sie machen in ähnlicher Form irgendwo anders weiter?«

Ich schüttele den Kopf. »Bestimmt nicht. Der Champagner-Laden war immer der Traum meines Vaters. Nicht meiner.«

»Ja, und was nun?«

»Na ja, ein paar Monate habe ich noch Zeit, um mir was zu überlegen, auch dank Ihnen. Und das ist auch gut so, ich habe nämlich keinen blassen Schimmer, was ich jetzt machen soll«, gestehe ich.

Er schaut mich über den Rand der Sekttulpe an. »Was ist denn mit Ihrem Traum, Künstlerin zu werden?«

Ich lächele. »Der Zug ist abgefahren, genau wie der mit Ihren Jockey-Träumen.«

»Da muss ich Ihnen widersprechen«, sagt er. »Ich habe seit Jahren kein Pferd mehr aus der Nähe gesehen. Sie hingegen machen ganz grandiose Kunst.«

Verdutzt blinzele ich ihn an. »Woher wissen Sie das?«

»Dass die Bilder im Laden von Ihnen waren? Sagen wir, ich hatte da so eine Ahnung.«

»Wie das?«

»Na ja, jedenfalls nicht aufgrund der Signatur. Was soll das sein, ein Schuh?«

Ich grinse verlegen und nippe am Champagnerglas. »Ja. Cinderellas gläserner Schuh. Eins der ersten Dinge, die ich als Kind malen konnte. Ich hatte es immer schon mit Märchen. Den habe ich dann statt einer Unterschrift benutzt. Was ich damals mit neun ungemein clever und gewieft fand. Irgendwie ist es dann dabei geblieben.«

Neugierig lege ich den Kopf schief. »Aber jetzt mal ehrlich, woher wussten Sie, dass das meine Bilder sind? Das verrate ich eigentlich nie jemandem.«

Er zuckt die Achseln. »Ganz sicher war ich mir natürlich nicht. Ich hatte bloß schon länger die Vermutung. Ihr Gesicht, als ich sie damals kitschig genannt habe. Das war mehr als gekränkte Berufsehre. Das war ein Stich ins Herz. Und als Sie dann an dem Abend im Park erzählten, dass Sie Künstlerin werden wollten, hat das meine Vermutung bestätigt.«

Ich tippe mir mit den Fingern an die Stirn und salutiere ihm. »Hut ab, Sherlock.«

Er rutscht ein bisschen auf dem Hocker herum und wartet, bis ich ihn wieder anschaue. Was ich dann auch tue, wenn auch etwas skeptisch.

»Die sind verdammt gut«, meint er. »Die Bilder.«

Ich verdrehe die Augen. »Sagte er, nachdem er bemerkt hatte, dass er mit seiner Bemerkung über die *kitschigen Feenbildchen* mit beiden Füßen ins Fettnäpfchen getreten war.«

»Nein, sie sind *wirklich* gut.« Seine Stimme klingt bestimmt. Warm. Überzeugt.

Ich bin versucht, ihm vorzuwerfen, er wolle mir nur schmeicheln, aber er scheint es ehrlich zu meinen.

Ich nehme all meinen Mut zusammen und sehe ihn an. Sehe ihm *direkt* in die Augen, denn er hält den Blick immer noch auf mich gerichtet.

»Danke.« Meine Stimme ist ganz leise. Kein Flüstern, aber beinahe.

»Gern geschehen.« Er spricht auch ganz leise, und kurz bleibt sein Blick an meinen Lippen hängen.

Mit einem großen Schluck, bei dem mein Vater sich sicher im Grab umdrehen würde, stürzt er sein Glas hinunter. »Ich gehe dann wohl mal besser. Damit Sie hier in Ruhe abschließen können.«

»Ja, klar. Danke fürs Essen. Ihr siebter Sinn war goldrichtig. Genau das habe ich gebraucht.«

Und vielleicht brauchte ich dich auch.

Den Gedanken schiebe ich rasch von mir.

»Danke, dass Sie Ihren Champagner *für den richtigen Moment* mit dem Schuft getrunken haben, der bei Ihnen die Lichter ausgemacht hat.«

»Was soll ich sagen, ich habe eine Schwäche für die Ironie des Schicksals«, sage ich mit einem Lächeln und schließe die Tür auf, um ihn hinauszulassen.

»Ja«, murmelt er geistesabwesend und bleibt dann so unvermittelt stehen, dass unsere Schuhspitzen sich beinahe berühren. Ich muss den Kopf in den Nacken legen, um ihn anzuschauen.

»Ihr Kerl, der komplizierte«, sagt er und schaut mich durchdringend an. »Ist er der Richtige?«

Mir verschlägt die Frage fast den Atem. Ich will den Blick abwenden, aber seine Augen wollen mich nicht loslassen. »Ich weiß es nicht«, gestehe ich kleinlaut, mir selbst genauso wie ihm. »Ich dachte schon, aber jetzt … bin ich mir nicht mehr so sicher.«

In seinen Augen blitzt es zufrieden, wie es scheint, und seine Antwort wirft alle meine Gedanken und Gefühle über den Haufen.

»Schön.«

Neunzehn

»Ich fasse es immer noch nicht, dass du da bist. Und keinen Ton gesagt hast«, rufe ich und umarme meinen kleinen Bruder nun wohl schon zum hundertsten Mal, seit er heute Nachmittag an unsere Ladentür – unsere ehemalige Ladentür – geklopft hat.

»Du kennst mich doch, ich liebe Überraschungen.« Caleb lacht, nimmt die Kiste, die ich ihm über den Tresen zuschiebe, und trägt sie zu dem kleinen Stapel neben der Tür.

Zwei Tage ist der Laden jetzt schon geschlossen. Zwei Tage seit meinem Abend mit Sebastian. Was auch immer das war. Eigentlich blieben uns noch ein paar Tage – bis Ende des Monats. Aber da unser Laden jetzt endgültig Geschichte ist, will ich endlich … einen Schlussstrich ziehen.

Nach der Abnahme durch die etwas steife Dame der Andrews Corporation in Hosenanzug und strengem Dutt, muss ich nur noch die allerletzten Sachen einpacken und die Schubladen nach vergessenem Kleinkram durchsuchen – vier von Mays Ohrringen habe ich dabei gefunden, einer davon ziemlich sicher ein Hoden.

Den hielt ich gerade in der Hand, als mein Bruder zur

Tür hereinspazierte. Er bestätigte meinen Verdacht: zweifelsfrei ein Hoden.

»Was noch?«, fragt er.

»Nur noch der Kühlschrank«, sage ich und weise nickend zur Grotte. »Ich weiß nicht mal, ob das unserer ist oder ob er zum Inventar gehört. Der steht schon da, solange ich zurückdenken kann.«

»Noch was drin?«

Ich zucke die Achseln. »Ein paar Bier. Keine Ahnung, wie die da reinkommen.«

In Arbeitsschuhen, mit verblichener Jeans und grünem Henley-Shirt, marschiert er rüber in die Grotte und kommt mit zwei Bier zurück. An der Kante des Tresens schlägt er die Kronkorken ab.

»Darf man in einem Sektladen Bier trinken?«, flüstere ich leise.

»Dad?«, ruft Caleb und schaut zur Zimmerdecke. »Mom?«

Dann sieht er mich zerknirscht an. »Sie sagen, es gehört sich nicht.«

Er gibt mir eins und stößt mit dem Flaschenhals an, dann trinkt er einen großen Schluck.

Ich grinse. »Ich dachte, unsere Eltern haben es verboten.«

»So sind Eltern nun mal. Sie verbieten alles, und wir Kinder tun das genaue Gegenteil von dem, was sie sagen.«

»Ich glaube, du hast da was missverstanden.«

Er stützt sich mit dem Ellbogen auf den Tresen. »Weil du nie rebelliert hast. Genau wie Lily.«

»Dafür hast du für drei rebelliert.«

»War mir ein Vergnügen. So, und jetzt trink. Bier ist der Champagner der kleinen Leute.«

»Sagt man das so in New Hampshire?« Ich probiere ein Schlückchen. Nicht das Beste, aber ganz okay.

»Nein, das ist Tatsache. Hat Lily dir wegen des Abendessens geantwortet?«

Ich werfe einen Blick auf mein Handy. »Hat sie. Sie hat um halb acht einen Tisch im West Village für uns reserviert. Außerdem sehe ich hier noch mindestens vier weitere Nachrichten, unter anderem eine mit einem Verweis auf deine chronische Unpünktlichkeit und deine mangelnde Rücksichtnahme auf anderer Leute Leben. Und dass sie sich sehr auf dich freut. Und dass ich dir nicht sagen soll, dass sie heulen musste, als sie erfahren hat, dass du in der Stadt bist.«

Er grinst ein bisschen schuldbewusst. »Mist, verdammt. Ich wusste gar nicht, dass ich der Dreh- und Angelpunkt dieser Familie bin.«

»Bilde dir bloß nichts ein. Du fehlst uns halt. Sehr sogar. Und das soll kein Vorwurf sein.« Besänftigend hebe ich die Hand. »Aber du hast dich bei Nacht und Nebel aus dem Staub gemacht. Wir hatten noch gar nicht richtig kapiert, dass du wirklich gehst, da warst du schon … weg.«

»Ja. Worauf ich nicht besonders stolz bin«, sagt er im Ausatmen. »Amanda hat mich zur Schnecke gemacht, als ich ihr das erzählt habe.«

»Ach ja. Die Freundin, über die ich nicht reden darf.«

»Du darfst *über* sie reden, nur nicht *mit* ihr.«

»Hey, nur damit das klar ist, ich finde es vollkommen legitim, wenn große Schwestern das Handy ihres kleinen Bruders durchsuchen, um an die Nummer seiner neuen Freundin zu kommen.«

»Das ist es definitiv nicht. Löchere ich dich etwa nach deinem Liebesleben?«

»Nein. Du fragst nicht mal.«

Er zieht die Nase kraus. »Sollte ich das?«

»Es wäre schön zu wissen, dass es dir nicht ganz egal ist«, sage ich leise und knibbele eine Ecke des Etiketts von der Bierflasche.

Caleb stellt die Flasche ab und setzt sich kerzengerade hin. »Das hast du jetzt nicht gesagt.«

Ich lache. »Ich weiß, ich weiß. Es ist dir nicht egal.«

»Es ist mir nicht egal. Aber so was von gar nicht. Ich will bloß nicht unbedingt wissen, wer gerade aktuell dein Stecher ist, es sei denn, er war fies zu dir und verdient eine Abreibung.« Er kneift die Augen zusammen und sieht mich an. »War er fies?«

»Nein. Was vor allem daran liegt, dass ich gar keinen Stecher habe.«

»Ein Glück.«

Und dann sitzen wir schweigend da und nippen an unserem Bier, bis ich irgendwann aufschaue. »Wir haben nie so richtig darüber geredet. Warum du umgezogen bist, meine ich.«

Er seufzt. »Um ganz ehrlich zu sein, wollte ich einfach mal was anderes machen. New York ist ganz okay, aber ich bin nicht so verrückt nach dieser Stadt wie du und Lily.

Schon als Kind wollte ich in den Ferien immer am liebsten raus in die Natur zum Campen, weißt du noch?«

»Klar. Und wenn wir dann wirklich mal rausgefahren sind, war es immer *der Horror.*«

Caleb grinst. »Jedenfalls habe ich irgendwann mal was zu Dad gesagt – nur, dass ich mit dem Gedanken spiele – und durfte mir prompt eine Standpauke anhören, von wegen Familie und Zusammenhalt und dass er nicht immer da sein wird …«

»Du meinst, er hat dir ein schlechtes Gewissen gemacht?«, sage ich.

»Aber so richtig.« Caleb wirkt nachdenklich. »Hast du deswegen den Laden übernommen? Aus schlechtem Gewissen?«

»Auch. Aber es war meine freie Entscheidung. Irgendwie muss ich es wohl auch gewollt haben.«

Oder ich hatte zu viel Angst, mich an etwas Neues zu wagen.

»Ich komme mir immer noch vor wie ein Arsch, weil ich einfach abgehauen bin und mich dann so aufgespielt habe, von wegen unbedingt das Familienunternehmen erhalten und so.«

»Schwamm drüber«, sage ich und mache eine Wischbewegung mit meiner Bierflasche. »Ich bin froh, dass du glücklich bist. Das habe ich mir auch vorgenommen.«

Es klopft an der Tür, und weil ich nicht abgeschlossen habe, geht sie gleich darauf auf.

»Oh, entschuldigen Sie«, rufe ich. »Wir haben geschlossen.«

»Könnte man sich auch selbst denken, wenn man plötzlich in einem leeren Verkaufsraum steht«, brummt Caleb.

Ich gebe ihm einen Klaps auf den Hinterkopf und gehe an ihm vorbei um nachzuschauen, wer sich da zu uns herein verirrt hat. Vermutlich ein Tourist, der sich verlaufen hat, oder einer unserer ehemaligen Kunden, der noch nichts von der Geschäftsaufgabe mitbekommen hat.

Irrtum. Ein mir vollkommen unbekannter Mann steht mitten im leeren Raum und sieht sich mit neugierigem, abschätzendem Blick um. Dann schlendert er umher, als gehörte ihm der ganze Laden.

»Kann ich Ihnen irgendwie weiterhelfen?«, frage ich.

Er dreht sich zu mir um, und nun gibt es keinen Zweifel mehr, dass ich ihn noch nie gesehen habe. Er ist groß und gertenschlank, hat eine hohe Stirn, eine Brille mit Drahtgestell auf der Nase und eine Eindringlichkeit, die weder aggressiv wirkt noch unfreundlich, nur sehr entschlossen.

Er legt den Kopf schief und schaut mich aus braunen Augen lange an. »Gracie Cooper?«

»Ja? Kennen wir uns?«

»Noch nicht, aber bald«, entgegnet er, greift in die Tasche seines lila Tweedblazers über dem schwarzen Rollkragenpulli und zieht eine tieflila Visitenkarte heraus.

»Hugh Wheeler«, erklärt er, als er mir die Karte reicht. Darauf steht sein Name und die Worte »Wheeler Art Gallery«. Ein Galerist also. Ich habe den Namen noch nie gehört, aber die Adresse muss irgendwo in Chelsea sein.

»Sollte ich Sie kennen? Falls Sie Champagner kaufen möchten, der Laden ist wegen Geschäftsaufgabe geschlossen, aber ich kann Ihnen gerne einige andere Anbieter empfehlen …«

»Nein, vielen Dank. Mein Mann und ich fahren jedes Frühjahr in die Champagne und haben in West SoHo eigens einen Raum in einem Weindepot gemietet, um ihn zwischenzulagern.«

»Wie schön.« Ich lächele. »Was kann ich also für Sie tun?«

»Ich würde gerne Ihre Bilder sehen.«

Mir gefriert das Lächeln im Gesicht. »Wie bitte?«

»Sie sind Künstlerin«, stellt er fest.

»Ich … nein. Ich meine, ich male hin und wieder, aber … woher wissen Sie das?«

»Ich nenne sie gern meine kleinen Spione, aber *Informanten* wäre wohl die korrekte Bezeichnung.«

Er zieht das Handy aus der Tasche, tippt darauf herum und hält es mir dann hin. Sprachlos glotze ich auf ein Foto der Kunstecke in unserem Laden, kurz bevor wir alles ausgeräumt haben.

»Sind die von Ihnen?«

In meinem Kopf dreht sich alles. »Ja, aber …«

»Haben Sie was davon hier?« Er schaut sich um, und die Enttäuschung steht ihm ins Gesicht geschrieben, als er die nackten Wände und leeren Regale betrachtet.

»Nein …«

»Doch, hat sie wohl«, ruft Caleb dazwischen und tritt hinter mich. Er streckt Hugh die Hand hin, der augenscheinlich hin- und hergerissen ist zwischen Calebs alles anderer als urbaner Aufmachung und seinem unverschämt guten Aussehen.

»Schon vergessen, Schwesterherz?«, sagt er und grinst mich unverfroren an. »Das große Ding drüben an der Tür.

Du hast mir eingetrichtert, es bloß nicht zu knicken, weil deine *Kunst* da drin ist.« Und dann reißt er kurzerhand das Packband auf.

»Caleb«, herrsche ich ihn streng ab.

Doch da zieht der mysteriöse Mr Wheeler die Bilder schon eins nach dem anderen heraus. Es sind bloß drei Stück. Zwei, die wir nicht verkauft haben, und eins – der Mann mit den wasserblauen Augen –, das ich gar nicht erst ausgestellt hatte.

Hugh zieht sie also heraus und lehnt sie gegen die Schaufensterscheibe, und dann steht er da und starrt sie einfach nur an, wortlos, reglos, ein gefühltes halbes Leben lang.

Sogar Caleb scheint irgendwann ein bisschen nervös zu werden, und ich muss mir auf die Zunge beißen, um ihn nicht anzuschnauzen: *Siehst du, genau deshalb wollte ich sie ihm nicht zeigen; ich will es gar nicht wissen, wenn ich so talentfrei bin wie ein Stück Toast.*

Hugh dreht sich ganz langsam zu mir um. »Sie gefallen mir. Ich muss lächeln, wenn ich sie sehe.«

Caleb prustet vor Lachen und versucht es rasch hinter einem vorgetäuschten Hustenanfall zu verbergen. Seit er durch die Tür gekommen ist, hat dieser Mann keine Miene verzogen und nicht einmal den Anflug eines Lächelns gezeigt. Wobei er nicht unfreundlich ist. Nur ein bisschen eigenartig und verspannt.

»Äh. Danke?«, stammele ich.

»Haben Sie noch mehr davon?«, fragt er.

»Zu Hause ja. Fertige und unfertige.«

Er nickt. »Schön. Wenn Sie zehn – besser zwanzig –

zusammenbekommen, würde ich mit Ihnen gerne über die Möglichkeit sprechen, Ihre Arbeiten in meiner Galerie auszustellen.«

»Ich … was? Ich male nur zum Vergnügen, nicht … für Kunstausstellungen.«

»Wer redet denn von Kunstausstellungen? Aufgeblasener Mumpitz, bei dem alles nur nach heilloser Schmiererei aussieht und man einen Doktortitel braucht, um die verborgene Message zu dechiffrieren. Nein, ich stelle Kunst aus, die den Leuten gefällt, die sie sich zu Hause an die Wand hängen, die sie an Freunde verschenken. Kurz gesagt, Kunst, die sich *verkauft*.«

Er streckt die Hand aus nach dem Kärtchen zwischen meinen Finger und schnippt ganz leicht dagegen. »Schicken Sie mir eine Nachricht, wenn Sie so weit sind. Nicht anrufen, ich gehe nicht ran, und meine Mailbox höre ich grundsätzlich nicht ab.«

Verdattert ringe ich mir ein Nicken ab, und Hugh gleitet zur Tür – ich sage absichtlich gleitet, nicht geht, weil er wie auf einem Windhauch von dannen zu schweben scheint.

Vor der Tür bleibt er, mit Blick auf die Bilder, noch ein letztes Mal stehen. »Ihre Signatur? Was soll das sein?«

»Ach, das. Nur ein Schuh. Ein gläserner Schuh. Sie wissen schon … Cinderella. Als kleines Mädchen war ich ganz verrückt nach Märchen.«

Caleb sieht mich an, als wolle er sagen, *ich bitte dich … als kleines Mädchen?*, was Hugh entweder absichtlich oder tatsächlich übersieht, er betrachtet nämlich noch immer eingehend die Bilder.

»Hm.« Sein Blick bleibt noch einen Moment daran hängen, dann schaut er auf und sieht mich an und hat doch tatsächlich ein Lächeln im Gesicht. »Dann macht mich das wohl zu Ihrer guten Fee.«

Und mich beschleicht das sehr bestimmte Gefühl, hätte er einen Zauberstab, er würde ihn jetzt schwenken. Doch stattdessen zwinkert er mir nur zu und ist verschwunden.

»Na, so was. Sieht fast aus, als würde dein Märchen doch noch wahr werden«, brummt mein Bruder, als die Tür hinter Hugh ins Schloss fällt.

Ich sage keinen Pieps.

Ich versuche nur angestrengt zu begreifen, was hier gerade passiert ist.

Zwanzig

»Du musst unbedingt Rasierklingen bestellen!«

Ich schaue von der Palette auf, auf der ich gerade genau das richtige Grün anzumischen versuche, das ich im Kopf habe, aber die blöde Farbe wird immer wieder viel zu pastellig, dabei brauche ich doch eigentlich ein sattes Moosgrün. »Was?«

Mein Bruder steckt den Kopf zur Badezimmertür heraus, die untere Gesichtshälfte schaumbedeckt. »Ich habe gerade die letzte frische Klinge eingesetzt. Du musst welche nachbestellen.«

»Benutz gefälligst deinen eigenen Rasierer!«

»Vergessen. Leider.« Und damit verschwindet er wieder im Badezimmer, während ich kopfschüttelnd weitermische.

Ich habe Caleb ganz schrecklich lieb, und ich freue mich sehr, dass er sich für die Dauer seines Besuchs bei mir einquartiert hat. Ein *bisschen* freue ich mich allerdings auch, dass er seinen letzten Abend in New York, ehe es wieder zurück nach New Hampshire geht, mit Freunden verbringt.

»Wo wollt ihr denn hin?«, frage ich.

»Irgendeine Bar im East Village. Freds Freundin ist Barkeeperin, also dürften ein paar Gratis-Drinks für uns rausspringen.« Ich höre das Wasser im Waschbecken rauschen. »Und du willst ganz bestimmt nicht mitkommen?«

»Ganz bestimmt nicht«, antworte ich, als er mit einem Handtuch in der Hand aus dem Bad kommt und sich das Gesicht abtrocknet. »Und zieh dir besser was an.«

»Adrian kommt auch«, sagt er, schlingt sich das Handtuch um den Hals und zieht an beiden Enden.

»Wer?«, frage ich geistesabwesend.

»Mein Freund Adrian. Er findet dich süß. Komm doch mit. Lernt euch kennen. Könnte dir guttun.«

Ich schaue auf. »Guttun? Wie meinst du das?«

Er seufzt. »Schwesterherz. Ich freue mich wirklich für dich, dass du mit deiner Malerei endlich einen Fuß in die Tür bekommst, aber du gehst seit Tagen kaum noch aus dem Haus. Und Lily hat mir erzählt, du hattest schon ewig keinen Freund mehr, nur so einen komischen Vogel aus dem Internet, den du noch nie gesehen hast und der im wahren Leben aller Wahrscheinlichkeit nach Haare sammelt.«

»Er sammelt keine Haare«, entgegne ich entschieden. »Und ich hätte mir gleich denken können, dass es ein Fehler ist, dich und Lily gemeinsam unbeaufsichtigt zum Mittagessen gehen zu lassen.«

Und damit drehe ich mich um und pinsele probehalber etwas Farbe auf eine Übungsleinwand. Moosgrün. Genau das Richtige für die frühlingshafte Picknickszene im Central Park, die mir vorschwebt.

»G«, sagt Caleb ein bisschen ungeduldig.

Ich schaue rüber und sehe in sein besorgtes Gesicht. »Was?«

Er seufzt. »Ich kann kaum glauben, dass ich das jetzt

sage, aber mir fehlt die alte Gracie – die, die immer felsenfest daran geglaubt hat, dass die wahre Liebe gleich um die nächste Straßenecke auf sie wartet.«

Ich lege den Pinsel beiseite. »Moment mal, willst du damit etwa sagen, ich sei zynisch geworden?«

Er schürzt die Lippen. »Ich will damit nur sagen, es dürfte verdammt schwer werden, deinen Traumprinzen zu finden, wenn du nicht mal ab und zu einen Fuß vor die Tür setzt.«

Ich seufze schwer. »Okay. Du hast recht. Hast du wirklich. Aber ich bin gerade mittendrin, und das mit Hugh Wheeler ist eine einmalige Gelegenheit. Die darf ich mir nicht entgehen lassen. Also, was hältst du davon: Heute Abend bleibe ich zu Hause, aber dafür verspreche ich dir, mich demnächst mal mit deinem Freund Adrian zu verabreden.«

»Abgemacht«, ruft Caleb, und am liebsten würde ich sofort alles wieder zurücknehmen.

Ich habe keine Lust, mich mit irgendeinem dahergelaufenen Kerl zu treffen. Ich will …

Ein Klopfen an der Tür reißt mich aus meinen Gedanken.

»Das ist bestimmt Keva«, sage ich zu Caleb und wende mich wieder meinem Bild zu. »Lässt du sie rein?«

Mein Bruder macht die Tür auf, und im ersten Augenblick hört man gar nichts.

»Ähm, hallo. Ich wollte zu Gracie Cooper?«

Ich fahre auf dem Absatz herum, als ich diese Stimme höre. Eine Stimme, die ich nie vor meiner Wohnungstür zu hören erwartet hätte.

»Und Sie sind?«, fragt Caleb mit der skeptischen Stimme eines beschützenden Bruders.

Ich lege den Pinsel beiseite, wische mir die Hand am Kittel ab und gehe zur Tür. »Caleb, das ist Sebastian Andrews.«

»Der Typ, der Bubbles auf dem Gewissen hat?«

Sebastian zieht den Kopf ein. Fast unmerklich, aber dennoch.

»Hi«, sage ich. Klinge ich etwa ein bisschen atemlos? Mist. Mein Bruder steht immer noch in der Tür. Ich schubse ihn kurzerhand beiseite.

»Ich wollte nicht stören«, sagt Sebastian ein bisschen förmlich.

»Ach nein?«, kontert Caleb. »Und warum platzen Sie dann unangekündigt um sieben Uhr an einem Freitagabend hier rein?«

»Herrgott noch mal«, brumme ich und schiebe ihn ins Badezimmer. »Los, zieh dir was über.«

Caleb funkelt Sebastian ein letztes Mal finster an, gefolgt von einem fragenden Blick zu mir.

Ich ignoriere ihn einfach. Vor allem weil ich keinen Schimmer habe, warum Sebastian Andrews unangemeldet vor meiner Tür steht.

»Kommen Sie doch rein«, sage ich und trete einen Schritt zur Seite.

Doch er schüttelt nur den Kopf. »Ich möchte Ihnen nicht den … romantischen Abend verderben.«

Ich blinzele. Was meint er? *Iiih.*

Und dann sehe ich die ganze Szene plötzlich aus seinen Augen – ein halb nackter Mann mit finsterer Fingerweg-von-dieser-Frau-Miene hat ihm eben die Tür zu meiner Wohnung geöffnet.

Ich weise mit dem Kopf zum Badezimmer. Caleb kommt gerade wieder heraus, statt mit einem Handtuch nun dankenswerterweise mit Jeans und blau kariertem Anzughemd bekleidet. »Darf ich vorstellen, mein Bruder. Er ist ein paar Tage in der Stadt und schläft auf meiner Couch.«

Sebastians wasserblaue Augen mustern Caleb, und über sein Gesicht huscht, so schnell, dass man es verpasst, wenn man nur kurz blinzelt, ein Anflug von … Erleichterung?

»Nett, Sie kennenzulernen«, sagt Sebastian.

»Hm, hm.« Mein Bruder schließt gerade mit abweisendem Gesicht die Manschettenknöpfe.

»Caleb«, sage ich seufzend. »Benimm dich.«

»Verglichen mit unserem ersten Treffen«, sagt Sebastian zu mir, »ist das hier doch das reinste Kaffeekränzchen.«

»Hey! Ich war sehr höflich.«

Sebastian sieht mich mit hochgezogenen Augenbrauen an. *Waren Sie das?*

Calebs finstere Miene hat sich inzwischen deutlich aufgehellt, während er interessiert zwischen Sebastian und mir hin und her schaut. »Schön, dass der Name endlich mal ein Gesicht bekommt«, sagt er zu Sebastian.

»Ein Name, der sonst eher im Zusammenhang mit wüsten Verwünschungen genannt wird, vermute ich?«

Mein Bruder grinst breit und geht raus auf den Flur. »Dazu sage ich lieber nichts. Wir sehen uns. Wird sicher spät, G. Ich gebe mir Mühe, leise zu sein, aber dafür musst du bitte der Katze erklären, dass die Couch mir gehört.«

»Leise, dass ich nicht lache«, murre ich.

»Brav sein«, ruft Caleb und poltert die Treppe hinunter. »Und die Katze nicht vergessen.«

»Sie müssen ihn entschuldigen«, sage ich und schließe die Tür.

Sebastian steht mitten in meinem winzigen, etwas unaufgeräumten Apartment und schaut sich neugierig um. Meine unfertigen Arbeiten scheinen es ihm besonders angetan zu haben. Er muss direkt aus dem Büro hergekommen sein, er ist noch im Anzug. Ein tiefes Anthrazitgrau diesmal, mit dunkellila Krawatte.

Ich beginne mit der drängendsten Frage.

»Woher wissen Sie, wo ich wohne?«

»Ich habe Sie damals abends aus dem Central Park nach Hause gebracht, erinnern Sie sich nicht mehr?«

»Doch.« *Und wie.* »Aber Sie haben sich an der Tür verabschiedet, woher wissen Sie also, in welchem Stock und wo genau mein Apartment liegt?«

Er kratzt sich knapp hinter dem Ohr und wirkt ein bisschen betreten. »Wir haben Ihre Daten im System. Ich muss zu meiner Schande gestehen, gegen diverse Unternehmensrichtlinien und vermutlich etliche Gesetze verstoßen zu haben, als ich da nachgeschaut habe.«

»Und warum?«, frage ich unverblümt.

Er greift in die Innentasche seines Jacketts und zieht einen Umschlag heraus. »Ich wollte Ihnen das persönlich vorbeibringen. Sonst schicken wir die immer per Post zu, aber …«

Er zuckt die Achseln und wirkt verlegen.

Ich nehme den Umschlag mit dem längst vertrauten Firmenlogo darauf. Halte ihn ungeöffnet in der Hand. Schaue auf und sehe ihm unverwandt in die Augen. »Das letzte Mal, als Sie mir so einen Umschlag in die Hand gedrückt haben, haben Sie mein ganzes Leben auf den Kopf gestellt.«

Eins muss man ihm lassen, er hält meinem durchdringenden Blick stand. »Ich weiß.«

Diese unumwundene Ehrlichkeit haut mich fast um. Wem will ich was vormachen, diese ganze Situation hat mich eiskalt erwischt. Er steht so dicht vor mir, dass ich seine Wimpern sehen kann – schwarz, dieselbe Farbe wie der leichte Bartschatten am Kinn.

Beunruhigt geht mein Blick nach unten, dann wende ich mich, mit dem Umschlag als Vorwand, ganz leicht ab und fahre mit dem Daumen unter die Lasche. In dem Umschlag steckt ein Scheck.

»Wow«, murmele ich nach kurzem Stutzen und starre ihn an. »Das ist … eine Menge Geld.«

»Die vereinbarte Summe«, entgegnet er leise.

Ich wusste ja schon, dass das kommen würde. Und natürlich gehört das nicht alles mir. Der Scheck ist auf die Firma ausgestellt. Aber trotzdem. *Heiliges Kanonenrohr.*

Ich grinse Sebastian schief an. »Meine bescheidene Bleibe bestätigt wohl Ihren Verdacht, dass ich dieses Geld eher heute als morgen brauchen kann.«

Ich erwarte, dass er sich jetzt in meiner Wohnung umschaut, sieht, wie eng es hier ist, die durchgesessene Couch bemerkt, die altmodische Küche. Doch er hat den Blick noch immer auf mich gerichtet. »Darum bin ich nicht hergekommen.«

Mir stockt der Atem. »Nein? Warum denn dann?«

Seine wasserblauen Augen halten meinen Blick noch etwas länger, dann geht er um mich herum zur Staffelei. Lange steht er davor und betrachtet das Bild.

Dann sieht er wieder mich an. »Mir war nicht bewusst, dass Sie zuerst mit Bleistift skizzieren.«

»Nicht immer«, erkläre ich, stecke den Scheck wieder in den Umschlag und lege ihn auf den Küchentisch. »Und wenn doch, dann mehr als Fingerübung.«

»Wie viele Anläufe brauchen Sie denn für ein Bild?«

»Meist nicht mehr als zwei, es sei denn, irgendwas geht so richtig schief. Ehe ich eine Leinwand versaue, mache ich lieber einen detaillierten Entwurf im Skizzenbuch.«

»Was haben wir denn hier?«, fragt er und beugt sich vor, um genauer hinzuschauen. Meine Bleistiftstriche sind federzart, mehr Leitfaden als Entwurfszeichnung.

»Central Park. Eine Picknickszene. Ich weiß noch nicht, ob es ein Pärchen oder eine Familie wird. Vielleicht auch ein paar Mädels unter sich, oder eine Frau, ganz allein mit ihrem Hund.«

Wie aufs Stichwort erscheint Cannoli und stolziert miauend an uns vorbei, um dann auf die Couchlehne zu springen und Sebastian mit schlagendem Schwanz kritisch von Kopf bis Fuß zu mustern.

Wieder miaut der Kater, etwas freundlicher diesmal, und Sebastian geht zu ihm, streckt einen Finger aus und krault dem Kater die Wange. Cannoli schließt die Augen, dann drückt er den Kopf gegen Sebastians Hand und schmiegt das Gesicht in seine große Handfläche.

Ich will ganz ehrlich sein, es ist ein Bild zum Dahinschmelzen.

»Kater oder Katze«, fragt er, ohne mit dem Streicheln aufzuhören.

»Kater. Cannoli.«

Er blickt ruckartig auf, und ich grinse achselzuckend. »Was denn? Ich mag Süßes.«

Er kneift ganz leicht die Augen zusammen. »Was ist Ihre Lieblingssüßigkeit?«

»Ich bin da nicht wählerisch. Solange es süß und lecker ist. Wobei, wenn Sie mich so fragen, ein gut gemachtes Eis ist fast unschlagbar.«

»Gelato«, murmelt er, mehr eine Feststellung als eine Frage.

»Absolut«, sage ich lächelnd und muss an Sir denken. »Sollte sich eine Familienpackung Pistazieneis im Gefrierfach finden, kann es gut sein, dass ich sie komplett verputze. Allein. In einer Rekordgeschwindigkeit.«

Er runzelt die Stirn. »Damals, abends im Park. Wir haben uns ein Eis geholt, aber Sie wollten kein Eis. Sie haben Zitronensorbet bestellt.«

Beim Gedanken daran muss ich lächeln. »Aus einer Laune heraus. Ein … Freund von mir schwört darauf. Dabei bin ich eigentlich der Überzeugung, dass es ein Affront gegen gefrorene Süßspeisen aller Art ist. Allerdings habe ich einsehen müssen, dass ich das wohl kaum behaupten kann, ohne es je probiert zu haben.«

»Und, wie fanden Sie es?«

»Ich finde immer noch, dass es ein Affront ist«, erwidere ich grinsend.

Sebastian erwidert mein Grinsen nicht, sondern starrt mich nur mit merkwürdiger Miene an. Und dann fällt mir wieder ein, dass er ja auch ein Zitronensorbet gegessen hat. Fühlt er sich angegriffen? Ich schüttele den Kopf. Was haben die Männer in meinem Leben bloß mit diesem gefrorenen Zitronenquatsch?

Und vielleicht noch wichtiger: Seit wann ist Sebastian Andrews ein Mann in meinem Leben?

Cannoli hat genug, er tigert in mein Schlafzimmer, und Sebastian weist nickend auf die fertigen Bilder, die an der Wand lehnen. »Darf ich?«

»Ähm …« Ich zögere und muss an das Bild von dem Mann mit den wasserblauen Augen denken. Es sieht ihm eigentlich gar nicht ähnlich. Genau genommen sieht es niemandem ähnlich. Es ist mehr Schatten als Form. Aber diese Augen …

»Klar«, sage ich, denn wie sollte ich Nein sagen, ohne unhöflich zu wirken.

Ich erwarte, dass er sie nur rasch durchsieht, aber er lässt sich Zeit, hält jedes einzeln hoch und betrachtet es ganz genau und geht erst dann weiter zum nächsten. Als er zu dem mit dem Mann kommt, halte ich den Atem an.

Er besieht es sich, genau wie die anderen auch, dann stellt er es wortlos beiseite und geht zum nächsten, allem Anschein nach ohne die auffällige Augenfarbe zu bemerken. Ich atme ganz langsam aus.

Endlich kommt er zum letzten – elf Stück stehen da an der Wand, meine besten, wie ich finde, aber bis ich zwanzig beisammen habe für Mr Wheeler, gibt es noch viel zu tun.

Sebastian dreht sich wieder zu mir um. »Wirklich bezaubernd, und nein, das meine ich überhaupt nicht herablassend. Hugh wird begeistert sein.«

»Danke«, sage ich, und mir wird ganz warm ums Herz vor Freude. »Ich habe … Moment … Hugh? Hugh Wheeler?«

Er zuckt kurz die Achseln, dann nickt er.

Verwirrt glotze ich ihn an. »Woher wussten Sie, dass eine Galerie in Chelsea …« Mir wird ganz flau im Magen vor Entsetzen, als mir aufgeht, dass es nur einen einzigen Grund geben kann, warum er von Hugh Wheelers Besuch weiß. »Das waren *Sie.*«

Sebastian blinzelt, verdutzt über den schneidenden Unterton.

»*Sie* waren sein Informant«, sage ich. »Sie haben ihm von mir erzählt.«

»Ja, sein Bruder und ich sind zusammen zur Schule gegangen. Er ist ein alter Freund von mir. Ich dachte …«

»Ach du lieber Himmel.« Ich fahre mir mit beiden Händen in die Haare und raufe sie verzweifelt. »Ich bin eines Ihrer kleinen *Projekte.*«

»Meiner was?«

»Ein Jesse. Eine Avis. Sie haben es mir doch selbst gesagt, dass das Ihre Masche ist – die Leute erst vor die Tür zu setzen und sie dann dabei zu unterstützen, sich etwas Neues aufzubauen, nur damit Sie kein schlechtes Gewissen haben müssen. Jesse und sein neues Restaurant. Avis und ihr Haus in Florida. Und bei mir waren es Lammgyros, Einschleimen bei meiner Katze und ein Gefallen von einem alten Freund, der meine Bilder ausstellt. *Mitleid* ist das, sonst nichts.«

Ärger blitzt in seinen Augen auf. »Da irren Sie sich.«

Ich kneife die Augen zusammen und drücke die Daumen auf die Lider, und alles macht klick. Jede kleine Nettigkeit, jeder Augenblick, alles nur, um sein schlechtes Gewissen zu beruhigen, damit er sich nicht wie der Bösewicht in dieser Geschichte fühlen muss.

Mit einem Nicken deute ich auf den Küchentisch. »Haben Sie Jesse und Avis den Scheck auch persönlich überbracht?«

Er sagt kein Wort.

»Haben Sie?«, brülle ich aufgebracht.

»Ja.«

Er sagt das ganz ruhig und bestimmt, und plötzlich treten Schock und Kränkung zurück, und eine überwältigende Enttäuschung überkommt mich. Nein, es ist etwas noch viel Schlimmeres als Enttäuschung.

Schmerz. Ein Schmerz, so tief, dass es sich fast anfühlt wie ein gebrochenes Herz.

Zittrig lache ich auf. »Ich fasse es nicht, dass ich tatsächlich geglaubt habe …« Ich schüttele den Kopf.

Er kommt näher. »Was haben Sie geglaubt?« Seine Stimme klingt rau, und in einem Anflug geistiger Umnachtung will ich ihm schon alles sagen.

Ich will ihm sagen, er soll sich für mich entscheiden. Er soll so für mich empfinden, wie ich für ihn.

»Gracie …«

Das zu hören lässt mich mit einem wohlig warmen

Gefühl im Bauch erschauern, aber diese Gefühlsduselei schiebe ich rasch beiseite.

»Nein«, wehre ich kopfschüttelnd ab. »Ich werde ganz bestimmt nicht dastehen und mich für eins Ihrer kleinen Projekte hergeben, von dem Sie dem nächsten armen Depp erzählen können, den Sie aus seinem Laden mobben wollen, zum Beweis, dass Sie als Heilsbringer des Großkapitalismus kommen, um den Menschen zu helfen, obwohl sie am laufenden Band Existenzen vernichten …«

Wütend funkelt er mich an. »Was genau habe ich denn *vernichtet*? Ich habe Sie nicht in die Pleite getrieben. Ich habe Ihren Laden nicht sabotiert. Nein, ich habe Sie sogar noch *unterstützt* mit Ihren Ideen. Ich war bei Ihrer Weinprobe und habe eine Kiste Sekt gekauft. Ich bin zu Ihrem Kochkurs gekommen und habe den vollen Preis bezahlt. Und jetzt muss ich mich von Ihnen beschimpfen lassen, wofür noch mal genau? Dafür, dass ich Ihnen ein solides finanzielles Angebot gemacht habe, das Sie aus freien Stücken angenommen haben? Dafür, dass ich einem Freund gegenüber Ihre Bilder erwähnt habe? Was genau werfen Sie mir vor, Miss Cooper?«

»Das kann mir alles gestohlen bleiben! Ich brauche das nicht. Ich will das nicht. Alles war *bestens*, bis ich Ihnen begegnet bin, damals, auf der Straße, ehe Sie in meinen Laden geschneit sind, ehe Sie mich bis nach Hause verfolgt haben.«

»*Verfolgt*«, wiederholt er ungläubig. »Verfolgt?« Fassungslos sieht er mich an und schüttelt dann den Kopf. »Unglaublich.«

Sebastian dreht sich um und geht zur Tür, reißt sie auf und wendet sich dann noch mal zu mir. »Keine Sorge, Miss Cooper. Sie haben mich heute zum letzten Mal gesehen. Schönes Leben noch.«

Und dann schlägt die Tür hinter ihm zu, und er ist weg. Verschwunden. Aus meiner Wohnung. Aus meinem Leben.

Eigentlich müsste ich erleichtert sein. Bin ich aber nicht. Stattdessen sinke ich auf die Couch und heule.

An Sir, mit einem Anflug von Melancholie,
ich muss Ihnen etwas gestehen. Mein Dad fehlt mir jeden Tag – genau wie meine Mom. Wie sollte es auch anders sein. Aber in den letzten Wochen bin ich irgendwie auch ziemlich froh, dass sie nicht mehr da sind und mitansehen müssen, wie gründlich ich mein Leben verbockt habe. Ging es Ihnen je so mit Ihrem Vater? Dass Sie froh waren, dass er die nicht gerade glorreichen Momente Ihres Lebens nicht miterleben musste? Nicht dass es in Ihrem Leben je solche Momente gegeben hätte …
Lady

Werte Lady,
ach, und wie es diese »nicht gerade glorreichen Momente« in meinem Leben gibt. Sogar viel mehr davon, als ich dachte, wie ich erst kürzlich erfahren musste. Und obwohl mein Vater und ich uns nicht so nahestanden, kenne ich das grässliche Gefühl, ausgerechnet den Menschen zu verletzen, den man am allerwenigsten verletzen will, leider nur zu gut.
Der Ihre in geteiltem Bedauern
Sir

Einundzwanzig

Zwei Tage nach dem Streit mit Sebastian ist Caleb wieder nach New Hampshire abgereist, und ich sehne mich ganz schrecklich nach meiner Ersatzmama.

Ich habe sie vorher nicht angerufen. Hätte ich tun sollen, aber … so weit habe ich nicht gedacht.

Auch egal. Mays Tür steht mir immer offen. Ein Blick auf den schiefen Pferdeschwanz, die dunklen Ringe unter den Augen und die wahllos zusammengewürfelten Klamotten, und sie nimmt mich in die Arme und hält mich ganz fest. Sie duftet nach Rosen und mütterlichem Trost.

Irgendwann lässt sie mich wieder los, schaut mir ins Gesicht und weist auf ihre lila Couch. »Setz dich. Ich mache uns eben einen Tee.«

Ich tue, wie mir geheißen, streife die Schuhe ab und ziehe die Knie bis unters Kinn, während ich die leisen, beruhigenden Geräusche aus der Küche höre: Wasserhahn, Wasserkocher, Becher auf der Arbeitsplatte.

Ich höre sie leise am Telefon reden. Kein Flüstern, nur gedämpfte Stimme. Schuldbewusst ziehe ich den Kopf ein, als mir aufgeht, dass sie gerade meinetwegen eine Verabredung verschiebt.

»Du hattest heute Abend schon was vor«, sage ich kleinlaut, als sie mit einem altmodischen Teetablett in der Hand ins Wohnzimmer kommt. Ich bin gerade dabei, mir die Schuhe wieder anzuziehen, aber sie schüttelt nur sehr bestimmt den Kopf.

»Eine Verabredung mit einem recht fingerfertigen Herrn«, erklärt sie fröhlich und schenkt uns Tee ein. »Rein zufällig hat er auch morgen Abend Zeit, und vor allem versteht er, dass die Familie immer vorgeht.«

Ich trinke selten Tee, aber May kennt mich gut. Sie gibt zwei Stück Zucker und einen ordentlichen Schuss Milch in meine Tasse und drückt sie mir dann in die Hand.

»Die ist aber hübsch«, staune ich leise und fahre mit dem Fingernagel behutsam über das zarte Blumenmuster am Rand der Untertasse.

»Das hat uns die Großmutter meiner ersten großen Liebe zur Hochzeit geschenkt. Ich sollte es viel öfter aus dem Schrank nehmen«, sagt sie, hebt die Tasse und betrachtet sie fast zärtlich. »Ich muss gestehen, ich habe mich der Todsünde schuldig gemacht, etwas so Entzückendes in eine Vitrine zu sperren, statt mich tagtäglich daran zu erfreuen.« Sie nippt an der Tasse und stellt sie wieder auf den Tisch. Heute trägt sie Marienkäfer an den Ohren, die lustig vor und zurück schaukeln, als sie sich zurücklehnt. »Aber du bist nicht hier, um über meine *Fehler* zu reden, oder?«

Ich ziehe den Kopf ein. »Du glaubst, *ich* hätte Fehler gemacht?«

»Ich glaube, dass du das glaubst.«

Wieder ziehe ich die Knie an und stelle die Untertasse

darauf, während ich wortlos in den Tee starre, mehr Milch als Tee, genau, wie ich es mag.

May nippt eine Weile schweigend an ihrer Tasse, damit ich mich sammeln kann, worüber ich sehr froh bin. So sehr ich meine Schwester und meine Freundinnen auch liebe, sie überschlagen sich immer geradezu vor guten Ratschlägen, noch ehe sie überhaupt wissen, wie die Frage lautet.

»Okay, die Sache ist die«, setze ich schließlich an und atme tief aus. Ich trinke noch einen Schluck, dann stelle ich die Tasse vorsichtig auf den Couchtisch. Im Schneidersitz lege ich die gefalteten Hände in den Schoß. »Ich komme mir so *verloren* vor. Früher bin ich morgens aufgewacht und wusste, was mich erwartet. Ich hatte eine genaue Vorstellung davon, wie mein Leben aussehen soll …«

»Und die wäre?«, unterbricht May mich. »Erzähl mir vom Wunschtraum der alten Gracie.«

»In meinen Träumen war ich immer eine erfolgreiche Ladeninhaberin«, sage ich. »Nicht reich, aber finanziell abgesichert, mit einer treuen Stammkundschaft. Verheiratet mit einem netten, zugänglichen Mann, der gut mit den Kunden kann. Mit dem habe ich gemeinsam den Laden geschmissen, und in unserer Freizeit sind wir unseren Hobbys nachgegangen. Ich habe gemalt. Er hat komponiert, oder was auch immer. Unsere Kinder haben ihre Hausaufgaben im Laden gemacht, so wie wir damals …«

»Wie nett«, meint May wenig begeistert.

Ich nicke.

»Klingt wie schon mal gehört …«, sagt May nachdenklich und schnippt dann mit den Fingern. »Ach ja, du beschreibst gerade den Lebenstraum deines Vaters, und, wenn ich es richtig verstehe, auch den deiner lieben Mutter. Mit einem entscheidenden Unterschied.«

»Die Zeiten ändern sich, und schnuckelige Champagner-Läden sind kein tragfähiges Geschäftsmodell mehr?«, frage ich düster.

»Nein. Der Unterschied ist, dass es nie *dein* Traum war. Du hast versucht, sein Leben zu leben, Gracie, aber das ist nicht deine Bestimmung.«

»Vielleicht hast du recht«, muss ich mir widerstrebend eingestehen. »Aber das ändert nichts an der Tatsache, dass sich ein riesiger klaffender Krater in meinem Leben aufgetan hat. Ich weiß kaum, wie ich das Hier und Jetzt bewältigen soll, geschweige denn meine Zukunft.«

»Warum um alles in der Welt willst du deine Zukunft bewältigen?«, fragt May und klingt dabei ehrlich entsetzt. »Das ist doch das Schöne daran, dass man nicht weiß, was einen noch alles erwartet.«

Das muss ich erst mal schlucken, und dann mache ich ganz fest die Augen zu und spreche etwas aus, das mir nun schon seit Monaten im Kopf herumspukt.

»May?«, frage ich, meine Stimme kaum mehr als ein Flüstern.

»Ja, Liebes?«

Ich schlage die Augen wieder auf. »Ich glaube, meine Tagträumereien waren bisher das Beste an meinem Leben.«

Es hat mich einiges an Überwindung gekostet, das laut auszusprechen, aber es tut auch gut. Wie steife Muskeln zu strecken oder nach langer Dunkelheit ins Licht zu blinzeln.

Sie seufzt tief und schlürft ein Schlückchen Tee. »Mag sein«, sagt sie leichthin, um sich dann Tee nachzuschenken und mir auch noch einen Schluck einzugießen, obwohl ich kaum etwas getrunken habe. »Aber ich bin älter als du, und weiser, und eins kann ich dir mit Gewissheit sagen, nämlich dass Selbstvorwürfe reine Zeitverschwendung sind. Also, weiter im Text … was wollen wir jetzt dagegen unternehmen?«

Über das *wir* muss ich lächeln.

»Also.« Ich greife wieder zu meiner Teetasse und fühle mich plötzlich gestärkt. »Ich könnte wohl einen guten Rat gebrauchen, wie ich es anstellen soll, statt in meinen Tagträumen in der wahren Welt zu leben.«

»Beginnen wir am besten damit, es anzunehmen. Dein alter Tagtraum ist tot und begraben – tut mir leid, Liebes, aber es ist so. Bubbles gibt es nicht mehr, und ich sage es dir geradeheraus: Von deinem pummeligen Musiker fehlt auch jede Spur.«

»Bisher«, setze ich ohne nachzudenken hinterher.

Sie zieht die Augenbrauen hoch.

»Stimmt. Schon wieder Tagträumereien«, sage ich zerknirscht. »Ich habe Caleb versprochen, mich mit einem seiner Freunde zu verabreden. Ich hatte lange kein Date mehr, das wäre also immerhin ein Anfang.«

»Wäre es. Und ein guter, wenn du mich fragst. So, und nun zu deinem Job. In deinen Tagträumereien, was machst du da so?«

»Malen«, antworte ich wie aus der Pistole geschossen. »Ich male, jeden Tag, den ganzen Tag.«

»Und warum sind das Tagträume und nicht die Realität?«

»Na ja …« Ich muss an Hugh Wheeler denken, der immer noch auf meine zwanzig Bilder wartet, und wie hin- und hergerissen ich deswegen bin. Einerseits möchte ich mir diese einmalige Gelegenheit nicht entgehen lassen, andererseits will ich es aus eigener Kraft schaffen, und nicht weil jemand Sebastian Andrews einen Gefallen schuldet.

»Ich mache gerade ein Sabbatical, finanziert mit dem Blutgeld der Andrews Corporation. Das reicht zur Überbrückung, bis ich was Neues gefunden habe, aber früher oder später brauche ich einen neuen Job.«

»Malen ist auch ein Job«, meint May.

»Sicher, wenn man zufällig Botticelli heißt und während der Renaissance in Florenz lebt. Ich versuche gerade, mich aus meinen Tagträumen zu *lösen*, und nicht, mich noch tiefer darin zu verstricken.«

May tippt sachte mit dem Finger gegen ihre Teetasse und mustert mich. »Und was ist mit diesem Kunsthändler aus Chelsea?«

Verdattert glotze ich sie an. Davon habe ich niemandem etwas erzählt.

Sie grinst. »Caleb plaudert jedes Geheimnis aus, man muss ihn nur mit gegrillten Käse-Tomate-Bacon-Sandwiches bestechen.«

»Verräter, schwächlicher«, brumme ich.

»Ich würde eher sagen, Bruder, fürsorglicher. Aber was ist denn jetzt mit diesem Kunstfuzzi? Ist daraus nichts geworden?«

Ich sinke auf der Couch in mich zusammen. »Nein. Ich habe mich nicht mehr bei ihm gemeldet.«

»Was? Dein Bruder meinte, du malst rund um die Uhr.«

»Habe ich auch. Bis ich erfahren habe …« Ich puste einen langen Atemzug aus. »Der Kunsthändler war nur da, weil Sebastian Andrews ihn geschickt hat.«

»Sebastian Andrews.« Sie blinzelt. »Der unverschämt gut aussehende Geschäftsmann mit dem Knackpo?«

»Genau der«, brumme ich mürrisch, trinke meinen Tee aus und stelle die Tasse wieder auf den Tisch. »Das gehört wohl zu seiner üblichen Vorgehensweise. Wenn er wieder mal einen kleinen Laden zur Aufgabe gezwungen hat, drängelt er sich ungebeten ins Leben seiner Opfer, damit er hinterher kein schlechtes Gewissen haben muss.«

Am liebsten will ich mir auf die Lippen beißen. Das klingt so nachtragend. Und verlogen.

»Nur, damit wir uns nicht falsch verstehen«, sagt May nachdenklich, während sie meine Tasse samt Untertasse nimmt und mir noch einen perfekt gesüßten Tee zurechtmacht. »Ein ausnehmend gut aussehender Mann ist in dein Leben getreten. Hat dir Mittel und Gelegenheit geboten, dich endlich von deinem Erbe zu befreien, das du eigentlich nie antreten wolltest. Dann hat er dich mit jemandem bekannt gemacht, der dir helfen könnte, deine Träume zu verwirklichen. Und jetzt *hassen* wir ihn?«

Ich nehme die Tasse, die sie mir reicht, und starre blind hinein. »Ach, verdammt. Wenn du das so sagst, klingt es fast, als wäre ich der Schurke in diesem Stück.«

»Tja, wenn dir das schon nicht gefällt, wirst du das, was

als Nächstes kommt, ganz bestimmt nicht hören wollen«, sagt sie, lehnt sich bequem zurück und schlägt die Beine übereinander.

Argwöhnisch schaue ich sie an. »Es wird noch schlimmer?«

»Du hast gesagt, das Beste an deinem Leben sind deine Tagträume«, meint May sanft. »Ich nehme an, dazu gehörte auch dein mysteriöser Brieffreund? Die Vorstellung davon, was sein *könnte*?«

Ich nicke.

»Wenn du mich fragst, verstellt dir das Warten auf deinen Traummann die Sicht auf den, der längst da ist.«

Ich kneife die Augen zusammen, weil ich jetzt schon ahne, worauf sie hinauswill. Und es gefällt mir ganz und gar nicht.

Oder womöglich … womöglich gefällt es mir zu sehr.

Womöglich gefällt *er* mir zu sehr.

Und auf einmal weiß ich, was jetzt kommt – was May damit meint, die ungewisse Zukunft mit offenen Armen zu empfangen.

Stirnrunzelnd schaue ich erst in meinen Tee und dann zu May. »Hast du auch noch was Stärkeres im Haus?«

May ist schon auf dem Weg in die Küche. »Ich dachte, du fragst nie.«

Zweiundzwanzig

Hugh Wheelers Partner ist das genaue Gegenteil des etwas schlaksigen, leicht reizbaren Kunsthändlers. Klein, rundlich, nett und auffallend gekleidet ist Myron Evans, der noch vor einer Woche ein völlig Fremder war, inzwischen mein neuer bester Freund geworden.

Dankbar nehme ich das Taschentuch, das Myron mir hinhält. »Danke. Woher wusstest du?«

»Liebes. Ich habe schon so viele junge Künstler erlebt, die ihre Kunst zum ersten Mal in einer Galerie ausgestellt sehen. Und bisher war noch keiner dabei, der nicht geweint hätte. Sogar unser Impressionist, der aussieht wie Thor höchstpersönlich, machte da keine Ausnahme.«

»Ach Gott, ja, der war hinreißend«, schwärmt Hugh, der gerade mit einem iPad in der Hand aus dem Hinterzimmer kommt. »Und gut verkauft hat er sich auch. Schade nur, dass er so enervierend langsam arbeitet.«

Myron hebt mahnend den Zeigefinger und deutet auf seinen Partner – geschäftlich wie privat. »Du kennst die Regeln. In diesem Haus urteilen wir nicht über Künstler.«

»Das ist *deine* Regel«, knurrt Hugh missmutig. »Shane mag zwar ein Hingucker sein, aber er ist ein stinkfaules

Miststück.« Grinsend blickt er zu mir. »Ganz anders als du. *Du* bist so ein entzückend fleißiges Arbeitsbienchen.«

»Nur *ein Hingucker* bin ich nicht, im Gegensatz zu eurem arbeitsscheuen Impressionisten«, ziehe ich ihn auf.

»Du hast ein sehr ebenmäßiges Gesicht. Ganz hübsch, für ein weibliches Wesen«, meint Hugh geistesabwesend. Er hat gesehen, dass eins meiner Bilder schief an der Wand hängt, und geht hin, um es zu richten.

Ich schaue rüber zu Myron. »Ich weiß jetzt nicht, war das ein Kompliment oder eine Beleidigung?«

»Immer schwer zu sagen«, meint Myron in überlautem Flüsterton.

Hugh ignoriert uns und deutet auf das Gemälde, vor dem er steht. »Das hier. Daraus müsste eine ganze Reihe werden. Wir könnten eine Nacht im Jazzclub daraus machen.«

Ich werfe einen Blick auf das Bild. Es ist eins meiner neueren, fertiggestellt in einem Anfall hektischer Betriebsamkeit nach meinem Besuch bei May letzte Woche. Im Mittelpunkt steht ein Flügel – weiß – als Kontrast zu der Frau im roten Kleid, die auf der Klavierbank sitzt, ein Glas Rotwein auf dem Flügel, bei dessen Anblick sich Pianisten auf der ganzen Welt sicher ins Hemd machen würden vor Angst. Aber es macht diesen Moment besonders. Hinter der Frau wie üblich die Skyline von New York – diesmal in Abendstimmung.

»Ich war noch nie in einem Jazzclub«, muss ich gestehen.

Myron schnappt theatralisch nach Luft und klammert sich haltsuchend an meinen Arm.

»Myrons Eltern waren beide Bassisten«, erklärt Hugh,

aber ich zucke nur die Achseln, weil ich mir darunter nicht viel vorstellen kann.

Myron seufzt dramatisch. »Du weißt nicht mal, was ein Bassist ist, oder?«

»Ähm?«

»Also gut, genug. Hugh, wir müssen Gracie einen Jazzclub zeigen.«

»Na schön, aber nur weil ich unbedingt will, dass das hier eine Serie wird«, sagt er und mustert das Bild noch etwas genauer. »Ein altmodischer Hocker neben dem Bassisten. Ein Drummer mit einem Manhattan in der Hand.«

»In welcher, der dritten?«, fragt Myron spöttisch.

»Das ist Gracies Problem«, sagt Hugh und wedelt abwehrend mit der Hand. Dann dreht er sich um. »Immer vorausgesetzt natürlich, dass du das überhaupt malen möchtest. Ich würde mir niemals anmaßen, meinen Künstlern vorzuschreiben, was sie zu tun und zu lassen haben.«

Myron schnaubt. »Seit wann das denn?«

Hugh sieht seinen Partner an und zieht eine Grimasse, dann sieht er mich an und bedenkt mich mit einem seltenen Lächeln. »Du kannst wirklich sehr stolz auf dich sein. Ich bin hochzufrieden.«

Wieder steigen mir Tränen in die Augen. »Darf ich dich drücken?«

Er öffnet die Arme und winkt mich mit einer Hand kaum merklich heran.

Ich falle ihm um den Hals und umarme ihn ganz fest. »Danke dafür. Du kannst dir gar nicht vorstellen, was das für mich bedeutet. Ein wahrgewordener Traum.«

Mein alter Tagtraum. Meine neue Wirklichkeit. Eine Galerie, die meine Bilder ausstellt.

Gleich nach dem Abend mit May habe ich mich wieder an die Arbeit gemacht und mit beinahe fieberhafter Besessenheit gemalt. Die Farbe auf meinem zwanzigsten Gemälde war noch nicht ganz trocken, da hatte ich Hugh schon eine Nachricht geschrieben. Einen Tag später wurde ich mit schwitzigen Händen und einer Mappe mit meinen besten Werken in seiner Galerie in Chelsea vorstellig und hielt den Atem an, während Myron eins meiner Aquarelle nach dem anderen an der Wand aufreihte.

Hugh tigerte währenddessen auf und ab und betrachtete jedes einzelne Bild wie es schien stundenlang, bis er sich schließlich zu mir umdrehte und verkündete, er könne mir bessere Konditionen bieten, wenn ich mich ausschließlich durch ihn vertreten ließe.

Ich hatte mir immer ausgemalt, wenn meine Träume in Erfüllung gingen, müsse es ein Feuerwerk am Himmel geben, Champagnerkorken müssten knallen, Flitter und Konfetti fliegen.

Natürlich passierte nichts in der Art, und trotzdem war dieser Augenblick einer der besten meines Lebens. Doch es gab niemanden, mit dem ich ihn teilen konnte. Was vor allem daran liegt, dass der Mensch, mit dem ich ihn am liebsten geteilt hätte, sich nicht mehr blicken lässt, seit ich ihn mehr oder minder aus meiner Wohnung und aus meinem Leben geworfen habe.

Er ruft mich nicht zurück, und ich kann es ihm nicht mal verübeln.

»Tausend Dank für eure Einladung«, sage ich und versuche, den traurigen Gedanken beiseitezuschieben, dass ich Sebastian niemals wiedersehen werde. »Ich habe mir so oft vorgestellt, wie es wohl wäre, wenn meine Bilder in einer Ausstellung hängen, aber jetzt wirklich davor zu stehen …«

Hugh weist auf Myron. »Bedanke dich bei ihm.«

»Danke«, sage ich an Myron gewandt, dessen knallpinker Anzug und die quietschgelbe Fliege irgendwie perfekt zu Hughs klassischem, blau-weiß gestreiftem Ensemble passen. Und dann umarme ich auch ihn.

»Du kannst mir danken, indem du lernst, was ein Bassist macht«, sagt er und tätschelt mir den Rücken. »So, du sagtest, du müsstest uns noch was zeigen?«

Hugh wirbelt auf dem Absatz herum. »Ein neues Bild? Seit gestern?«

»Zwei, genau genommen. Ich hatte die Idee schon eine ganze Weile im Kopf«, sage ich. »Die beiden sind ganz anders als das, was ich sonst mache. Ich weiß also nicht, ob sie hierher passen …«

»Zeig schon.« Ungeduldig weist er mit der Hand auf die schwarze Leinentasche zu meinen Füßen.

Ich nehme die beiden Bilder heraus und lehne sie an die nackte weiße Wand.

Und dann stehe ich da und beiße mir nervös auf die Lippen, während Hugh und Myron die Bilder eingehend betrachten, der eine mit dem kritischen Auge des potenziellen Verkäufers, der andere mit dem schwärmerischen Blick eines hoffnungslosen Romantikers, der er, wie ich inzwischen weiß, tatsächlich ist. Genau wie ich. Und ich merke, dass ich mir wünsche, sie mögen ihnen beiden gefallen, aus unterschiedlichen Gründen.

Myron wendet sich als Erster wieder ab, malt sich mit dem Finger ein Herz auf die Brust und formt ein stummes »Love it!« mit den Lippen. Hugh sagt gar nichts, er starrt die Bilder nur an, bis er sich schließlich auf dem Absatz umdreht. »Das Einzige, was mich daran stört, ist, dass ich nicht weiß, welches von beiden mir besser gefällt. Ganz anders, ja, aber wenn du mich fragst, zwei deiner besten.«

Erleichtert atme ich auf.

»Stimmt«, pflichtet Myron ihm bei. »Beide vermitteln eine gewisse Sehnsucht – als hättest du das Knistern zweier einschneidender Wendepunkte im Leben eingefangen. Was hat dich denn dazu inspiriert?«

Mein Blick geht zum ersten der beiden Bilder – eine Frau auf einem rosa-weiß gepunkteten Sofa, die Beine in Jeans und knallrosa High Heels auf einen Marmor-Couchtisch gelegt. In der einen Hand hält sie ein Champagnerglas, in der anderen ein Handy. Im Gesicht ein verstohlenes Lächeln, als hätte gerade jemand den Schlüssel zu ihrem Herzen gefunden.

Auf dem anderen Bild ist ein Paar zu sehen. Ein Mann und eine Frau auf einer Bank abends im Park, die Bäume hinter ihnen tief im Schatten. Sie sitzen einander zugewandt, aber fast widerstrebend, als würden sie magisch voneinander angezogen, aber wehrten sich noch dagegen und könnten doch nicht voneinander lassen. Um der sonst eher verträumten Szene einen Hauch von Realität zu verleihen, halten beide etwas silbern Glitzerndes in der Hand, das jeder New Yorker gleich als spätabendlichen Snack von einem der unzähligen Imbisswagen erkennen würde.

»Mein Leben«, antworte ich leise. »Mein Leben war die Inspiration dazu.«

Eins inspiriert von meinem Traumleben.

Eins von meinem *wahren* Leben.

Zeit, eine Entscheidung zu treffen.

Sebastians Assistent Noel schaut auf, als ich aus dem Aufzug trete.

»Guten Tag, Miss Cooper. Wie schön, Sie wiederzusehen.« Er lächelt strahlend, ein herzliches Willkommen, was mich zu der Annahme verleitet, dass Sebastian ihm wohl nichts von unserem letzten unschönen Zusammentreffen erzählt hat. »Was kann ich für Sie tun? Stimmt etwas nicht mit dem Scheck? Ich kann gerne jemanden aus der Buchhaltung kommen lassen …«

»Nein, alles bestens«, unterbreche ich ihn. Und um ein bisschen Zeit zu schinden und meine flatternden Nerven zu beruhigen, deute ich auf die beiden prachtvollen Blumensträuße an den Enden des breiten Schreibtischs. »Die sind von Carlos und Pauline, stimmt's?«

Sein Lächeln wird noch strahlender. »Ja! Sie kennen die beiden?«

»In der Tat. Wie geht es ihnen? Ich sehe sie leider nicht mehr so oft.« Und nehme mir gleichzeitig vor, das zu ändern. Nur weil ich keine frischen Blumen mehr für den Laden brauche, heißt das ja nicht, dass ich mir nicht ab und zu einen hübschen Strauß für zu Hause kaufen kann.

»Ganz großartig. Sie wollen sich vergrößern, vielleicht auch einen Lieferdienst anbieten. Einige andere Abteilungen hier im Haus waren so hingerissen von den Blumen, dass sie jetzt auch dort bestellen.«

»Ach, das freut mich aber«, sage ich und streiche behutsam über das Blatt einer zartrosa Rosenblüte.

»Also, was kann ich für Sie tun?«

Mein Blick geht zu Sebastians geschlossener Bürotür. »Ich wollte nur fragen, ob Mr Andrews einen Augenblick Zeit hat. Ich habe zwar keinen Termin, aber es ist schon fast fünf, also dachte ich mir, ich versuche einfach mein Glück.«

Noel sieht mich fragend an, und seine leichte Neugier scheint in eine plötzliche Erkenntnis umzuschlagen.

»Aber selbstverständlich«, meint er grinsend.

Ich blinzele verdutzt. »Wie, Sie brauchen nicht erst nachzufragen?«

»Hmm«, brummt er kaum hörbar. »Nein, lieber nicht, glaube ich. Gehen Sie einfach durch.«

Ich sehe ihn skeptisch an, aber ich weiß ganz genau, wenn ich das jetzt nicht mache, traue ich mich nie.

Also hole ich tief Luft und klopfe kurz.

»Ja.« Sebastians Stimme klingt brüsk, und ich ziehe den Kopf ein. Kein guter Anfang, und noch weiß er nicht mal, dass ich es bin.

Ich gehe hinein und schließe die Tür hinter mir.

Er schaut nicht gleich auf, sein Blick ist auf den Monitor geheftet, während er konzentriert auf der Tastatur herumtippt. Schließlich blickt er hoch, fast wie in Gedanken, und erstarrt.

Ganz langsam gleiten seine Hände von der Tastatur.

»Hi«, stammele ich nervös.

Er sagt nichts, lehnt sich nur auf seinem Stuhl zurück.

Ich schlucke und weise zur Tür. »Noel meinte, ich solle einfach reinkommen, aber wenn ich störe …«

Noch immer kein Wort. Ich nehme all meinen Mut zusammen und gehe auf ihn zu.

Er wirkt ernst und unnahbar. Und desinteressiert. Absolut desinteressiert.

Mir rutscht das Herz in die Hose.

Ich gehe zu dem Stuhl auf der anderen Seite des Schreibtischs, doch statt mich hinzusetzen, stütze ich mich mit den Händen auf die Lehne und zwinge mich, ihm in die eiskalten wasserblauen Augen zu sehen.

»Ich muss Sie um Entschuldigung bitten«, sage ich leise, aber gefasst.

Seine Augen blitzen, und er verschränkt ganz leicht die Finger, die er dann an die Lippen führt, während er mich wortlos ansieht.

»Es tut mir leid, was ich …« Ich lache leicht auf. »Na ja, was ich alles verzapft habe. Was ich zu Ihnen gesagt habe. Dass ich das Schlimmste von Ihnen angenommen habe. Dass ich wütend geworden bin, weil Sie mich Hugh empfohlen haben, dabei hätte ich Ihnen eigentlich danken müssen.«

Mein Blick geht zu meinen Händen auf der Stuhllehne. Die Knöchel sind schneeweiß. Das ist wirklich verdammt schwer. Viel schwerer, als ich gedacht habe. Aber ich zwinge mich, ihn wieder anzusehen und weiterzureden.

»Sie sind ein netter Mensch. Und das hat nicht so gut in mein Weltbild gepasst. Ich wollte Sie aus ganzem Herzen hassen, weil Sie mir vor Augen geführt haben, was in meinem Leben alles schiefläuft. Ihr Job hat Auswirkungen auf das Leben anderer Menschen, und Sie nehmen diese Verantwortung sehr ernst. Ich wollte mir einreden, Sie täten das alles nur wegen Ihres schlechten Gewissens oder aus Pflichtgefühl. Aber das stimmt nicht. So sind Sie nicht. Und es tut mir aufrichtig leid.«

Sebastian sagt noch immer kein Wort, und mir wird noch mulmiger zumute.

»Wie dem auch sei«, sage ich und räuspere mich verlegen. »Ich wollte nur, dass Sie wissen, wie mies ich mich fühle wegen alldem, was ich zu Ihnen gesagt habe, und dass es nicht meiner tatsächlichen Meinung über Sie entspricht.«

»Die da wäre?«

Ich schlucke und weiß nicht, wie viel ich preisgeben soll. Wie mutig ich sein will.

Ich mag dich. Ich mag dich sehr.

Aber sein Gesicht ist so kalt und ausdruckslos, dass ich mich für den ungefährlicheren Weg entscheide. »Ich bin Ihnen unendlich dankbar. Für den Neuanfang, den Sie mir ermöglicht haben. Und für die Chance, mein Hobby zum Beruf zu machen.«

Fast scheint ein Anflug von Enttäuschung über sein Gesicht zu huschen, als er das hört. Aber vermutlich bilde ich mir das nur ein. »Verstehe. Tja, nun. Bitte sehr. Ich nehme Ihre Entschuldigung an. Und muss Sie meinerseits für meine Selbstherrlichkeit um Verzeihung bitten. Einfach so bei Ihnen reinzuplatzen war eine tiefe Verletzung Ihrer Privatsphäre. Genau wie Ihre Kontaktdaten an Hugh weiterzugeben, ohne mich vorher zu erkundigen, was Sie eigentlich … wollen.«

»Aber Sie haben ganz richtig vermutet. Und ich fand es nicht schlimm, dass Sie zu mir nach Hause gekommen sind.«

Ruckartig blickt er auf, bleibt aber ansonsten ruhig und wortlos sitzen. Nach einem langen Augenblick zwinge ich mich zu einem Lächeln, das vor Enttäuschung zu zerbrechen droht.

Was hatte ich denn erwartet? Dass er mich in die Arme nimmt und mir gesteht, dass er sich gleich auf den ersten Blick unsterblich in mich verliebt hat? Dass die andere Frau in seinem Leben keine Rolle mehr für ihn spielt?

»Danke, dass Sie mich auch ohne Termin empfangen haben. Einen schönen Abend noch, Mr Andrews.«

Ich gehe zur Tür und versuche, die Tränen wegzublinzeln.

»Gracie.« Seine Stimme klingt rau.

Ich drehe mich um.

Mit einem hoffnungsvollen und zugleich verhaltenen Ausdruck im Gesicht steht er da. »Haben Sie heute Abend schon was vor?«

Dreiundzwanzig

»Das sind ja wunderbare Neuigkeiten«, meint Sebastian, während er uns noch etwas vom Primitivo nachschenkt, den er zu den Steaks bestellt hat.

Ich hatte erwartet, er würde mit mir in ein richtig schickes Restaurant gehen, irgendwas mit bodentiefen Fenstern und hohen Decken und steifen Kellnern.

Weit gefehlt, stattdessen sind wir in einem winzig kleinen Steakhouse gelandet, urgemütlich und ziemlich gut besucht, mit viel dunklem Holz, schummrigem Licht und dem angeregten Hintergrundgemurmel der anderen Gäste, denen es hier offenbar genauso gut gefällt wie uns. Wir sitzen ganz hinten in der Ecke und lassen uns die köstlichen Steaks und das noch viel köstlichere Kartoffelpüree schmecken.

Aber das Beste an diesem Abend ist fraglos die nette Gesellschaft. Ich weiß gar nicht mehr, wann ich ein Essen das letzte Mal so genossen habe. Ob überhaupt jemals.

»Und, was nun?«, fragt er, nimmt Gabel und Messer, aber statt ein Stück Fleisch abzuschneiden, schaut er mich nur eindringlich an. »Ich kenne Hugh zwar schon ewig, aber über die Kunstwelt und alles, was dazugehört, weiß ich so gut wie nichts.«

»Er möchte eine Vernissage veranstalten«, sage ich und trinke einen Schluck Wasser. »Eins meiner Bilder hängt bereits in der Galerie – um ein bisschen Aufmerksamkeit zu generieren. Die anderen hält er noch zurück, er will so ein richtig großes *Ding* mit Champagner und Cocktailkleidchen daraus machen.« Ich lache atemlos vor Aufregung. »Eine große Eröffnungsparty. Ich kann es immer noch nicht fassen.«

Ich lehne mich zurück und grinse verlegen. »Entschuldige, dass ich das Gespräch so an mich gerissen habe. Nicht mal meine Familie weiß davon, aber ich bin froh, dass du es als Erster erfahren hast.«

Er lächelt und sieht dabei hochzufrieden aus. »Meinst du, dein Bruder kommt zur Vernissage?«

»Einladen werde ich ihn auf jeden Fall«, sage ich. »Aber eigentlich möchte ich ihn nicht bitten, zweimal in einem Monat die weite Reise von New Hampshire hierher zu machen. Das sind immerhin fast sechs Stunden Autofahrt.«

»Dann ist es also bald schon so weit?«, fragt Sebastian mit einem Stück Steak im Mund.

Ich zucke die Achseln. »Hugh meinte übernächstes Wochenende.«

Sebastian nickt, und ich bin kurz davor, ihn auch einzuladen. Aber lieber sage ich nichts, aus Angst, dass er irgendeine höfliche Ausrede parat hat, warum er nicht kommen kann. Ich möchte keine Absage riskieren. Das würde nur den schönen Abend verderben.

Ich stecke mir einen Bissen Steak in den Mund. »Also, es geht mich zwar eigentlich nichts an, aber deine Eltern waren so unheimlich nett, und ich habe immer wieder an sie denken müssen. Wie kommen sie mit deiner Trennung von Genevieve zurecht? Deine Mutter ist doch sicher wahnsinnig enttäuscht.«

Okay, ich gebe es zu. Die Frage stelle ich nicht *ganz* ohne Hintergedanken. Ich weiß zwar, dass er sagte, das mit Genevieve sei endgültig vorbei, aber man wird doch noch mal nachfragen dürfen …

Er zuckt die Achseln. »Ein bisschen enttäuscht war meine Mom schon. Genevieve ist für sie wie eine Tochter, aber daran ändert sich ja nichts, bloß weil sie jetzt nicht ihre Schwiegertochter wird. Außerdem hat es wohl geholfen, dass Genevieve schwanger ist.«

»Oh.« Ich blinzele. »Wow.«

Frag nicht, frag nicht, frag nicht …

Er lächelt. »Von einem anonymen Samenspender.«

»Hm.« Ich nippe mit spitzen Lippen an meinem Wein. »Wie schön für sie.«

»Ja, wirklich. Sie ist überglücklich. Und meine Mom freut sich, bald ihr zweites *Quasi*-Enkelkind zu bekommen.«

»Zweites? Du hast noch Geschwister?«

»Einen Stiefbruder«, sagt er und greift nach seinem Weinglas. »Gary und meine Mom haben geheiratet, als ich sieben war. Er hat einen Sohn – Jason – aus einer früheren Ehe. Jason ist bei seiner Mom in DC aufgewachsen, und letzten Sommer haben er und seine Frau ihr erstes Kind bekommen.«

»Ach! Ich wusste gar nicht, dass Gary nicht dein richtiger Vater ist.«

»Eigentlich ist er das für mich. Er hat mich adoptiert. Mich großgezogen.«

Irgendwas in meinem Hinterkopf rattert, als wäre das aus unerfindlichen Gründen eine wichtige Information, aber dann schenkt er mir Wein nach, und der Gedanke ist rasch wieder verflogen.

»Und, wie fühlt man sich so als Onkel?«, frage ich und nehme eine Gabel von dem fantastischen Kartoffelpüree. Es ist mit Röstzwiebeln verfeinert, was das Gericht in ungeahnte kulinarische Höhen hebt. Davon muss ich unbedingt Keva erzählen.

»Ein bisschen seltsam, irgendwie«, gesteht Sebastian. »Jason und ich verstehen uns ganz gut, aber besonders nahe standen wir uns nie. Seine Frau habe ich bisher erst einmal gesehen, bei ihrer Hochzeit, und ich habe es auch noch nicht nach DC geschafft, um die kleine Juliet persönlich kennenzulernen. Aber den Fotos nach ist sie ganz entzückend und steht auf Schleifchen.«

Ich lächele. »Schleifchen sind schon was Feines.«

»Magst du Kinder?«

»Und wie. Eigene wären toll, irgendwann«, sage ich und muss an Lily denken und all die gescheiterten Versuche, schwanger zu werden. »Wobei ich mir vorgenommen habe, in Zukunft ein bisschen weniger zu hoffen und mehr zu tun.«

Fragend sieht er mich an, und ich drehe die Gabel in der Luft, während ich kaue, und überlege, wie ich ihm das erklären soll.

»Mir ist kürzlich klargeworden«, setze ich an und lege die Gabel beiseite, »dass ich in einer Fantasiewelt lebe.«

»Fantasie wie die Feen, die du so gerne malst, oder Fantasie wie … du weißt schon.« Er wackelt vielsagend und vollkommen übertrieben mit den Augenbrauen, was irgendwie unerwartet, aber auch sehr passend ist, und mir wird wieder einmal klar, dass dieser Mann sich in keine Schublade stecken lässt.

»Mehr so wie im Märchen, mit Schloss und Ritter und weißem Pferd und so. Bloß dass der Ritter ein tätowierter Musiker mit leichtem Bauchansatz ist.«

Er blinzelt verdattert. »Ich fürchte, ich kann dir nicht folgen.«

Und so kommt es, dass ich ihm alles erzähle – alles, außer der Geschichte mit Sir. Das ist mir dann doch zu persönlich – zu frisch. Und schmerzt noch zu sehr.

Stattdessen erzähle ich Sebastian von meiner Schwäche für Märchen. Meinem Hang, nur zu sehen, was sein *könnte*, nicht was ist. Meiner Zaghaftigkeit, die mich daran hindert, mich einfach Hals über Kopf in die Dinge zu stürzen, die mir wirklich wichtig sind, aus Angst, sie könnten den Traumgebilden in meinem Kopf nicht standhalten.

»Das ist ein echtes Problem«, erkläre ich abschließend mit einem tiefen Seufzen.

»Aber ist es denn was Schlimmes, genau zu wissen, was man will?«, fragt er nachdenklich.

»Nein. Aber ich muss gerade einsehen, dass es etwas Schlimmes ist, wenn das Bild im Kopf einem den Blick auf die Wirklichkeit verstellt. Man übersieht das, was zum Greifen nah ist«, entgegne ich bedächtig.

Sebastians Gabel verharrt kurz in der Luft, und seine

Finger scheinen sich um den Griff zu schließen, während seine Augen meine suchen. Unsere Blicke treffen sich, und es ist wieder wie am allerersten Tag, draußen auf dem Bürgersteig, mit Knistern und Funken und Schmetterlingen und Frank Sinatra.

»Das Gefühl kenne ich«, sagt er leise, ohne den Blick von mir zu wenden.

In meinem Bauch flattert es, und weil diese Gefühle – diese echten, wahren Gefühle – so neu und unvertraut sind, schaue ich schnell wieder auf meinen Teller.

Als ich schließlich wieder aufblicke, hat er sich seinem Steak zugewendet, und irgendwie liegt eine eigenartige Spannung in der Luft. Nicht unbehaglich. Bloß … bedeutungsschwer.

Der Kellner kommt an unseren Tisch, um die Teller abzuräumen, und verspricht, gleich mit der Dessertkarte zurückzukehren. Sebastian wischt sich den Mund mit der Serviette ab, legt sie sich dann wieder in den Schoß und beugt sich zu mir vor, die Unterarme auf den Tisch gestützt. »Darf ich dich was fragen?«

»Klar.«

»Wie steht's eigentlich mit diesem anderen Mann? Mr Es-ist-Kompliziert?«

Ausgerechnet auf diese Frage hätte ich liebend gerne verzichtet. Die herrlich unbeschwerte Leichtigkeit wird mit einem Mal bleischwer, und die prickelnde Fröhlichkeit verfliegt beim Gedanken an Sir. Und an das Gefühl, das ich bei ihm hatte. Immer noch habe.

»Wobei, ich muss die Frage anders formulieren«, sagt

Sebastian und sieht mich dabei durchdringend an. »Was macht die Sache so kompliziert? Ist er verheiratet? Lebt ihr in einer Fernbeziehung?«

Ich verziehe das Gesicht und sehe ihn mit zusammengekniffenen Augen an. »Versprichst du mir, dass du mich nicht auslachst?«

Er nickt.

»Ich bin ihm noch nie begegnet.«

Ich halte den Atem an und warte auf das unvermeidliche Lachen, aber er hält Wort und verkneift es sich. Er grinst nicht einmal.

»Wie denn das?« Seine Stimme klingt irgendwie anders. Zurückhaltend.

Vermutlich weil ihm gerade aufgeht, dass er mit einer Irren am Tisch sitzt.

»Ach, du weißt schon«, sage ich und wedele abwehrend mit der Hand. »Das Übliche halt. Ich habe ein paar Nacktbilder von mir gepostet mit der Frage, ob irgendwer Lust hat zu chatten.«

Er schenkt mir ein Lächeln, und die Spannung lässt deutlich nach. »Mist. Ich treibe mich wohl auf den falschen Webseiten rum.«

Ich erwidere sein Lächeln, denn der flirtende Sebastian ist einfach unwiderstehlich. Wobei, nein. Sebastian *an sich* ist unwiderstehlich.

Der Kellner bringt die Dessertkarte, die wir beide beiseitelegen, um zuerst einen Kaffee zu bestellen.

»Kennengelernt haben wir uns durch eine Dating-App«, erkläre ich. »Eine ziemlich spezielle. Man kann nur miteinander schreiben, es gibt keine Bilder, keine Namen. Das Komplizierte daran ist, dass ich es ernst gemeint habe – ich wollte wirklich jemanden finden. Er ist nur versehentlich dort gelandet.«

Der Kellner bringt uns zwei Tassen und gießt den Kaffee ein, dann stellt er Zucker und Milch auf den Tisch. Sebastian schiebt beides zu mir herüber, als wüsste er genau, wie ich meinen Kaffee am liebsten trinke.

»Und was ist dann passiert?«, erkundigt er sich.

Ich zucke die Achseln. »Ich weiß es nicht so genau. Er hat mir geantwortet und mir die Situation geschildert. Worauf ich wieder zurückgeschrieben habe. Und er wiederum mir zurückgeschrieben hat. Wir haben einfach immer weitergeschrieben.«

Ich hatte erwartet, leichte Belustigung in seinem Gesicht zu sehen, oder gar einen Anflug von Mitleid oder Verachtung, aber stattdessen hält er den Blick bloß weiterhin auf mich gerichtet. »Und irgendwann waren plötzlich Gefühle im Spiel.«

Ich zögere erst, dann nicke ich. »Ich weiß, wie verrückt das klingt. Wie *falsch*. Er war in einer Beziehung. Aber plötzlich wurden seine Nachrichten zum Highlight meines Tages. Und wie es gekribbelt hat, seinen Namen auf dem Bildschirm zu sehen … So was habe ich vorher noch nie erlebt, in keiner meiner Beziehungen.«

Er sieht mich weiter unverwandt an. »Du sagtest, er *war* in einer Beziehung? Ist er es denn nicht mehr?«

Ich schüttele den Kopf.

»Und warum triffst du dich dann nicht mit ihm?«

»Ich wollte ja«, sage ich kleinlaut, und es ist mir so peinlich, dass meine Stimme dabei ganz brüchig klingt. »Er hatte kein Interesse. Wir stehen immer noch in Kontakt, wir schreiben uns weiterhin, aber darüber hinaus … Vermutlich ist es besser so. Es wird wohl langsam Zeit, ihn loszulassen. Und andere Männer kennenzulernen.«

Weil ich mir so entblößt vorkomme und mich am liebsten irgendwo verstecken würde, nehme ich die Dessertkarte und studiere sie mit gespieltem Interesse. Aber die Worte verschwimmen vor meinen Augen, und ich bin weder dazu in der Lage, mich auf den Inhalt zu konzentrieren, geschweige denn, mich für irgendetwas zu entscheiden.

Ich riskiere einen vorsichtigen Blick zu Sebastian, der mich noch immer anschaut und sich mit den Knöcheln geistesabwesend über das kantige Kinn fährt, als sei er tief in Gedanken versunken.

»Und, was nimmst du?«, frage ich betont munter. »Lacht dich was an?«

Er mustert mich noch einen Augenblick länger, dann greift er ganz langsam nach der Karte und geht alles durch, während er an seinem Kaffee nippt. Nur einen Schuss Milch, kein Zucker.

»Wollen wir uns einen Eisbecher teilen?«, schlägt er vor.

Dankbar für diesen Hauch von Normalität nach meinem beschämenden Geständnis grinse ich ihn an. »Sonst bin ich strikt dagegen, meinen Nachtisch zu teilen, aber wenn ich daran denke, dass dieses Kartoffelpüree hauptsächlich aus Butter bestanden hat, mache ich heute womöglich mal eine Ausnahme.«

Der Eisbecher ist himmlisch. Und die Unterhaltung dazu fließt ganz leicht und unbeschwert.

Sebastian besteht darauf zu zahlen, was mich nur noch mehr verwirrt. Was bedeutet dieses Abendessen für ihn? Ist es ein Geschäftstermin? Ein nettes Essen mit einer neuen Bekannten?

Oder eine romantische Verabredung?

Ich habe noch einen Schluck Kaffee in der Tasse, was ich als Ausrede nutze, um eine letzte Frage zu stellen, während er die Rechnung studiert.

»Okay, ich habe die Katze aus dem Sack gelassen und dir alles über mein kompliziertes Liebesleben erzählt«, sagte ich und lächele, damit er nicht merkt, wie viel mir seine Antwort bedeutet. »Wie ist es mit dir? Wie stehen die Dinge mit Miss Es-ist-Kompliziert? Noch immer nicht der passende Moment?«

Sebastian schaut nicht von der Rechnung auf und bleibt so lange stumm, dass ich schon glaube, er wird gar nicht mehr antworten. Schließlich setzt er seine Unterschrift auf den Beleg, klappt das Portemonnaie zu und sieht mich an.

Zu meinem großen Erstaunen antwortet er tatsächlich auf meine Frage. »Sie ist mir wichtig. Sehr sogar. Viel wichtiger, als sie ahnt. Und ich hatte panische Angst, sie zu verlieren, wenn ich ihr das sage.«

Wie es in seinen Augen blitzt, wenn er über diese Frau redet. Ich wende mich ab. *Verdammte Eifersucht.*

Aber dann fällt mir plötzlich auf, was genau er da gesagt hat, und weil ich will, dass er mir genauso sein Herz ausschüttet, wie ich ihm meines … »Du *hattest* Angst«, wiederhole ich. »Vergangenheitsform?«

Er trommelt mit den Fingern auf das Portemonnaie. »Ich bin mir nicht ganz sicher, ob sie wirklich weiß, was sie will. Und ich will *der Einzige* sein, den sie will«

Mir schlingt sich ein Knoten in den Magen bei diesem besitzergreifenden Unterton, und wieder versetzt die Eifersucht mir einen Stich. Ich warte, ob noch etwas nachkommt, aber er sagt nichts mehr dazu.

Ich seufze. »Mehr verrätst du mir nicht? Du spielst die Stummer-Fisch-Karte?«

»Fürs Erste ja«, sagt er mit einem Lächeln, steht auf und zieht mir den Stuhl heraus.

Das Restaurant ist gerade einmal einen viertelstündigen Spaziergang von meiner Wohnung entfernt, aber Sebastian besteht darauf, dass ich nicht allein nach Hause gehe. Zu meiner großen Enttäuschung bietet er mir aber nicht an, mich selbst nach Hause zu begleiten, sondern winkt ein Taxi heran und hält mir die Tür auf. Ich sage artig danke und will schon einsteigen, als er mich sachte am Ellbogen fasst.

Wie erstarrt bleibe ich stehen und schaue auf, eingezwängt zwischen der Taxitür und Sebastian Andrews. Bis auf seine Hand am Ellbogen berührt er mich zwar nicht, aber ich spüre seine Körperwärme, rieche seinen Duft, bemerke, dass die wasserblauen Augen einen schmalen marineblauen Rand haben.

Ganz kurz fällt sein Blick auf meine Lippen, und mir bleibt fast das Herz stehen, weil ich in diesem Moment allen Ernstes glaube, dass er mich gleich küssen wird. Und ich weiß – ich *weiß* einfach – dass es nach diesem Kuss keinen anderen mehr geben kann.

»Dieser Typ«, meint er mit heiserer Stimme. »Bist du in ihn verliebt?«

Wenn man bedenkt, dass ich gerade an Sebastians Lippen gehangen habe, eine verstörende Frage.

»Alle halten mich für verrückt, weil ich mich in jemanden verliebt habe, den ich gar nicht kenne.«

»Das war nicht die Frage.«

Ich hole tief Luft und wünschte, ich könnte mich irgendwie herauswinden aus dieser Frage, die ich mir bisher nicht einmal selbst zu stellen gewagt habe. Aber er und Sir sind mir einfach zu wichtig, deswegen haben sie auch eine ehrliche Antwort verdient.

»Ja«, sage ich, und es ist kaum mehr als ein Flüstern. »Aber das ist ganz egal. Das beruht nicht auf Gegenseitigkeit. Er will sich ja nicht einmal mit mir verabreden.«

Sebastian sagt eine ganze Weile nichts, dann nickt er. »Ich glaube, du solltest es noch mal versuchen.«

Er löst sich von mir und sieht mich unverwandt an, bis er schließlich einen Schritt zurücktritt. Bis ins Mark erschüttert und vollkommen verwirrt steige ich ins Taxi. Sebastian wartet, bis ich die Beine eingezogen und den Zipfel meines Mantels hereingeholt habe, ganz der perfekte Gentleman.

Ich sinke gegen die Rückenlehne und registriere nur nebenbei, dass es im Taxi durchdringend nach Knoblauch riecht und für diese Tageszeit noch erstaunlich viel Verkehr auf den Straßen herrscht. Alles, worauf ich mich konzentrieren kann, ist Sebastian, der dem Taxi keinen Wimpernschlag nachschaut, sondern sich auf dem Absatz umdreht und geht. Sebastian, der mich gerade in die Arme eines anderen Mannes getrieben hat.

Und wenn er mir noch eine zweite Frage gestellt hätte: Kann man *zwei* Menschen gleichzeitig lieben …?

Dann wäre mir nichts anderes übrig geblieben, als zu sagen: Ja.

Vierundzwanzig

»Als du meintest, du wolltest dir mal anschauen, wie wir mit der Renovierung vorankommen, meintest du also eigentlich, du willst … hier rumsitzen, heulen und mir den Käse wegfuttern?«, fragt Lily, die gerade mit dem Korken in einer Flasche Sauvignon Blanc kämpft.

»Bei dir gibt es immer den besten«, nuschele ich, den Mund voller Baguette und cremigem, leicht stinkigem und vermutlich unverschämt teurem Käse.

»Wo du recht hast … Aber das erklärt noch nicht das Rumgeheule.«

»Ich heule nicht«, widerspreche ich, nehme meiner Schwester das Wasserglas aus der Hand und trinke einen Schluck, um den Käse herunterzuspülen. »Ich denke bloß nach.«

»Worüber?«

»Jungs«, seufze ich herzergreifend.

»Raus damit«, kommandiert sie, schenkt mir ein sehr großzügiges Glas Wein ein und reicht es mir. »In einer Woche ist deine große Vernissage, und du siehst aus wie ein geprügelter Hund.«

»Na ja, ich stehe auf zwei Männer, von denen keiner auf mich steht.«

»Sebastian und dieser Typ von MysteryMate?« Sie nimmt sich ein Stückchen Brot und betrachtet dann nachdenklich die Käseauswahl auf dem Brett.

»Genau.«

»Bei unserem Mädelsabend waren Keva und Robyn sich noch ziemlich sicher, dass Sebastian ganz verrückt nach dir ist.«

»Dachte ich zwischenzeitlich auch«, entgegne ich und schwenke nachdenklich mein Glas. »Aber wir waren neulich Abend zusammen essen. Hatte fast was von einem Date. Aber am Ende meinte er dann, ich soll unbedingt an der anderen Sache dranbleiben.«

Lily verzieht das Gesicht.

»Ja, oder?«, sage ich bedrückt. »Eindeutiger geht es kaum. Eine astreine Abfuhr.«

»Aber *willst* du denn an der anderen Sache dranbleiben?«

Ich schwenke weiter mein Glas. »Ich habe Angst.«

»Dass er ein Serienkiller sein könnte?«

Ich verdrehe »Dass er Nein sagt.«

Kaum habe ich das laut ausgesprochen, muss ich einsehen, dass es eigentlich gar nicht stimmt.

»Was, wenn er nicht der ist, für den ich ihn halte?«, frage ich meine Schwester. »Was, wenn wir uns kennenlernen, und es funkt nicht, wir haben uns nichts zu sagen? Dann bin ich wieder allein, ein hoffnungsloser Fall.«

Was, wenn es sich mit ihm nicht so anfühlt wie damals auf dem Bürgersteig mit Sebastian?

Lily drückt mit aufmunternd das Knie. »Dann legen wir Frankie auf, singen ›That's Life‹ und suchen weiter.«

Ich lächele. »Klingt nach einem Plan.«

»Finde ich auch.« Sie stupst mein Knie an. »Das hat mir gefehlt, das hier. Du hast mir gefehlt. Ich bin so froh, dass wir uns wiederhaben.«

»Geht mir genauso. Komisch, oder? Dass wir erst den Laden schließen mussten, um uns wieder zusammenzuraufen? Du und ich, das fühlt sich plötzlich wieder nach *wir* an. Und mit Caleb habe ich in letzter Zeit mehr geredet als im ganzen letzten Jahr – habe ich dir schon gesagt, dass er tatsächlich zu meiner Vernissage kommt? Ach herrje«, brumme ich, als mir noch etwas einfällt. »Habe ich das etwa auch Sebastian Andrews zu verdanken? Dass ich meine Familie wiederhabe?«

Sie legt den Kopf schief. »Du magst ihn wirklich sehr, was?«

»Tue ich«, muss ich gestehen. »Und vielleicht, wenn es anders gekommen wäre … ist es aber nicht, also … also sind Sebastian Andrews und ich einfach nicht füreinander bestimmt. Womöglich sollen wir einfach nur Freunde sein.«

»Kann sein«, meint sie achselzuckend. »Wie fühlt es sich an, das laut auszusprechen?«

Ungenügend.

Ich mache ganz fest die Augen zu. »Ist das die Strafe dafür, dass ich mein Leben lang vom Prinzen auf dem weißen Ross besessen war? Und dann kommen plötzlich gleich zwei daher, aber keiner von beiden will mich?«

»Tja, ob dein Mystery-Mann dich nicht will, weißt du noch gar nicht. Und wo wir gerade dabei sind …« Wieder tätschelt sie mir das Knie. »Mir fällt da eben was ein. Vielleicht brauchst du dein Märchen nicht gleich abzuschreiben, vielleicht musst du es bloß ein bisschen umschreiben. Modernisieren.«

Ich stopfe mir ein Stück Käse in den Mund. »Bigamie?«

»Witzig. Aber nein. Du solltest dir mal eins der neuen, modernen Märchen ansehen. Da sitzen die Prinzessinnen nicht mehr untätig rum und warten darauf, dass ein Kerl vorbeikommt, um ihnen einen gläsernen Schuh an den Fuß zu stecken. Die neuen Prinzessinnen sind taff. Sie wissen, was sie wollen, und nehmen es sich ...«

Lily unterbricht ihren kleinen feministischen Vortrag, als die Wohnungstür aufgeht.

»Hey, Alec«, sage ich.

»Hey, Gracie«, ruft er, kommt zu uns in die Küche und lässt seine Aktentasche auf die Arbeitsplatte fallen.

Dann geht er schnurstracks zu Lily, legt ihr die Arme um die Taille, und sie schaut strahlend zu ihm auf. Ich setze das Weinglas ab, aus dem ich gerade trinken wollte. Von der Anspannung, die in den vergangenen Monaten zwischen den beiden geherrscht hat, ist nichts mehr zu spüren. Nein, ganz im Gegenteil. Sie himmeln sich an wie Frischverliebte und können die Augen kaum voneinander lassen.

»Wie geht es uns?«, fragt Alec leise und drückt ihr einen federleichten Kuss auf die Lippen.

»Wunderbar, jetzt, wo du da bist«, sagt sie und erwidert seinen Kuss. Und nicht bloß flüchtig.

»*Uuuuund* das ist mein Stichwort«, sage ich, hopse vom Hocker und trinke den letzten Schluck Sauvignon im Stehen, um dann rasch das Glas beiseitezustellen. »Aber falls es irgendwen interessiert, ich bin wirklich erleichtert, dass ihr beiden euch wieder zusammengerauft habt.«

»Und ich erst«, meint Lily lächelnd.

»Nur aus Neugier, gibt es einen geheimnisvollen Liebestrank, falls ich auch so was wollen würde, wie ihr beide es habt?«

»Bloß ganz altmodisches Miteinanderreden«, entgegnet Alec und nimmt Lilys Gesicht in beide Hände. »Wir sind uns einig, dass eine Familie jede nur erdenkliche Form, Größe und Zusammensetzung haben kann, und wenn wir beide für den Rest unseres Lebens zu zweit bleiben, dann können wir uns glücklich schätzen, einander zu haben.«

Mir kommen die Tränen. *Das will ich auch.*

»Wobei«, wirft Lily scherzhaft ein, »wir dennoch überglücklich waren, nur einen Tag nach unserem Gespräch zu erfahren, dass wir bald zu dritt sein werden.«

Zuerst kapiere ich gar nicht, was sie damit meint. Und dann plötzlich macht es klick, und mir geht auf, dass Lily mir eben ein Glas Wein eingeschenkt hat, sich selbst aber nicht.

»Warte. Ach du lieber Himmel. Du bist schwanger?«

Das strahlende Grinsen in ihren Gesichtern spricht Bände, und ich quieke entzückt und falle den beiden um den Hals. »Ich freue mich ja so für euch! Ach du lieber Himmel, ihr werdet Eltern! Ich werde Tante! Ich muss unbedingt nähen lernen. Und schon mal eine Disney-Film-Liste erstellen. Und …«

»Gracie«, nuschelt Alec, ein bisschen undeutlich, da er gerade dringend seine Frau küssen muss.

»Ja?«

»Wir haben dich lieb. Verschwinde«, sagt Lily an seiner Stelle.

»Okay, schon gut.« Und dann drücke ich sie noch mal schnell ganz fest, schnappe mir meine Handtasche und lasse die beiden allein.

Draußen vor dem Haus bleibe ich kurz stehen und grinse wie ein Honigkuchenpferd, während ich leise »I've Got the World on a String« vor mich hin summe.

Und dann muss ich wieder daran denken, wie Lily gesagt hat, ich müsse mein Märchen ein bisschen aufmotzen. Modernisieren. Statt tatenlos herumzusitzen und auf den Traumprinzen zu warten.

Das Warten hat jetzt ein Ende. Punkt.

Wenn ich ein Happy End will, muss ich wohl selbst dafür sorgen.

Ich ziehe das Handy aus der Tasche und tippe eine Nachricht.

An Sir, hoffend und betend,
ich weiß, dass wir nicht wissen, was das mit uns ist. Ich weiß, dass ich uns in keine Schublade stecken wollte. Zum Teufel damit! Lassen Sie uns herausfinden, in welche Schublade wir gehören! Treffen wir uns! Geben wir der Sache eine Chance!
Ich habe nächsten Samstag eine Vernissage. Ich bin Malerin. Habe ich das schon erzählt? Es gibt so vieles, was ich Ihnen noch zu sagen habe. So vieles, das ich hören will.
Bitte kommen Sie.
Lady

Werte Lady,
ich komme.
Der Ihre,
Sir

Nachricht von Gracie an Sebastian
So. Ich hab's getan. Ich habe ihn um ein Treffen gebeten, und er hat Ja gesagt. Sollte er sich als Freak entpuppen, der das Gespräch mit der Frage eröffnet, welche Säge sich am besten dafür eignet, Knochen zu durchtrennen, ist das allein deine Schuld. :-)

Sebastian an Gracie
Mach dir nicht zu viele Gedanken. Bestimmt ist er ganz seriös und anständig. Ein aufstrebender Zauberkünstler, zum Beispiel, oder ein Meerjungfrauen-Forscher.

Gracie an Sebastian
Meerjungfrauen-Forscher, so was gibt's? Zum Teufel mit der Malerei. Augen auf bei der Berufswahl, sage ich nur, und warum erfahre ich erst jetzt davon …

Sebastian an Gracie
Nicht dass mir der Job als Gracie Coopers Karrierecoach nicht zusagt, aber wie kommst du an meine Telefonnummer?

Gracie an Sebastian
Myron. Ich habe ihm gesagt, wir seien Freunde, und ich hätte aus Versehen deine Nummer gelöscht.

Sebastian an Gracie
Sind wir das? Freunde?

Gracie an Sebastian
Kommt ganz darauf an. Kommst du zu meiner Vernissage?

Sebastian an Gracie
Nichts, was ich lieber täte, aber ausgerechnet da habe ich schon was anderes vor.

Gracie an Sebastian
Ah. Ist nun endlich der richtige Moment gekommen für Miss Es-ist-Kompliziert?

Sebastian an Gracie
Ja, tatsächlich. Wünsch mir Glück, dass es noch nicht zu spät ist.

Gracie an Sebastian
Ooooh, bedauere. Aber an dem Abend werde ich leider sämtliches Glück des Universums für mich selbst beanspruchen müssen, sonst hat der Kerl am Ende irgendwelche verrückten Fetische oder einen Sammlertick.

Sebastian an Gracie
Schöne Freundin bist du mir. Aber stimmt schon, du wirst *wirklich* alles Glück brauchen. Immerhin

weiß ich wenigstens, wie Miss Es-ist-Kompliziert aussieht. DEIN Typ könnte auch auf Gesichtsbemalungen stehen.

Gracie an Sebastian
Mit der Einstellung bekommst du keine Einladung zu unserer Hochzeit.

Sebastian an Gracie
Hochzeit? Das geht aber fix.

Gracie an Sebastian
Cinderella hat es auch gleich am ersten Abend gewusst.

Sebastian an Gracie
Cinderella hatte gläserne Schuhe an.

Gracie an Sebastian
Prima Idee! Ich habe genau das richtige Kleid dazu.

Sebastian an Gracie
Hast du ein bisschen Angst?

Gracie an Sebastian
Dass ich mir die Füße aufschlitze? Ein bisschen.

Sebastian an Gracie
Gracie.

Gracie an Sebastian
Ach, verdammt, ja. Ich habe eine Heidenangst. Ich habe so einen Bammel, dass er womöglich nicht meinen Erwartungen entspricht, dass mir gerade jetzt erst was noch viel Schlimmeres dämmert: Was, wenn ich SEINEN Erwartungen nicht entspreche?

Sebastian an Gracie
Unmöglich.

Sebastian an Gracie
… Aber sollte er nicht auf den ersten Blick hin und weg sein, kannst du ja immer noch für ihn kochen. Liebe geht schließlich durch den Magen, und ich habe mir sagen lassen, deine Krabbenküchlein wären der Knüller.

Gracie an Sebastian
Sehr witzig. Ich glaube, als Feind mochte ich dich lieber.

Sebastian an Gracie
Ah-ha! Aber das heißt, du magst mich …

Fünfundzwanzig

»Okay, also, wenn Mystery-Mann mit ›der Ihre‹ unterschreibt, hat das bestimmt was zu bedeuten«, befindet Keva, gibt mir mein Handy zurück und kramt in ihrem Kosmetiktäschchen herum. »Ist es das erste Mal, dass er so unterschreibt?«

»Nein, das macht er immer, aber sonst klang es eher scherzhaft. Wie ›der Ihre‹, und dann irgendwas, das mit unserer Unterhaltung zu tun hatte … Eiscreme, Verständnis, Verstopfung …«

»Bestimmt hat er nie mit ›der Ihre mit Verstopfung‹ unterschrieben«, unterbricht uns eine Männerstimme von der anderen Seite des Raums. »Und wenn doch, dann solltest du dir das mit dem Treffen noch mal gründlich durch den Kopf gehen lassen.«

»Du hast versprochen, wenn du hierbleiben darfst, mischst du dich nicht in unsere Frauengespräche ein«, ermahne ich Sebastian mit strenger Miene. Ich sitze am Küchentisch, und Keva ist gerade dabei, letzte Hand an mein Make-up für die große Ausstellungseröffnung in einer Stunde zu legen.

»Falsch, *du* hast gesagt, ich soll mich nicht in eure Frauengespräche einmischen. Dem habe ich bisher nicht zugestimmt«, entgegnet Sebastian grinsend.

»Erklär noch mal, was der hier macht?«, fragt Keva spitz und deutet mit dem Eyeliner über die Schulter auf Sebastian.

»Ich habe ihr zur Feier des Tages einen Blumenstrauß vorbeigebracht, weil ich bei ihrem großen Abend leider nicht dabei sein kann«, erklärt Sebastian und weist auf das hinreißende Gebinde aus rosafarbenen Blüten. »Wir sind jetzt Freunde.«

»Was ich mir allerdings noch mal durch den Kopf gehen lassen werde, wenn du mir weiterhin meine Notration Chocolat Chips wegfrisst«, entgegne ich.

Keva klopft sich mit dem Eyeliner in die offene Hand. »Sebastian, du bist doch ein Kerl. Was glaubst du, was der Typ mit diesem *der Ihre* meint? Das ist doch schon ziemlich vertraulich, oder?«

»Sicher«, sagt er und trinkt einen Schluck Wasser.

»Mir ist immer noch komisch bei diesem Plan«, sagt Keva. »Ich bin ja sehr für ein forsches Vorgehen, aber wenn er ein ausgemachter Spinner ist, könnte uns das den ganzen Abend vermiesen. Nur keine Sorge, Grady behält die Situation im Auge.«

»Ach, *deshalb* bringst du ihn also mit?«, ziehe ich sie ein bisschen auf.

»Schweig stille, sonst siehst du, wenn du nachher von diesem Stuhl aufstehst, aus wie eine Achtziger-Jahre-Aerobic-Lehrerin«, sagt Keva nur. Aber sie lächelt ein bisschen, dieses strahlende, heimliche Lächeln einer Frau, die sich auf einen Abend mit dem Mann freut, auf den sie heimlich schon lange ein Auge geworfen hat.

»Ich hoffe, Mystery-Mann hat eine Zahnlücke«, sagt Keva. »Für mich steht heute Abend einiges auf dem Spiel.«

»Für *dich* steht einiges auf dem Spiel?«, frage ich ungläubig. »Und was ist mit mir?«

»Schon gut. *Finanziell,* meine ich. Finanziell steht für mich einiges auf dem Spiel.«

Ich sehe sie mit zusammengekniffenen Augen an, und sie grinst schuldbewusst. »Womöglich läuft da eine kleine Wette.«

»*Wie bitte?*«

»Die beliebteste Theorie ist derzeit, dass er um die fünfzig ist und schrecklich einsam, wobei noch strittig ist, ob er dritte Zähne hat oder eine überkämmte Glatze.«

»Ein Toupet wäre auch schön«, wirft Sebastian ein.

Wütend funkele ich ihn an und nehme dann Keva wieder ins Visier.

»Wer hat alles in den Topf einbezahlt?«

»Alle«, meint Keva grinsend. »War meine Idee.« Sie verbeugt sich leicht. »Mit dabei sind deine Schwester und ihr Mann. Robyn, May, Rachel, dein Bruder, sogar Josh, wobei das Herzchen ernsthaft glaubt, das große Geheimnis deines Verehrers ist, dass er ein veganer Navy SEAL ist.«

Sebastian prustet im Hintergrund.

»Okay, okay, okay«, sage ich und nicke nachdenklich. »Jetzt will ich mitwetten.«

»Oooh, welch unerwartete Wendung«, quiekt Keva entzückt. »Warte, ich rufe eben die Tabelle auf.«

»Du hast eine Tabelle angelegt?« Ich schlage die Hände

über dem Kopf zusammen. »Nein, schon gut. Wunderbar. Also, ich weiß schon, wer er ist.«

Sebastian, der gerade nachdenklich die Pinsel mustert, die zum Trocknen auf der Arbeitsplatte stehen, schaut abrupt auf. »Ach, echt?«

»Ja«, entgegne ich im Brustton der Überzeugung. »Na ja, nein. Aber ich weiß ganz genau, wie er aussieht.«

»Da bin ich aber gespannt. Raus damit«, sagt Keva.

Ich schaue sie an. »Das weißt du doch alles schon.«

»Ach ja, stimmt, *der* Typ«, sagt sie, verdreht die Augen und legt gleich los mit Tippen.

»Was für ein Typ?«, fragt Sebastian.

»Ihr Traummann«, erklärt Keva und dreht sich zu ihm um, während ihre Finger immer noch über das iPhone huschen. »Schulterlange braune Haare, mittelgroß, kräftige Statur. Musiker.«

»Lebt in Brooklyn. Vielleicht Alphabet City«, sage ich. »Da bin ich mir noch unsicher. Aber er hat ein vollkommen unvollkommenes Lächeln. Das weiß ich genau. Er hat sich bei einem Baseball-Unfall ein winziges Stückchen vom Schneidezahn abgebrochen …«

»Ein Musiker, der Baseball spielt?«, fragt Sebastian spöttisch.

»Im Traum. Den darfst du ihr nicht nehmen«, meint Keva grinsend.

Zum ersten Mal seit seiner Ankunft legt sich ein dunkler Schatten über Sebastians spielerische Frechheit, doch dann richtet er sich unvermittelt auf und streckt die Hand nach Kevas Handy aus. »Jetzt ich.«

»Was?«, frage ich, während Keva ihm schon ohne zu zögern das Telefon reicht.

»Ich will mitwetten«, erklärt er.

Ich verdrehe die Augen und mache brav einen Kussmund, damit Keva mir was von dem glänzenden rosaroten Lipgloss auftragen kann, bevor sie mir Glitzerpuder auf Wangen und Brauenknochen stäubt.

»Perfekt«, erklärt sie, tritt einen Schritt zurück und begutachtet zufrieden ihr Werk. »Verdammt, ich bin echt gut. Bastian, sieh dir das an. Ich bin ein Genie.«

Sebastian scheint kurz zu stutzen, als er diesen Spitznamen hört, dann schaut er auf. Ein Mundwinkel zuckt. »Sie sieht ein bisschen aus wie …«

»Eine sexy Fee«, meint Keva. »Wie eins ihrer zum Leben erwachten romantischen Glitzerbilder.«

»Es sind nicht *nur* romantische Glitzerbilder«, murre ich und greife nach dem Handspiegel. »Oh. *Oh.*«

»Siehst du?«, sagt Keva ziemlich selbstzufrieden.

»Einfach perfekt«, muss ich zugeben. Sie hat es mit dem Schimmer nicht übertrieben, ich sehe also nicht aus wie eine prä-pubertäre Filmprinzessin, sondern tatsächlich mehr wie eine Elfe, eine sexy Fee, mit dem ganzen verwischten Schwarz unter den Augen.

Sebastian gibt Keva das Handy wieder, und sie wirft einen Blick auf seinen Eintrag, um ihn dann fragend zu mustern. »Interessant. Höchst interessant.«

»Was denn?«, frage ich und strecke die Hand aus. »Das will ich sehen.«

Sebastian klappt den Mund auf, da schüttelt Keva schon

energisch den Kopf und verstaut das Handy wieder in der Gesäßtasche. »Nein. Wir schauen uns heute Abend an, wer den Topf gewonnen hat, und jetzt möchte ich, dass *du* …«, sie deutet auf mich, »dich aufs Anziehen konzentrierst. Und ich … Verdammt, ist es wirklich schon so spät? Ich muss mich ja auch noch fertig machen.«

Und damit packt sie die restlichen Schminksachen in ihr Täschchen und klemmt es sich unter den Arm. »Dann fahren wir nachher zusammen hin?«, fragt sie. »Die schicken dir keine Limo oder so?«

Ich muss lachen. »Ich glaube, so weit bin ich noch nicht.«

»Aber bald«, meint Keva mit erhobenem Zeigefinger. »Bald hast du die Kunstwelt im Sturm erobert, und ich mache das Catering für die ganzen Promis, die Tausende für ein Ticket zahlen, nur um eins deiner Kunstwerke zu ergattern.«

»Ich wäre schon froh, wenn irgendein Nicht-Promi auch nur eins meiner Bilder kauft«, erwidere ich und verrate damit prompt meine Nervosität, mit der ich schon den ganzen Tag zu kämpfen habe.

Keva sieht Sebastian an und verdreht die Augen. »Bastian, es ist jetzt an dir, Gracie gut zuzureden. Ich muss los.«

»Wird gemacht«, versichert er.

»Wunderbar«, sagt Keva. »Gracie, wir sehen uns in … Mist, zweiundzwanzig Minuten?« Meine Wohnungstür schlägt zu, und ich höre Keva zwei Stufen auf einmal die Treppe hinaufpoltern.

»Ich brauche niemanden, der mir gut zuredet«, sage ich zu ihm.

»Sicher?«, fragt er.

Nein. Ich greife zu der Vase mit den Blumen, die er mir mitgebracht hat, und atme tief ein.

»Du wirst bestimmt ausverkauft«, sagt Sebastian mit dem Brustton der Überzeugung.

Erstaunt schaue ich auf. »Woher willst du das wissen?«

Er lächelt unschuldig. »Wie du weißt, habe ich einen hervorragenden Riecher.«

»Du weißt, was *nicht* läuft. Ich würde zu gerne dein Gesicht sehen, wenn mal was *richtig gut* läuft.«

»Ach, aber das *& More* an deinem Laden ist doch hervorragend gelaufen«, meint er fast beiläufig. »Und allein die Tatsache, dass diese Vernissage heute Abend stattfindet, beweist doch, dass es zwar womöglich keine Marktnische für einen Champagnerladen in Midtown gibt, sehr wohl aber einen Markt für Gracie-Cooper-Gemälde.«

»So habe ich das noch gar nicht gesehen«, sage ich. »Danke.«

»Gern geschehen.« Wir sehen uns einen Moment tief in die Augen, und ich vergesse fast, dass er ja eigentlich nur noch ein Freund ist.

Dass es in seinem Leben eine andere gibt, und ab heute Abend vielleicht auch einen anderen in meinem.

Er richtet sich auf und tritt einen Schritt näher, sodass ich den Kopf fast in den Nacken legen muss, um ihn anzuschauen. »Ich wünschte, du könntest da sein«, flüstere ich, ehe ich mir auf die Zunge beißen kann.

Sebastian nimmt meine Hand und drückt sie. »Es wird alles gut. Glaub mir.«

Er lässt meine Hand los, dann tritt er zurück und dreht sich um. Ich verkneife mir jeden Protest. Es fühlt sich einfach *falsch* an.

»Sebastian.« Er dreht sich um, und in seinen Augen blitzt etwas, das ich nicht richtig einordnen kann.

»Warum?«, frage ich leise. »*Warum* hast du mir gesagt, ich soll es doch noch mal versuchen?«

Er kommt wieder näher, hebt die Hand und streift mit den Fingerspitzen ganz sachte meine Wange. »Weil du gesagt hast, dass du in ihn verliebt bist. Weil du dein Happy End verdienst. Und weil ich alles für dich tun würde, Gracie Cooper. Auch, wenn das bedeutet, dich gehen zu lassen.«

Sechsundzwanzig

Mir bleibt keine Zeit, darüber nachzudenken, und vielleicht ist das auch gut so – ich befürchte nämlich, ich würde sonst anfangen zu heulen und nie mehr damit aufhören. Oder die ganze Veranstaltung heute Abend aus schierer überwältigender Panik einfach abblasen. Aber irgendwie ringe ich mir ein Lächeln ab und lasse mich auf dem Weg zur Galerie von Keva ablenken.

Ab da verschwimmt alles in meiner Erinnerung.

May muss weinen, als sie mich sieht, und fängt dann an, wie wild Fotos zu knipsen. Myron kommt zu uns rüber und will ihr gerade sagen, dass sie in der Galerie nicht fotografieren darf, verstummt aber augenblicklich, als sie ihm ein Kompliment über seine unglaublichen Samtstiefeletten macht. Vielleicht auch, weil sie heute Abend eine Granate und eine Machete als Ohrringe trägt. *Nur, falls der Typ aufdringlich wird und wir ihm eine Abreibung verpassen müssen.*

»May«, lacht Lily entnervt, als May Caleb, Lily und mich in eine Reihe dirigiert. Schon wieder. »Was willst du denn mit all den Fotos?«

»Sie mit in den Himmel nehmen und eurer Mom und eurem Dad zeigen«, erwidert May todernst und sichtlich verärgert, das erklären zu müssen.

»Ich weiß ja nicht, was davon ich mutiger finde«, murmelt Caleb aus dem Mundwinkel, während er mir den Arm um die Schulter legt. Lily legt den Arm von der anderen Seite um meine Taille. »Dass sie glaubt, im Himmel gäbe es kein Handyverbot, oder die Annahme, dass sie überhaupt da reinkommt.«

»Hüte deine Zunge, Caleb Cooper«, mahnt May und drückt auf den Auslöser. »Sonst erzähle ich deiner Freundin, wie du damals deinen Dad gefragt hast, warum deine Unterhosen vorne einen Eingriff haben, und die von deinen Schwestern nicht.«

»Du warst doch gar nicht dabei!«, protestiert Caleb, während Michelle, seine Freundin, die neben May steht, laut auflacht.

»Nein, aber dein Vater schon, und so eine Geschichte vergisst man nie.« May schaut auf ihr Handy und lässt es, nun anscheinend endlich zufrieden, in ihre Hai-Handtasche fallen.

»Er war vierzehn«, flüstere ich unüberhörbar

Caleb gibt mir einen Klaps auf den Hinterkopf.

Eine beeindruckende Menge Sektgläser balancierend, die er gleich herumreicht, tritt Alec zu uns.

Lily probiert ein winziges Schlückchen aus Alecs Glas, weil sie ja eigentlich nichts trinken darf. »Ooh. Der ist aber hervorragend!«

»Natürlich, ich habe ihn schließlich ausgesucht«, sagt Robyn, die plötzlich mit einem breiten Grinsen wie aus dem Nichts auftaucht, in einem knallroten Killerkleid, perfekt abgestimmt auf den Lippenstift, den Keva ihr gekauft hat.

»Gut gemacht«, ruft May und stößt mit ihr an. Es ist offensichtlich, wie erleichtert sie ist, dass sie sich nun nicht mehr täglich Robyns Gemecker anhören muss, weil sie die Mittagspause mal wieder gnadenlos überzogen hat. »Wirklich sehr fein.«

»Kommt, ein kleiner Toast auf unsere Lady der schönen Künste«, meint Alec.

»Also, irgendwie klingt das, als wäre sie im horizontalen Gewerbe tätig, aber klar«, erwidert Lily, was ihr, soweit ich sehen kann, einen kleinen Pozwicker von ihrem Mann einbringt. Sie kichert. Ja, sie *kichert*, und es ist das Schönste, was ich seit Langem gehört habe. Wie ein Platz in der ersten Reihe fürs Happy End *nach* dem Happy End.

»Auf Gracie«, ruft Alec mit dem Arm um Lilys Taille und grinst mich strahlend an.

Wir alle heben unsere Gläser, und mir werden die Augen ein bisschen feucht bei diesem vollkommenen kleinen Sekundenglück.

»Du bist der Hit«, meint Rachel, die von hinten zu uns tritt. »Ich habe gerade ein paar Runden gedreht, und überall pappen schon die ›Verkauft‹-Kleber.«

»Mein persönliches Lieblingsbild war schon verkauft, als wir ankamen«, meint Lily und zieht eine kleine Schnute.

»Welches denn?«, frage ich erstaunt. Gleich beim Reinkommen haben Myron und Hugh mich mitgerissen wie ein Tornado, mich allen vorgestellt, mir erklärt, wer wer ist, und mich mit Lob überhäuft, und es fühlte sich fast wie fliegen an, auch wenn ich dabei krampfhaft versucht habe, nicht an den einen Menschen zu denken, der heute

Abend nicht dabei sein wird – und den einen Menschen, der noch kommen will.

»Ich bin ganz hin und weg von dem Pärchen im nächtlichen Central Park. Ich weiß nicht, warum, aber davon bekomme ich eine Gänsehaut«, sagt meine Schwester und erschaudert. »Es wirkt so romantisch.«

»*Mein* Lieblingsbild ist das mit dem Mädchen, das mit dem Handy auf der Couch sitzt«, erklärt Michelle. »Ein Selbstporträt, oder?«

»Stimmt genau«, sage ich, erstaunt, aber angenehm überrascht, dass Calebs neue Freundin so ein helles Köpfchen ist. »Ich meine, es ist natürlich idealisiert. Ich habe nicht so lange Beine, trage so gut wie nie hohe Absätze, und die Haare sind ein bisschen zu Hollywood, aber ja. Das bin ich!«

»Das war auch schon verkauft, als wir ankamen«, sagt Alec.

»*Echt?*«, frage ich, ehrlich erstaunt. Nicht weil ich die Bilder nicht für sehr gelungen halte – es sind meine beiden Lieblingsstücke –, sondern weil sie nicht so auffällig sind wie die anderen.

Lily zuckt die Achseln. »Hugh – oder Myron, ich hab nicht so richtig mitbekommen, wer wer ist – meinte vorhin, einer ihre Stammkunden war schon vorher da und hat den *doppelten* Verkaufspreis geboten. Und sie haben angenommen, in der Hoffnung, damit auch die Kauflust der übrigen Interessenten ein bisschen anzuregen.«

»Tja, scheint ja prima geklappt zu haben«, meint Rachel fröhlich. »Du wirst dich vor Käufern gar nicht mehr retten können, Gracie.«

»Das schafft sie schon«, meint May sehr bestimmt. »Aber daran denken wir später. Ich glaube, momentan interessiert uns doch bloß eins, und zwar, warum ist *er* noch nicht da?«

Alle Blicke richten sich auf mich, neugierig und fragend, und ich ringe mir ein Lächeln ab, obwohl mir das Herz bis zum Hals schlägt vor Aufregung. »Er kommt schon noch«, sage ich. »Ich habe ihm gesagt, er soll erst eine Stunde nach der Eröffnung hier auftauchen, damit ich vorher genug Zeit habe, mich von Hugh herumreichen und allen Leuten vorstellen zu lassen, mit denen er mich bekanntmachen will. Und ein bisschen Zeit für euch zu haben.«

»Okay, es ist jetzt …« Lily verdreht Alec das Handgelenk, um auf seine Uhr zu schauen. »Tja, dann müsste er ja jeden Augenblick hier sein.«

Mir wird ganz flau bei dem Gedanken, und ich muss mich zusammenreißen, um mich nicht auf der Stelle umzudrehen und zur Tür zu starren.

»Oder er ist womöglich längst da, hat sich unauffällig unter die Gäste gemischt und wartet auf den richtigen Moment«, meint Caleb, reibt sich die Hände und mustert die Menschenmenge, die immer lauter und ausgelassener wird, je mehr Champagner fließt.

»Bestimmt nicht.«

»Tja, aber mal ehrlich, woher willst du das wissen?«, fragt Rachel.

»Wir haben ein Erkennungszeichen ausgemacht. Er weiß, dass ich ein rosa-weißes Kleid trage …«

»Das dir übrigens hervorragend steht.«

»Danke«, sage ich mit einem Lächeln zu Calebs neuer

Freundin, die offensichtlich bei seiner Familie zu punkten versucht, was ich sehr süß finde. »Und er … tja, das verrate ich euch nicht, weil ihr das bestimmt wieder kitschig und abgeschmackt findet.«

»Bestimmt«, versichert Caleb, und ich suche weiter den Raum nach einer rosafarbenen Rose in einer Jacketttasche ab.

Ich im rosa-weißen Kleid, er mit einer einzelnen rosafarbenen Rose in der Brusttasche.

Das war Sirs Idee, und ich war sehr angetan, als er das vorschlug – wie romantisch! Doch nun muss ich bei rosafarbenen Rosen an den Blumenstrauß auf meinem Küchentisch denken, und der erinnert mich wiederum an Sebastian …

»Oh, entschuldigt bitte«, sage ich zu den anderen, als ich sehe, wie Hugh mich vielsagend zu sich winkt. Er ist gerade im Gespräch mit einem weißhaarigen Herrn.

»Gracie, das ist Doug Frey«, stellt Hugh ihn vor. »Einer unserer treusten Förderer.«

Der ältere Herr reicht mir die Hand und schüttelt sie mit festem Druck und freundlichem Lächeln. »Ich habe unseren guten Hugh gerade gefragt, ob ich eventuell etwas Ähnliches wie dieses hier bei Ihnen in Auftrag geben könnte?«

Er deutet hinter mich, und ich drehe mich um. Es ist das Bild mit dem Paar im Central Park, von dem Lily so geschwärmt hat. Das sich so rasend schnell verkauft hat.

»Mein Enkelsohn hat vor ein paar Wochen auf einer Bank im Central Park um die Hand seiner Verlobten angehalten. Ich war natürlich nicht dabei, aber ein Freund der beiden hat ein Foto geschossen, und es hat gewisse Ähnlichkeit mit diesem Bild. Nur dass er vor ihr gekniet hat.«

Hugh macht ganz große Augen und nickt wie wild hinter Mr Freys Rücken, wie um mir zu sagen, ich müsse ein Idiot sein, um da Nein zu sagen.

»Liebend gern«, sage ich mit einem zuckersüßen Lächeln zu dem netten älteren Herrn. »Das müssen sie mir unbedingt ausführlich erzählen. Wollen wir uns nächste Woche zusammensetzen?«

»Hugh weiß, wie Sie mich erreichen. Wobei, verflixt – ich kann dich ganz bestimmt nicht überreden, dass du den Namen des Käufers herausrückst, der mir das Bild vor der Nase weggeschnappt hat?«, fragt er Hugh mit einem verschmitzten Lächeln. »Die Farben würden perfekt in mein Wohnzimmer passen, und die Folienverpackung erinnert mich an die Zeit damals mit Mitte zwanzig, als junger angehender Rechtsanwalt drüben auf der Fifth und Sixty-Third …«

»Bedauere«, sagt Hugh, der kein bisschen den Eindruck macht, irgendwas auch nur im Geringsten zu bedauern. »Der Käufer scheint ganz vernarrt in das Bild. Ich kann mir nicht vorstellen, dass er es weiterverkaufen möchte.«

»Ich auch nicht.«

Wie von der Tarantel gestochen fahre ich herum. Diese Stimme hätte ich heute Abend hier nicht zu hören erwartet, auch wenn ich es mir fast verzweifelt gewünscht habe.

Von einem Ohr zum anderen grinsend schaue ich auf in wasserblaue Augen, und ohne weiter nachzudenken, falle ich ihm spontan um den Hals. »Du bist ja doch da!«

Er erwidert meine Umarmung, hält mich ganz fest und geborgen, und als ich mich wieder von ihm lösen will, drückt er mich kurz noch fester, als wolle er mich gar nicht mehr loslassen. Dann lässt er mich gehen und wendet sich an Mr Frey.

»Doug, wie schön, Sie zu sehen. Ist lange her.«

Lächelnd reicht der ältere Herr Sebastian die Hand. »Sonst schießt du nicht so schnell, wenn es um Hughs Bilder geht, aber ich hätte mir ja denken können, dass du mir eines Tages zuvorkommst.«

»Wenn es um *Hughs* Bilder geht, schieße ich sonst nicht so schnell«, korrigiert Sebastian ihn. »Aber wenn es um ein Original von Gracie Cooper geht, musste ich mich wirklich zusammenreißen, nicht noch mehr wegzukaufen.«

Es dauert einen Moment, bis ich kapiert habe, was er da gerade sagt. Dann aber schaue ich auf und sehe ihn an. »Augenblick mal. *Du* hast die beiden Bilder gekauft? Warum?«

Mit einem warmen Blitzen in den Augen sieht er mich an. »Das kannst du dir doch wohl denken.« Er redet ganz leise, denn was er sagt, ist nur für meine Ohren bestimmt. Und als hätten sie bemerkt, dass sie stören, ziehen Hugh und Doug Frey sich taktvoll zurück und mischen sich wieder unter die übrigen Gäste.

Ich weiß nicht, was ich denken soll. Ich bin verwirrt. Und ganz kribbelig, so als stünde ein Ereignis, das mein ganzes Leben auf den Kopf stellen wird, unmittelbar bevor. Doch noch fehlt mir das entscheidende Puzzlestück, um alles zu begreifen.

»Das Central-Park-Bild kann ich ja noch verstehen«, sage ich. »Aber das andere, das …«

»Das bist du mit deinem geheimnisvollen Mystery-Mann«, beendet Sebastian den Satz für mich, um sich dann neugierig umzuschauen. »Wo wir gerade beim Thema sind, wo steckt er eigentlich?«

Entsetzt geht mir auf, dass ich meine Verabredung ganz vergessen habe, nachdem Sebastian hier so überraschend hereingeschneit ist, also schaue ich mich rasch um und mustere die anwesenden Männer. Anzüge, wohin man schaut. Aber keine einzige rosafarbene Rose. Mir rutscht das Herz in die Hose, aber dann sage ich mir, er könnte auch aufgehalten worden sein oder muss erst all seinen Mut zusammennehmen …

»Er kommt bestimmt noch«, erkläre ich dickköpfig und schaue mich immer noch unauffällig um. Denn ich glaube nach wie vor ganz fest, mit jeder Faser meines Herzens, daran, dass das heute mein Abend ist, dass das der Mann für mich ist, dass …

»Gracie.« Sebastian nennt mich ganz leise beim Namen, und der flehentliche Unterton legt sich um mein Herz und zieht mich zurück zu ihm.

Ich drehe mich zu ihm um und schaue ihm in die Augen, und die Zärtlichkeit und Sehnsucht in seinem Blick lässt mich fast verzweifeln vor Frust und Verlangen. Wie kann er es wagen, mich ausgerechnet jetzt so anzusehen? Wie kann er es wagen, dieses Begehren in mir zu wecken …

Mein Blick bleibt an einem Fitzelchen Rosa hängen.

Ich schaue zu seiner Brust. Seiner Anzugstasche, wo

eine einzelne perfekte rosafarbene Rose sitzt, wie ein helles Leuchtfeuer in finsterer Nacht, das mich sicher nach Hause geleitet.

Meine Gedanken überschlagen sich, und ich schüttele verwirrt den Kopf. »Wie hast du … Ich habe dir doch gar nicht gesagt … Der Einzige, der von der rosafarbenen Rose wusste …«

Ach du lieber Himmel. Es kann nur einen Grund dafür geben. Genauso, wie es nur einen Grund geben kann, warum er *beide* Bilder kaufen wollte, das mit ihm und mir und …

Das *andere* mit ihm und mir. Mit mir und Sir.

Weil Sebastian und Sir ein und dieselbe Person sind.

Ich schließe die Augen, als sich endlich eins zum anderen fügt. Die Gemeinsamkeiten zwischen den beiden Männern. Die Erkenntnis, dass Gary nicht Sebastians leiblicher Vater ist, was bedeutet, dass sein leiblicher Vater tot sein könnte … genau wie der Vater von Sir.

Die rosafarbene Rose heute Abend. Ein Hinweis, ein Versprechen. Die andere Frau, die komplizierte, die er nicht verlieren wollte. *Ich.*

Ich schlage die Augen wieder auf und schaue ganz langsam zu ihm auf. Er scheint den Atem anzuhalten, Herz und Hoffnung in den Augen.

»Du bist das«, sage ich leise. »Du warst das, die ganze Zeit schon.«

»Ja«, flüstert er, hebt die Hand zu meinem Gesicht, zögert. Und dann, ganz sachte, streift er mit den Fingern meine Wange, und mit dem Daumen wischt er mir eine einzelne Träne weg, die ich gar nicht bemerkt hatte. »*Ja.*«

»Seit wann weißt du es?«, frage ich, während er mit den Fingerspitzen sanft meine Wange streichelt.

»Beim Namen deiner Katze bin ich stutzig geworden. Dass Gracie und Lady beide rein zufällig eine Katze namens Cannoli haben sollten, kam mir dann doch ein bisschen eigenartig vor. Und dann deine Leidenschaft für Pistazieneis. Danach bin ich unsere Nachrichten durchgegangen und habe sie alle noch mal gelesen, und plötzlich hörte ich nur noch deine Stimme. Und dann neulich, beim Abendessen, als du von dir erzählt hast ...«

»*Von dir*«, sage ich mit einem Lächeln. »Ich habe dir von dir erzählt.«

»Du hast mir von *uns beiden* erzählt.« Er erwidert mein Lächeln, die Hand schmiegt sich sehr bestimmt an meine Wange, und seine Augen schimmern warm, als er mich ansieht, als wir einander endlich sehen, ganz und gar. Sein Blick bleibt an meinen Lippen hängen, und er beugt sich zu mir herunter.

»Moment.« Ich lege ihm ganz leicht die Hand auf die Brust. »Warum hast du es mir nicht schon an dem Abend beim Essen gesagt?«

»Na ja, ich war mir zu neunundneunzig Prozent sicher, aber schließlich stand auch für mich einiges auf dem Spiel, und ich wollte noch das fehlende letzte Prozent. Ich wusste, erst wenn Lady ihren Sir zu ihrer Vernissage einladen würde, könnte ich mir ganz sicher sein. Und weil ...« Wieder huscht dieser Anflug von Verletzlichkeit, den ich schon zuvor bemerkt habe und bei dem sich mir das Herz zusammenzieht, über sein Gesicht, und er senkt verlegen den Blick.

»Es ist nicht so leicht, mich zu lieben. Wirklich nicht, und ich wollte …« Er atmet tief durch. »Ich wollte, dass du *beide* liebst, Sebastian und Sir. Weil ich ein egoistischer Mistkerl bin. Aber mir war es wichtig, dass du beide Seiten an mir liebst, so wie ich auch deine beiden Seiten liebe. Und wegen dem, was ich schon früher gesagt habe – du verdienst dein Happy End, und ich kann nur hoffen, dass du mir die Gelegenheit gibst, das für dich zu sein, Gracie.«

Ungeduldig wische ich die Tränen weg, die mir den Blick verschleiern, denn jetzt, da ich ihn endlich gefunden habe, will ich ihn unentwegt anschauen. »Eigentlich müsste ich dich hassen. Hast du auch nur die *geringste* Vorstellung, wie sehr mich das innerlich zerrissen hat? Ich war mir so sicher, dass Sir mein Seelenverwandter ist, aber dann war da plötzlich *Sebastian*, an den ich ständig denken musste. Und dann habe ich mich in beide verliebt …«

Sein Mund legt sich auf meinen, unsere Lippen pressen sich aufeinander, und seine Hand umfasst meine Taille, hält mich, fest und bestimmt, und zieht mich noch näher zu sich.

Ein Kuss wie im Märchen.

Gut, ich gestehe, es ist kein ganz jugendfreier Kuss, einer mit Zunge und Händen, und mit lautem Gejohle und Pfiffen aus der Menge.

Jemand brüllt: »Nehmt euch ein Zimmer!« Caleb.

Irgendwer schnäuzt sich geräuschvoll. May.

Pfeifen. Keva. Oder Rachel vielleicht.

Jubel, unterbrochen von gelegentlichem Schluchzen. Lily.

Und dann ist es, als legte sich etwas Warmes, Unsichtbares um uns wie eine kuschelige Decke. Eine liebevolle Umarmung.

Dad. Meiner. Seiner. Meine Mom.

Sebastian löst sich ganz langsam von mir, sein Daumen streicht über meine Unterlippe, er sieht mich lächelnd an und wirkt dabei genauso glücklich, wie ich es bin.

»Weißt du«, sage ich neckisch und streife mit den Fingern die rosafarbene Rose. »Wenn du alle Bilder von dir und mir haben willst, hättest du drei kaufen müssen. Das von dem Mann im Anzug mit den wasserblauen Augen? Das bist du.«

»Ich weiß«, sagt er mit einem verschmitzten Lächeln. »Das war ja nicht zu übersehen.«

»Und du wolltest es nicht? Hat es dir nicht gefallen?«

»Es gefällt mir. Sehr sogar. Und noch mehr gefällt mir die Vorstellung, dass du genauso oft an mich gedacht hast, wie ich an dich.«

»Aber …?«

Er beugt sich zu mir herunter und raunt mir scherzhaft zu: »Ich fände es nur ehrlich gesagt ein bisschen eitel, wenn bei uns zu Hause ein Bild von mir an der Wand hängt.«

Verdutzt lache ich auf. »Bei *uns* zu Hause? Sind wir da nicht ein wenig voreilig, Sir?«

»Werte Lady, Sie haben mir zweimal das Herz gestohlen. Wenn Sie glauben, ich ließe auch nur einen weiteren Augenblick verstreichen, ohne Sie in meinem Leben, dann muss ich Sie wohl noch einmal küssen, nur damit es da keine Missverständnisse gibt.«

Und das tut er dann auch.

Cinderellas gläserner Schuh? Ist nichts gegen Sebastian Andrews Kuss.

Epilog

Ein Jahr später

An Sir, etwas misstrauisch,
als kleines Geschenk zum Jahrestag hat Keva mir die Tabelle mit den Wetteinsätzen vom Abend meiner ersten Vernissage geschickt. Es ist kaum zu fassen, aber Sie haben sich *haarklein* selbst beschrieben. Allerdings hatten Sie einen eindeutigen Wettbewerbsvorteil, weshalb Sie, Sir, als Ehrenmann Ihren Wettgewinn zurückgeben sollten.
Lady

Werte Lady,
die hundert Dollar rücke ich nur allzu gerne wieder raus, aber nicht meinen Hauptgewinn: Euch.
Der Ihre im Siege,
Sir

An Sir, mir widerwillig Respekt abringend,
gut gespielt. Haben Sie schon das kleine Jubiläumsgeschenk erhalten, das ich Ihnen ins Büro geschickt habe? Ich nenne es *Mann mit wasserblauen Augen, Teil zwei.*
Lady

Werte Dame,
das habe ich. Sie hätten vielleicht dazusagen sollen, dass es sich um einen Akt handelt. Meine Mutter war zufällig dabei, als ich es ausgepackt habe.
Der Ihre, *der sich davon nie erholen wird,*
Sir

An Sir, schadenfreudig,
seien Sie doch froh. Hugh und Myron wollten mich überreden, es in der Galerie auszustellen, weil sie überzeugt sind, es würde den mit Abstand höchsten Verkaufspreis erzielen.
Lady

Werte Lady,
das will ich nicht gehört haben. Haben Sie *mein* Jubiläumsgeschenk erhalten?
Fragt sich der Ihre,
Sir

An Sir, in Liebe,
ein Cinderella-Schuh als Wiege für die neue kleine Andrews? Mir fehlen noch immer die Worte.
Lady

Gracie,
such sie später. Hör auf, mir aus dem Wohnzimmer Nachrichten zu schreiben, und komm endlich ins Bett.
Dein dich liebender Ehemann,
Sebastian

Anmerkung der Autorin

Werte Leserinnen und Leser,

herzlichen Dank, dass Sie meinen Roman gelesen haben. Wenn Sie es bis hierher geschafft haben, heißt das hoffentlich, Sie haben die Lektüre genossen. Mir selbst hat es jedenfalls großen Spaß gemacht, das Buch zu schreiben.

Sebastians und Gracies Geschichte begleitet mich schon seit Jahren – schon lange bevor ich die ersten Worte getippt hatte. Nora Ephron ist eine meiner größten Heldinnen, und *e-Mail für Dich* war immer einer meiner Lieblingsfilme. Aber so sehr ich auch meine eigene Version der Geschichte eines Paares erzählen wollte, das sich gleich *zweimal* verliebt – einmal im wahren Leben und einmal beim »Briefe«-schreiben – hat es doch eine ganze Weile gedauert, bis mir endlich aufgegangen ist, wie diese aussehen könnte.

Im ungarischen Bühnenstück *Parfümerie* von Miklós László (dem Original!) korrespondierte man durch Briefe. Auch in *Rendezvous nach Ladenschluss* aus den 1940er Jahren spielten, genau wie in den Musicals *Damals im*

Sommer und *She Loves Me*, die Briefe eine entscheidende Rolle.

In *e-M@il für Dich* schuf Nora Ephron 1998 eine moderne Version der Geschichte, indem sie zwei Geschäftskonkurrenten per E-Mail korrespondieren ließ, die sich dadurch ineinander verliebten. In meinem Roman wollte ich diese wunderbare, klassische Konstellation ins 21. Jahrhundert verlegen, was für mich als Millenial (wenn auch etwas älteren Datums) nur eins bedeuten konnte: Gracie und ihr geheimnisvoller Sir mussten sich unweigerlich über eine App ineinander verlieben.

Dabei ist mir, selbst während ich darüber schrieb, wie Gracie – ganz typisch für das 21. Jahrhundert – ständig auf ihr Handy schaut, eins besonders aufgefallen, nämlich, wie *zeitlos* diese Geschichte ist. Gracie, die atemlos auf eine Benachrichtigung ihrer App wartet, ist gar nicht so viel anders als Margaret Sullavan und James Stewart, die in *Rendezvous nach Ladenschluss* von 1940 ungeduldig in den Briefkasten schauen. Oder Meg Ryan und Tom Hanks, die auf dieses unverwechselbare Neunziger-Jahre-Gedudel lauschen, mit dem AOL sich ins Internet einwählt, und gespannt den Atem anhalten, um die drei kleinen Worte zu hören: *E-Mail für dich!*

Und mir ging auf, dass ich zwar eine modernisierte Fassung von *Parfümerie* hatte schreiben wollen, es aber am Ende gar keine Rolle spielte, ob es Briefe waren, E-Mails, Postkarten, Telegramme, SMS oder Nachrichten von einer Dating-App. In der Geschichte geht es nicht um Technologie oder Kommunikationsmittel. Es geht um Hoffnung und Zuversicht. Um das unerschütterliche Vertrauen, dass der Mensch am anderen Ende des geschriebenen Wortes tatsächlich genauso wunderbar ist, wie man ihn oder sie sich vorstellt. Es ist eine Geschichte über die Flüchtigkeit erster Eindrücke, übers Verzeihenkönnen und Weiterwachsen, über Güte und Freundschaft.

Handgeschriebene Briefe mögen eine aussterbende Art sein, aber das Gefühl von Verliebtsein und Sich-selbst-Finden kommt wohl nie aus der Mode. Ich hoffe sehr, dass es mir gelungen ist, diese Gefühle auf Papier zu bannen.

Zu Anfang spielte sich alles nur in meinem Kopf ab – jahrelang brütete ich darüber, freundete mich mit den Figuren an, suchte nach der Quintessenz, und unzählige Male saß ich morgens früh um fünf über meinen Laptop gebeugt und versuchte verzweifelt, die Geschichte so schnell herunterzutippen, wie sie sich in meiner Fantasie entspann.

Doch spätestens mit der ersten vorläufigen Version wurde daraus Teamwork, und zwar im bestmöglichen Sinn des Wortes. So, wie die Geschichte heute ist, wäre sie undenkbar ohne die harte Arbeit, die Geduld und das Genie meiner Lektorin Sara Quaranta. Immer schien sie besser als ich selbst zu wissen, wo die Geschichte hinführen sollte, und irgendwo im Dickicht der unliebsamen Revisionsarbeit fand ich nicht nur das eigentliche Herz meines Romans, sondern in Sara auch eine neue Freundin.

Mit Gallery habe ich zudem das große Glück, einen unglaublichen Verlag an meiner Seite zu haben. Ich und mein Buch haben nichts als Unterstützung erfahren. Ein riesengroßes Dankeschön geht an Lisa Litwack und Connie Gabbert, die, noch ehe die Geschichte überhaupt fertig war, schon wussten, was für einen Titel dieses Buch braucht. An Faren Bachelis und Crissie Johnson Molina für ihr beneidenswertes Auge fürs Detail, mit der sie meiner Geschichte den letzten Schliff verpasst haben. Und ganz besonders an Christine Masters, die meiner Überzeugung nach eine Zauberin sein muss, mit der wunderbaren Begabung, aus Zehntausenden von Wörtern irgendwie ein Buch zusammenzusetzen.

Und wie immer gäbe es von Lauren Layne kein einziges Buch auf dieser Welt ohne die unerschütterliche Unterstützung von Nicole Resciniti, meiner fabelhaften Agentin, die immer felsenfest an mich geglaubt hat, schon in jenen frühen Tagen, als sie mein allererstes chaotisches Manuskript aus einem Haufen unangeforderter Einsendungen gefischt und mir die Chance gegeben hat, meinen Traum zu verwirklichen.

Ich muss auch meinem innersten Kreis danken – den Menschen, die mich nicht als Lauren Layne kennen, sondern schlicht als Lo, oder Fern, oder »Tja, Lauren hat schon als Kind viel gelesen, also irgendwie logisch, dass sie jetzt Eremitin/Schriftstellerin geworden ist …« Eure Liebe und Unterstützung, selbst wenn ich wieder mal für Wochen am Stück in einem Manuskript versinke, bedeuten mir alles. Meinem Mann Anthony ganz besonders, weil er mir unaufgefordert Kaffee nachgießt und für mich kocht, wenn ich so in eine Szene vertieft bin, dass ich sogar vergesse, danke zu sagen. Ich liebe die Helden und Heldinnen meiner Bücher, aber lass dir eins gesagt sein: Mein wahrer Held bist *du*.

All meinen Leserinnen und Lesern, vor allem jenen, die mich schon seit grauer Urzeit begleiten und mir geduldig überallhin folgen, wo die Muse mich gerade hinführt. Die mich aufmuntern und ermutigen und mich – wie ich glaube und deutlich spüre – aus dem Hintergrund still anfeuern, selbst wenn ich mich aus den sozialen Netzwerken und dem »öffentlichen Leben« zurückziehe, um mich meiner Arbeit zu widmen. Ich bin froh und dankbar für diese Menschen, auch dann, wenn man gerade nichts von mir hört. Vor allem, wenn man nichts von mir hört.

Und zu guter Letzt ein Dank an Miklós László für seine wunderschöne Geschichte, die Schriftsteller und Schaffende über viele Jahrzehnte hinweg inspiriert hat, und an Nora Ephron, einfach weil sie so verdammt fantastisch war.

Lauren Layne
Dezember 2020

Autorin

Die USA-Today-Bestsellerautorin Lauren Layne lebt zusammen mit ihrer Jugendliebe mitten in Manhattan. Wenn sie nicht gerade an ihren bezaubernd frechen Liebesromanen schreibt, geht sie ihrer zweiten großen Leidenschaft nach: der Jagd nach Designer-Handtaschen.

Lauren Layne im Goldmann Verlag:

Die Central-Park-Trilogie
Passion on Park Avenue. Roman (Band 1)
Love on Lexington Avenue. Roman (Band 2)
Marriage on Madison Avenue. Roman (Band 3)

(alle als E-Book erhältlich)